Steffen Kopetzky, geboren 1971, ist Autor von Romanen, Erzählungen, Hörspielen und Theaterstücken. Sein Roman «Risiko» (2015) stand monatelang auf der «Spiegel»-Bestsellerliste und war für den Deutschen Buchpreis nominiert, der «Spiegel»-Bestseller «Propaganda» (2019) für den Bayerischen Buchpreis. Auch «Monschau» hielt sich über Monate auf der Bestsellerliste und bescherte dem Autor ein beeindruckendes Presseecho. Von 2002 bis 2008 war Kopetzky künstlerischer Leiter der Theater-Biennale Bonn. Er lebt mit seiner Familie in seiner Heimatstadt Pfaffenhofen an der Ilm.

«Kunstvoll verbindet Kopetzky seine Seuchen- mit einer Liebesgeschichte und erzählt detailreich vom Umbruchsjahrzehnt zwischen Jazz, Wirtschaftswunder und Vergangenheitsbewältigung.» *(ORF «Zeit im Bild»)*

«Es gab lange keinen Roman, der vor Lebensfreude und Warmherzigkeit so funkelt wie ‹Monschau› von Steffen Kopetzky.» *(Deutschlandfunk)*

«Lange nicht mehr ein so tröstliches, spannendes und unaufdringlich aktuelles Buch gelesen!» *(SWR2)*

«Einfach gute Literatur.» *(Die Welt)*

Steffen Kopetzky

MONSCHAU

Roman

ROWOHLT TASCHENBUCH VERLAG

Veröffentlicht im Rowohlt Taschenbuch Verlag, Hamburg, Oktober 2022

Die Zitate von Giorgos Seferis stammen aus «Poesie»,
Übertragung von Christian Enzensberger,
Suhrkamp Verlag, Frankfurt am Main 1962
Covergestaltung Cordula Schmidt Design,
nach einem Entwurf von Anzinger und Rasp, München
Coverabbildung Leonard Freed / Magnum Photos / Agentur Focus
Satz Farnham Text bei Pinkuin Satz und Datentechnik, Berlin
Druck und Bindung GGP Media GmbH, Pößneck, Germany
ISBN 978-3-499-00567-1

Die Rowohlt Verlage haben sich zu einer nachhaltigen Buchproduktion verpflichtet. Gemeinsam mit unseren Partnern und Lieferanten setzen wir uns für eine klimaneutrale Buchproduktion ein, die den Erwerb von Klimazertifikaten zur Kompensation des CO_2-Ausstoßes einschließt.
www.klimaneutralerverlag.de

FSC
www.fsc.org
MIX
Papier aus verantwortungsvollen Quellen
FSC® C014496

«Nun ist die Luft von solchem Spuk so voll,
dass niemand weiß, wie er ihn meiden soll.»

GOETHE, FAUST II

VARIOLA

Einmal noch, Kindchen», sagte der Krankenwagenfahrer, nahm das vom Schüttelfrost gepeinigte blonde Mädchen nicht zum ersten Mal an diesem bitteren Tag auf seine Arme und stapfte mit ihm durch den Schnee. Die Lichter waren gleißend hell. Schwestern und Ärzte erwarteten sie. Nur noch eine kleine Treppe, die er sie jetzt hochtragen musste. Der Fahrer war ein bald sechzigjähriger Eifler Bauer, der seiner Chauffeurs-Fähigkeiten wegen seit Jahren beim Roten Kreuz eingesetzt wurde. Er sah mit Sorge der Rampe und den drei Stufen entgegen, die er mit seiner zitternden, schon leicht delirierenden Patientin gleich hinaufsteigen würde. Er durfte auf keinen Fall stolpern und konzentrierte sich auf jeden Schritt, den Kopf des in eine Decke geschlagenen Kindes an seiner linken Brust geborgen. Wäre er zu Hause über einen der dunklen, verwachsenen Waldwege gelaufen, von einem seiner Äcker zum nächsten, so hätte er nicht weniger aufgepasst, um nur ja nichts zu übersehen. Er hatte noch nie einen Unfall gehabt. Er würde nicht stolpern. Auch nicht bei diesem hoffentlich letzten Mal, an dem er das kranke Kind auf seinen Armen trug.

Nach ein paar Metern reizte die eiskalte Luft die entzündeten Atemwege des Mädchens, und es begann stark zu husten. Vom Fieber gepeitscht, ohne von einem Bewusstsein gesteuert zu sein, glich dieser Husten einem heiseren Bellen. Ein wunder Weckruf. Der Fahrer holte tief Luft und nahm mit starken Schritten die Treppe. Sie waren da.

Etwas anderes auch.

War schon in den Lüften. Hatte sich blind einem kleinen Hauch anvertraut, der über Kind und Fahrer hinweggegangen war, einem frischen Wind, der es nach oben trieb, und nun segelte es am Mauerwerk entlang immer weiter hinauf. Auf Höhe des ersten Stocks wurde es von einem heftigeren Stoß erwischt, in dem auch einige Schneeflocken mitgaukelten, dann noch feiner zerstäubt. Auf der gegenüberliegenden Wand eines anderen Krankenhausgebäudes stand ein Fenster offen, dort lehnte sich eine Patientin hinaus, die sich von einer Operation erholte und bald entlassen werden sollte.

Sie wollte sehen, was da so spät in der Nacht noch für ein Radau war. Der Rettungswagen. Wen brachten sie? Sie beugte sich weit vor und atmete die kalte, frische Luft tief ein, die ihr gutzutun schien, beugte sich noch weiter, um genau zu sehen, was da kam. Und sah dann aber doch nicht, was mit der Luft gekommen war.

Diese Geschichte spielt im Norden der Eifel. In jenem landschaftlich einzigartigen Gebirge westlich des Rheinstromes liegt nahe der belgischen Grenze eine alte Tuchmacherstadt nebst angrenzendem Fabrikdorf. Monschau und Lammerath.

Es ist gegen Ende der Kanzlerschaft von Konrad Adenauer, der seine politische Laufbahn einstmals als Oberbürgermeister von Köln begonnen hatte und deshalb listig die alte kölnische Residenzstadt Bonn als provisorische Hauptstadt durchzusetzen verstand. Im Mai wird die junge westdeutsche Republik dreizehn Jahre alt. Ganz im Gegensatz zu der im Volksmund mit Unglück assoziierten Zahl dreizehn ist 1962 aber das Jahr mit der stärksten Wirtschaftsleistung ihrer bisherigen Geschichte. Es fehlen sogar Arbeitskräfte, und die Wirtschaft hat Emissionäre in den Süden Europas und der Türkei geschickt. Sie ringt um sogenannte Gastarbeiter-Vereinbarungen. Der Kanzler hat den Bau eines Regierungsbunkers in einem von den Nazis für die Produktion der V2-Raketen angelegten Stollen in Auftrag gegeben. Der Präsident von Amerika heißt John F. Kennedy. Er hat die Wahl 1960 mit dem Versprechen gewonnen, den Rückstand der USA an Atomraketen gegenüber der Sowjetunion zu schließen, also aufzurüsten. Dennoch ist er ein Idol der Weltjugend. Er hat die Sechziger zur Epoche des Aufbruchs erklärt, in allen Bereichen des Lebens und sogar über die Erde hinaus, im gerade gestarteten Apollo-Programm. Wenn Präsident Kennedy darüber spricht, dass die USA als erste Nation einen Menschen auf den Mond bringen wollen, dann gibt das schon fast so gute Fernsehbilder wie die ersehnte Mondlandung selbst. Die Sowjetunion unter Generalsekretär Chruschtschow, die mit dem Sputnik und Gagarin bislang die Nase vorn hatte, soll überholt werden. Die Raketentechnologie ist wahrhaft schizophren, sie steht für Fortschritt und für Untergang gleichermaßen. Für manche freilich ist dies kein Gegensatz.

Doch all dies beschäftigte die Menschen in West-(und Ost-) Deutschland derzeit nicht wirklich. Etwas ganz anderes wühlte sie auf, nämlich die Frage: Wer ist der Mörder? In diesem Fall der an einer umwerfend schönen, natürlich in London – weit über ihre wirtschaftlichen Verhältnisse – lebenden jungen Frau, die sich unter der Berufsbezeichnung «Mannequin und Künstlerin» verdingt. Sie wurde mit einem englischen Halstuch erdrosselt. Niemals zuvor hatte ein deutscher Sender mehr Marktanteil gehabt als der WDR in Köln mit «Das Halstuch»: neunundachtzig Prozent. Es fegte die Straßen leer.

Dennoch gab es noch Menschen, die der erfolgreichsten deutschen TV-Serie aller Zeiten an diesem Tag nicht die geringste Beachtung schenkten. Zwei davon saßen in einem alten Volkswagen, fuhren durch die Düsseldorfer Innenstadt und führten eine intensive Besprechung.

«Bei den Pocken gibt es ein Zeitfenster», sagte Professor Stüttgen, während er in den dritten Gang hochschaltete und dem Motor einen ordentlichen Stoß gab. Der Berufsverkehr auf der Königsallee war schon recht belebt – alle wollten pünktlich nach Hause kommen, um den letzten Teil von «Das Halstuch» zu sehen. Dicht an dicht auf jeder Seite fuhren die Autos. Dann, an der Ampel, stand direkt neben ihnen ein nagelneuer Opel Kapitän. Als es grün wurde, zog er in seiner unwiderstehlichen Eleganz vor ihnen ab. Stüttgen und sein Beifahrer nickten sich beeindruckt zu.

«In diesem Zeitfenster kann jemand bereits hochinfektiös sein, ohne irgendwelche Symptome zu zeigen.»

Der Professor setzte den Blinker und nahm die große Kreuzung, die sie noch zu passieren hatten, recht sportlich. Er hatte es richtig eingeschätzt, sie kamen gerade noch bei Gelb drüber. Nikos sah die Lichter der hinter ihnen fahrenden Wagen im Rückspiegel. Sie ließen die Pfützen in der für Autos gemachten Stadt aufblitzen.

Auf der Autobahn Richtung Köln schaltete der Professor in den Vierten. Von der linken Spur würde er während der ganzen Fahrt in die Eifel nicht mehr weichen.

«So eine Person kann Dutzende weitere Menschen anstecken. In einer städtischen Untergrundbahn zur Stoßzeit könnten es unter Umständen Tausende sein. Verstehen Sie, was das heißt, Nikos?»

Nikos Spyridakis, der in Mathematik eigentlich nie besonders gut gewesen war, hatte durch seine Leidenschaft für die Mikroskopie durchaus mit Zahlenverhältnissen und exponentieller Logik umzugehen gelernt. Wenn er sich kühl rechnend den Plan der ihm von Besuchen bei einem Cousin gut bekannten Londoner U-Bahn vor Augen führte und sich ausmalte, wie sich die Sache dort voranarbeiten würde, fiel ihm nur ein Bild ein: Ein mit diesem Virus Infizierter war wie ein wandelnder Todesengel.

«Eine biologische Bombe, meinen Sie so etwas, in der Art?»

«Ganz genau. Aber immerhin: Die Landesregierung hat mir versichert, dass wir alle Unterstützung kriegen werden. Die haben offenbar eingesehen, welche Fehler gemacht worden sind. Wir können die Sache noch entschärfen. Da bin ich sicher. Aber wir müssen allem nachgehen. Es wird strenge Isolation und Quarantäne geben. Wir müssen jetzt am Anfang ganz genau arbeiten, Nikos. Die ersten Tage sind im Umgang mit einer Epidemie die wichtigsten. Die entscheidenden.»

Als Nikos Professor Ruska mitgeteilt hatte, dass er am Wochenende leider nicht für den großen Schnittkurs zur Verfügung stünde, wo eine lange Reihe von Präparatgläsern darauf wartete, bestückt zu werden, hatte er bei Ruska eine beinahe verbitterte Reaktion geerntet.

«Ich kann nicht verstehen, dass Stüttgen Sie einer solchen Gefahr aussetzt. So unvorbereitet, das ist doch eine Kamikaze-Aktion. Aber gut, das Ministerium hat angerufen.»

Resignierend hatte er Nikos die Hand geschüttelt und zugesehen, wie der aufstrebende Dermatologe Stüttgen ihm seinen besten Laboranten entzog. Noch hatte sich der junge Assistenzarzt in seiner Fachrichtung nicht festgelegt – und Ruska hoffte, ihn fest an sein Virologisches Institut zu binden. Viele wollten unbedingt Elektronenmikroskopie machen, es war ein sogenanntes Modefach. Aber den meisten fehlte das gewisse Etwas – die Fähigkeit zum Schnitt.

Elektronenmikroskopie war Hochtechnologie, die auf der langen Erfahrung der deutschen Glasverarbeitung beruhte, die Kunst des Glasschliffs stieß hier in den molekularen Bereich vor – aber man brauchte auch die richtigen Präparate. Spyridakis, der einer Dynastie kretischer Fischer entstammte, wusste, wie man mit scharfen Klingen umging, wie man filetierte. Und er hatte ein hervorragendes Auge – das war die andere Qualität, wichtig bei der Deutung mancher Präparate. Und nun würde er ausfallen. Seuchendienst in der Eifel. Sein bester Mann an die Pockenfront geholt.

Nikos war sich bewusst, wie kritisch Ruska diesen Auftrag

einschätzte. Er selbst sah das Ganze weniger dramatisch. Erstens war er vierundzwanzig und fühlte sich in diesem Alter naturgemäß unsterblich. Zweitens gab es da etwas, das sich *Tagessatz* nannte und das für einen jungen Mann, in dessen Leben das einzig Stetige war, einfach nie genug Geld zu haben, ein sehr überzeugendes Argument darstellte. Nikos hatte zuletzt Laborgläser für Professor Stüttgen gespült, Reagenzgläser, Schalen. Drei Mark die Stunde, was nicht schlecht war. Jetzt dagegen vierzig Mark am Tag – das war enorm.

Stüttgen hatte ihm nicht verheimlicht, dass alle anderen, erfahreneren Ärzte am Dermatologischen Institut abgewinkt hatten, ihn zu begleiten. Zwar waren sie als Mediziner geimpft, dennoch blieb ein letztes Risiko, sich selber anzustecken. Und praktische Erfahrung im Umgang mit so einer gefährlichen Erkrankung außerhalb eines Labors hatte keiner der Kollegen. Also hatten sie bedauernd abgesagt, auf ihre zeitliche Belastung, andere Verpflichtungen oder ihre Familien hingewiesen – schwach. Wobei Stüttgen doch selbst eine Frau und zwei Söhne hatte. Nikos Spyridakis wusste sehr gut, dass er der jüngste denkbare Kandidat an der Akademie war. Dazu war er ungebunden und körperlich belastbar, ein langjähriger Sportschwimmer. Aber er war keineswegs ein Draufgänger, auch wenn seine Großmutter ihm das immer wieder mit Verweis auf seinen Großvater einzureden versucht hatte: «Mit deinem Großvater zusammen zu sein, bedeutete, jeden Abend aufs Neue die unglaublichsten Geschichten über die Hintergründe seiner mal mehr, mal weniger schlimmen Verwundungen und Kratzer zu erfahren. Ich war noch nicht eine Woche mit ihm verheiratet, da musste ich ihm zum ersten Mal das Knie verbinden. Ich glaube, es gab keine zehn, höchstens mal vierzehn Tage hintereinander, an denen er sich nicht irgendeine Schramme holte.»

Sein Großvater hatte ihm das Tauchen, das Fischen, den Umgang mit scharfen Messern und das Schießen beigebracht. Alles Tätigkeiten, bei denen man ein gewisses Risiko einging. Aber die Erfahrung sagt, dass man nirgendwo vorsichtiger und deshalb sicherer geht als in der tiefsten Nacht. Nie ist der Mensch aufmerksamer als auf gefährlichem Terrain.

«Bitte überlegen Sie es sich, Nikos», hatte Stüttgen zu ihm gesagt, «für mich selbst ist die Entscheidung selbstverständlich. Ich bin Arzt. Ich sehe mich in der Pflicht. Aber Sie - ich will Sie zu nichts überreden.»

«War Hippokrates nicht ein Grieche? Wie sollte ich zurückstehen?», war Nikos' Antwort gewesen, in der ein nicht geringer Stolz darüber mitschwang, dass ihm Stüttgen diese Aufgabe überhaupt zutraute. Und an der Seite des Professors hatte man ohnehin mehr den Eindruck, als würde man ein Wochenende in die Berge fahren, um vielleicht Wintersport zu treiben oder zu klettern und nebenher ein wenig zu arbeiten. Auch das waren ja keine ungefährlichen Betätigungen - und dennoch machten sie Spaß.

«Okay, dann packen Sie ein paar frische Sachen ein, Ihre Zahnbürste und vielleicht auch ein paar Bücher. Ich habe keine Ahnung, wie lange wir da bleiben werden.» Er wusste durchaus, dass es ein wenig dauern könnte, aber viel Wind zu machen, war nicht Stüttgens Art.

Der Professor nutzte die restliche Fahrt, um Nikos die Grundzüge dessen zu vermitteln, was er selbst während seiner Studienaufenthalte am King Edward Memorial Hospital in Bombay gelernt hatte. Sie ließen das wässrig-neblige Rheinland hinter sich, fuhren hinein in den frischen Westen des Rheinischen Schiefergebirges, und schon bald waren sie mitten im

Winter. Der schneereichste Januar seit Menschengedenken bescherte ihnen zwei Meter hohe Mauern an den Straßenrändern, unten dreckig schwarz gefärbt, bespritzt, krustig und dennoch massiv, die sich schließlich oben zu sauberen, vom halben Mond weißlich beschienenen Wällen ausformten. Fast war es, als würden sie direkt in eine gigantische Schneekugel hineinfahren. Doch mitten in diesem Idyll lauerte das Ungeheuer, winzig, unsichtbar, aber tödlich.

Lammerath bei Monschau, am äußersten Rand des deutschen Staates, an der Grenze zum Königreich der Belgier, lag kurioserweise so, dass das Gebiet auf der Landkarte wie eine Tasche aussah, was durch die Eisenbahnlinie noch betont wurde, die östlich von ihr verlief und, um im Bild zu bleiben, an einen Reißverschluss erinnerte. Die Vennbahn sollte, zwischen Ardennen, Hohem Venn und Eifel hindurchführend, die schnellste Verbindung von Aachen nach Luxemburg sein. Lammerath war lange Zeit nicht mehr als ein von Belgien umrandetes Bauerndorf gewesen. Aber es lag auf einer Art Hochebene, was die Gegend am Ende des Zweiten Weltkriegs dazu prädestiniert hatte, zum Aufmarschgebiet der zur Verteidigung des Hürtgenwaldes bestimmten deutschen Truppen zu werden. Zwanzig Jahre vorher schon, das Erbe der zugrunde gegangenen Monschauer Tuchindustrie aufgreifend, war dort eine Fabrik errichtet worden, die seither an derselben Stelle bestanden und produziert hatte und dies immer noch tat: die Rither-Werke.

Direktor Seuss hatte sich mit dem Vorarbeiter der Nachtschicht besprochen, war dann nach draußen getreten und sah nun dem Werksleiter von ferne dabei zu, wie dieser seine Leute antrieb, noch einmal den schon wieder weißen Platz vor der Gießerei sowie den breiten Weg neben dem Verwaltungsgebäude zu räumen, ebenso die Auffahrt zur Rither-Villa. Es schneite stark, die Schneeflocken stoben dicht in den Lichtkegeln der Laternen auf dem Hof.

«Guten Abend, Herr Direktor.»

«Grüß Sie, Tillich. Heut hört der Schnee ja gar nimmer auf!»

«Soll die nächsten Tage wieder kalt werden. Ich lass nachher auch streuen. Hinter bis zur Villa. Fräulein Vera kommt doch übers Wochenende, nicht dass sie ausrutscht.»

«Vera kommt ... Wissen Sie, wann?»

«Landet jegen sieben mit dem Flieger in Köln-Wahn. Hab Behrends schon einjeteilt, sie abzuholen.»

Kruzifix, dachte Seuss, es geht einfach nicht anders, die muss dich einfach ärgern, wo sie kann. Die hat keinen Respekt und kein gar nichts. Der Werkmeister weiß, dass sie kommt, aber mir sagt sie kein Wort.

Und das, obwohl Richard Seuss seit dem Tod ihres Vaters vor etwas mehr als einem Jahr sogar die Vormundschaft für die nun ganz alleinstehende Vera ausgeübt und sich bemüht hatte, alles zu tun, um der tragisch zur Waise gewordenen jungen Frau bis zu ihrer Großjährigkeit zur Seite zu stehen. Vera aber scherte sich nicht um seine Gutmütigkeit.

Natürlich wollte er sich gegenüber seinem Untergebenen nichts anmerken lassen.

«Sehr gut, Tillich, danke. Schön, dass die Vera uns besuchen kommt.»

Seuss wollte weiter, aber sein Werkmeister, mit dem Ärmel einen Tropfen von der kälteroten Nase wegwischend, beugte sich vertraulich vor. Den Hof erfüllten die scharf kratzenden Geräusche der Schneeräumer.

«Und? Was tippen Sie, Chef?»

«Wie meinen, Tillich?»

«Wer ist der Mörder?»

«Ach so, das meinen Sie ...», er schüttelte lachend den Kopf. Dann legte er zwei Finger an die Krempe seines Hutes, drückte ihn zurecht und ging zügig über den Hof. Als er seinen Wagen, einen schwarzen BMW 3200 S, erreichte, bemühte sich der Fahrer, er hieß Max Lembke, so schnell wie möglich auszusteigen, was für ihn nicht ganz so einfach war. Zuerst kam immer der Stock.

«Grüß Ihnen, Max. Bevor wir fahren, muss ich noch schnell ins Ingenieurgebäude. Gehen S' doch in die Kantine und lassen S' die Thermoskanne auffüllen. Kamillentee. Hab's wieder mit dem Magen seit gestern. Wir müssen nachher noch nach Monschau. Und bringen Sie mir bitte ein paar Fleischpflanzerl mit.»

«Selbstverständlich, Chef.»

Lembke schlug die Wagentür zu und marschierte los, seine linke, in einem besonders dicken Handschuh steckende Hand auf seinen Stock stützend. In der Rechten trug er die Aktentasche. Er schob sein linkes Bein mit Vehemenz vor, wobei die rechte Schulter hochschoss, setzte dann das rechte nach, worauf die rechte Schulter wieder verblüffend tief sank und der ganze Körper eine schmerzhaft wirkende Drehung vollzog. Trotz der Mühen, die ihm das Gehen machte, überquerte Lembke den Hof zügig.

Direktor Seuss betrat den Ingenieursbau, nickte den noch arbeitenden technischen Zeichnern an ihren hellerleuchteten Tischen zu, durchschritt den Flur und klopfte schließlich einmal an die Tür des Chefingenieurs, die nur angelehnt war.

«Oh ja, Herr Direktor. Kommen Sie bitte rein», rief Dr. Velbert. Der Chefingenieur war kurz nach dem Krieg eingestellt und vom jüngeren Rither eingearbeitet worden, Veras Vater, nach dessen tödlichem Herzinfarkt hatte er auch sein Büro übernommen. Halb gebeugt stand er über einem komplizierten Bauplan, den er lächelnd studierte.

«Was gibt es denn so Eiliges zu besprechen?»

Eilig allerdings, dachte Seuss, und zwar so eilig, dass es schon wieder zu spät war, jetzt noch darüber in Hektik auszubrechen. Tatsächlich eine verhexte Geschichte, fast zum Lachen, wenn sie nicht so ernst wäre. Ein richtig ärgerlicher Schmarren.

Seuss atmete tief ein. Er blickte sich um in Dr. Velberts Büro, in dem sich – trotz des Fortschritts der Produkte und folglich des Aufschwungs der Fabrik und ihrer Geschäfte – seit Firmengründung beinahe kaum etwas verändert hatte. Auch der Tod des jüngeren der beiden Rither-Brüder war spurlos geblieben, nur dass jetzt eben Dr. Velbert an dem Schreibtisch saß, über dem wie seit Jahrzehnten das Gemälde des älteren Rither hing, des Firmengründers, der Seuss damals als Kaufmann in sein Unternehmen geholt hatte.

Der ältere Rither blickte auf Seuss herab, begutachtete ihn aus seinem Rahmen, der ein brauchbares Werk eines ordentlichen Künstlers von der Düsseldorfer Akademie umgab, und urteilte vielleicht auch über ihn. Der ältere Rither, das war ein Unternehmer gewesen! Ein Genie, ohne Zweifel. Kraftstrotzend und ganz entschlossen in seinen Plänen. In den goldenen Jahren nach dem Ersten Weltkrieg, nachdem viel Geld kaputtgegangen war, hatte er auf dem umfangreichen Waldbesitz der Familie sowie seinen genialen Ideen zur Wärmeleitung hier, auf kargem Bauerngrund, eine einzigartige Firma gegründet.

Im Wesentlichen war man so etwas wie eine Schmiede für Schmiede, denn die Bernhard-Rither-Werke stellten Schmelzöfen her. Für die Stahlproduktion, hauptsächlich. Werkzeugindustrie. Kupferindustrie. Aber man baute auch Induktionsöfen, die unter anderem in der Papierherstellung gefragt waren.

Der indische Subkontinent etwa war in einem Papierrausch,

der von den Zeitungen und Zeitschriften, aber auch vom Schul- und Lehrbuchbedarf zweier in wettstreitendem Aufbruch sich befindenden Staaten, Indien und Pakistan, getrieben wurde. Speziell die finanziell potenten Unternehmer der indischen Westküste, die stark ins Verlagsgeschäft drängten und nebenher noch eine große Filmindustrie hochgezogen hatten, ließen Papier an der immer noch waldreichen Ostküste produzieren. Mit Rither-Öfen.

Die letzten Jahre mit ihren hohen Auftragsvolumina hatten der Firma einen enormen Innovationsschub versetzt. Die Auslieferung einer neuen Generation von Öfen, die Rither unweigerlich an die Weltmarktspitze führen würde, stand kurz bevor. Dazu kam ein Großauftrag für ein Konsortium aus dem nahen Luxemburg, höchst lukrativ, aber mit empfindlichen Konventionalstrafen bei Lieferverzug versehen. Ein langjähriger und sehr wichtiger Kunde.

Die besten Mechaniker und Ingenieure, die Seuss zur Verfügung hatte, arbeiteten schon rund um die Uhr. Die Firma hatte keine personellen Reserven mehr. Da hatte ihn der Anruf aus der Kreisverwaltung, wo er einen sehr guten Kontakt hatte, tief beunruhigt.

Das Einzige, was Seuss bislang wusste, war, dass die zehnjährige Tochter eines Angestellten, der monatelang in Indien auf Montage gewesen und kurz vor Weihnachten zurückgekommen war, gestern zwischen Aachen und Monschau mit dem Krankenwagen hin- und hergefahren wurde, mit dem Verdacht auf eine Infektion mit den schwarzen Pocken. Der Zusammenhang war klar: ein Vater, der ein halbes Jahr in Indien zugebracht hatte – und seine Tochter, die womöglich an einem gefährlichen Virus erkrankt war, das auf dem Subkontinent keineswegs unter Kontrolle war.

«Nun, ich hoffe doch sehr, dass dem Kind geholfen werden kann. Wir kennen die Familie seit langem. Der Vater arbeitet doch schon mehr als zwölf Jahre bei uns. Hat bei uns gelernt, nicht wahr?»

Seuss biss sich auf die Lippen. Es tat weh, dass es einfach immer so zäh lief. Aber so war es schon immer gewesen. Der alte Rither, ja, der hatte ein Gesamtverständnis gehabt, aber seitdem kämpfte Seuss mit der Naivität von Ingenieuren, die mit luziden Träumen neuartiger Wärmeleitung ins Bett stiegen, aber sich darüber hinaus nichts von Relevanz vorstellen konnten.

«Für das Kind wird gewiss alles getan», sagte Seuss langsam. «Aber was meinen Sie, Dr. Velbert, von wem das Mädchen die Erkrankung hat?»

«Ja, sehr gute Frage. Von wem wohl?» Der Ingenieur starrte ihn hilflos an.

«Ja, natürlich, sprechen wir es aus», half Seuss nach, «von unserem besten Monteur. Ich war ja eigentlich sehr froh, dass er wieder zu Hause ist.»

«Muss er wohl ein paar Tage krankgeschrieben werden?»

«War er doch schon.» Seuss sah seinen Chefingenieur an. Konzentrierte sich darauf, ein freundliches Gesicht zu machen und zu lächeln.

«Nach seiner Rückkehr aus Indien», Seuss seufzte, «war der Jupp für zwei Wochen der beliebteste Mann im Betrieb. Die haben ihn in der Kantine gefeiert.»

«Jetzt sagen Sie doch schon, was Sie so umtreibt, Seuss?»

«Verstehen Sie denn nicht? Wenn wir nicht aufpassen, dann werden die uns womöglich die Fabrik zusperren. Dann gehen wir alle für die nächsten Wochen in Quarantäne.»

«Das ist aber doch ganz unmöglich. Wir bauen ab nächster Woche den ROA 15. Wir haben das alles geplant.»

«Genau, Herr Dr. Velbert. Und nicht nur das – wir haben Verträge unterzeichnet, haben Verpflichtungen.»

«Ja, gewiss doch. Was schlagen Sie also vor?»

Velberts Gesicht bekam einen eisigen Ausdruck. Jetzt schien die Botschaft endlich angekommen.

«Unsere Anwälte, auch die Luxemburger, habe ich schon angerufen. Und ich muss gleich zu einer Besprechung. Bei der Kreisverwaltung ist ein Krisenstab gebildet worden. Mit einem medizinischen Leiter, von außerhalb. Keine Ahnung, was so ein Arzt im Schilde führt.»

«Wer ist der Mann?», fragte Dr. Velbert.

«Ein Professor aus Düsseldorf. Hat das Innenministerium geschickt. Ich mache mich später auf den Weg.»

Das zweite Stadium nennt man Eruptionsstadium.»

Jetzt lenkte Günter Stüttgen in eine Tankstelle, um den alten Volkswagen hier in Düren noch einmal vollzutanken, bevor es in den Hürtgenwald ging. Sie standen beieinander, in der feuchten Luft, die der scharfe, belebende Geruch nach frischem Benzin durchdrang. Nikos betrachtete den zurückblickenden Wolf, der auf der Motorhaube prangte, jenes Wappen einer auf die Bildsprache alter Grafenwappen anspielenden, tatsächlich in den späten vierziger Jahren designten Heraldik. Hier war nicht das Schrift-Logogramm eines Industrieprodukts einer alten Vorlage nachempfunden – im Gegenteil, hier war einem mächtigen industriellen Komplex das Privileg zugestanden worden, Boden- und sogar Stadtrecht auszuüben und eine Kommune zu gründen, ein Vorgang, den es in dieser Form zuvor wohl nur in Amerika und der Sowjetunion gegeben hatte, nicht aber im Deutschen Reich oder sonst wo in Europa. Das Emblem von Volkswagen aus Wolfsburg.

Stüttgen ließ tanken und sprach weiter.

«Wichtig ist, dass es beim Eruptionsstadium, etwa am vierten Tag, zunächst zu einer Fiebersenkung kommt, mit der dann der richtige Ausschlag auftritt. Es fängt eigentlich immer im Gesicht an – rötliche Knötchen, die sich dann sehr schnell über den ganzen Körper ausbreiten. Bin gleich wieder da.»

Der Professor betrat das hellerleuchtete Kassenhäuschen der Tankstelle, und Nikos konnte ihm dabei zusehen, wie er hinter der Glasscheibe den Kraftstoff bezahlte.

Ausschlag – die Spezialität der Dermatologie überhaupt und schlechthin. Es war immer nur eine Frage der Zeit, bis es dazu kam. Die Haut schwitzte, blühte aus, schlug aus, verfärbte und veränderte sich. Ausschläge waren, neben Verbrennungen, Läsionen und Tumoren aller Art die Königsdisziplin der Dermatologen. Die Lehre von den Effloreszenzen. Genau das war aber auch der Grund, warum Nikos sich unsicher war, ob er wirklich bei der Dermatologie bleiben und nicht vielleicht doch auf die andere Seite der Medizinischen Akademie wechseln sollte, zu Professor Ruska und seinen magischen elektronischen Apparaturen.

Es war das Besondere an der Elektronenmikroskopie, dass sogar die hässlichsten Krankheiten ihre Schönheit zeigten, wenn man sie auf der Ebene der Zelle betrachtete. Ein Mäusekarzinom in feinem Schnitt besaß sogar etwas von abstrakter Kunst – herausgezaubert aus den tiefsten Strukturen der Natur. Die Aufnahmen von Milbenbären und Wanzenwaranen bereiteten Nikos ein beinahe kindliches Vergnügen. Aber natürlich galt das Hauptinteresse in Professor Ruskas Institut der elektronenmikroskopischen Identifizierung von Viren und Bakterien. Die erstaunlich kompakten und sich so genau voneinander unterscheidenden Dinger faszinierten Nikos. Darin mochte ein Erbe seiner Fischervorfahren mitklingen, das Fundspiel seiner Kindheit, die er an den Stränden Kretas verbracht hatte. Die Tauchgänge an den Felsen von Matala, am besten vormittags, weil die Sonne da die reichsten Tauchgründe in einem Finderlicht offenbarte. Auch hier war es um Formen gegangen. Nicht nur Muscheln, vor allem die Korallen und die zahllosen anderen Lebensformen auf dem Meeresboden hatten Nikos immer schon verzaubert, der Fülle ihrer Erscheinungen wegen. Ins Fluidum des Meeres hinabzutauchen – daran erinnerte sich Nikos komischerweise, fern von

Sonne oder glücklichen Felsen, wenn er am Elektronenmikroskop Professor Ruskas saß und sich in der Welt der Viren und Bakterien umsah. Obwohl so winzig, waren sie doch mit klarem Bauplan und einzigartiger molekularer Ausstattung versehen. Und mit diesem aufs wesentlichste beschränkten Rüstzeug waren sie in der Lage, ganze Zivilisationen auszulöschen. Variola, so glaubte Nikos sich zu erinnern, hatte Professor Ruska allerdings noch gar nicht in seiner Probensammlung. Womöglich würde er dem großen Virologen tatsächlich ein paar Proben aus der Eifel mitbringen können. Die wenigen Abbildungen von Variola, die er in Fachbüchern gesehen hatte, waren erstaunlich. Ihr Anblick erinnerte Nikos an Schlüssellöcher, durch die man spähen konnte. Man las auch den Vergleich mit der Form eines Stundenglases, einer Sanduhr.

Der erste Schriftsteller, der – weit vor der Zeit, in der man in der Lage war, Variola-Erreger, auch wenn sie die größten aller Viren waren, sichtbar zu machen und zu betrachten – sein freimütiges Bekenntnis gab, selbst an dieser Geißel der Menschheit gelitten zu haben, lässt seine Schilderung mit diesem Bild beginnen:

«Wie eine Familienspazierfahrt im Sommer durch ein plötzliches Gewitter auf eine höchst verdrießliche Weise gestört und ein froher Zustand in den widerwärtigsten verwandelt wird, so fallen auch die Kinderkrankheiten unerwartet in die schönste Jahreszeit des Frühlebens.»

Die Pocken hatten irgendwann die Pest als die tödlichste Infektionskrankheit der Menschheit überholt und weit hinter sich gelassen. Weil sie so hochansteckend waren und immer wieder überall ausbrechen konnten, zählte man Kinder erst dann zur Familie, wenn sie die Pocken überstanden hatten. Von den Pocken dahingeraffter Nachwuchs kam einfach zu häufig vor, als dass man schon das Herz ganz an die Kinder gehängt hätte, bevor sie die Krankheit überstanden hatten.

«Die Einimpfung derselben ward bei uns noch immer für problematisch angesehen. Spekulierende Engländer kamen deshalb aufs feste Land und impften, gegen ein ansehnliches Honorar, die Kinder solcher Personen, die sie wohlhabend und frei von Vorurteil fanden. Die Mehrzahl war jedoch noch immer dem alten Unheil ausgesetzt; die Krankheit wütete durch die Familien, tötete und entstellte viele Kinder ...»

Was der Schreiber dieser Zeilen freimütig bekannte, waren seine Blattern – allgemein der Grund für die Beliebtheit des Gesichtspuders in der Barockzeit und später. Denn auch, wenn jemand die Pocken überlebte, so hatten sie doch häufig sein oder ihr Antlitz völlig entstellt. Vielleicht musste erst ein gänzlich freier Mensch kommen, um das zum ersten Mal in der deutschen Literatur zu bekennen. In «Dichtung und Wahrheit» schreibt Goethe: «Das Übel betraf nun auch unser Haus, und überfiel mich mit ganz besonderer Heftigkeit. Der ganze Körper war mit Blattern übersäet, das Gesicht zugedeckt, und ich lag mehrere Tage blind und in großem Leiden.»

So war es mit den Pocken zur Zeit Goethes, und hundertdreißig Jahre später waren sie noch immer – oder wieder – ein Übel in Deutschland.

Günter Stüttgen kam zurück, und sie stiegen ins Auto. Bevor er den Wagen startete, öffnete er die neue Packung Zigaretten, bot Nikos eine an und gab ihm Feuer. Der Käfer mit den beiden Medizinern füllte sich nun sehr schnell mit blauem Dunst.

Stüttgen schilderte Nikos die weiteren Symptome des zweiten Stadiums. Er beschrieb, wie sich am dritten Eruptionstag auf der Spitze der Knötchen Bläschen bildeten, welche bald erhärteten, perlmuttartig glänzend, und sich wie tief in der Haut liegende Hagelkörner anfühlten. Einmal habe er – natürlich unter höchsten Sicherheitsmaßnahmen – einem Kranken in Bombay über den Arm gestrichen. Jedes einzelne Körnchen habe man fühlen können, jedes ein wie von einem bösartigen Genie implantierter Fremdkörper.

«Sobald sich diese tief in der Haut liegenden Körner zeigen, lassen auch die übrigen Beschwerden nach, speziell die Kopf- und Kreuzschmerzen, die ich Ihnen geschildert habe. Damit geht das Eruptionsstadium zu Ende.»

Patient 1. So hatte der Leiter des Gesundheitsamtes jenen Angestellten der Rither-Werke getauft, der die Pocken höchstwahrscheinlich aus Indien in den Kreis Monschau eingeschleppt und seine Tochter, *Patient 2*, damit angesteckt hatte. *Patient 1.* Oberkreisdirektor Äugler, eine Handvoll anderer wichtiger Herren der Kreisverwaltung sowie der Polizeichef Oberkommissar Schwey blickten auf eine Art von Diagramm, das der agile Professor aus Düsseldorf vor ihnen an einer Schiefertafel skizzierte, die aus dem Bauamt in das Büro des Oberkreisdirektors herübergebracht worden war. Ganz oben in der Mitte stand *Patient 1.* Jeder der Herren hatte einen Aschenbecher vor sich stehen und bemühte sich nach Kräften, ihn zu füllen.

Vom Amtsarzt bekamen sie zunächst eine kurze Schilderung, was *Patient 1* alles widerfahren war – soweit man das zu diesem Augenblick sagen konnte. Der Professor aus Düsseldorf hatte dabei düster den Kopf geschüttelt und seinem Assistenten, einem sportlichen jungen Mann mit schwarzen Locken, wohl Südländer, immer wieder Bemerkungen zugeflüstert, die dieser dann in seine Aufzeichnungen übernahm.

Bevor *Patient 1* zu diesem geworden war, war er einfach nur ein Monteur der Rither-Werke gewesen, den ein Auftrag für ein halbes Jahr nach Indien geführt hatte. Kurz vor dem Weihnachtsfest war der Mann zurückgekehrt. Er war vor ein paar Jahren gegen die Pocken geimpft worden, weshalb der Hausarzt in Lammerath seine Beschwerden, die Anfang Januar aufgetreten waren, Fieber und starke Gliederschmerzen, für eine Erkältung und die später folgenden Veränderungen auf der Haut für die harmlosen Windpocken gehalten hatte. Dabei war es geblieben. Seit etwa zwei Wochen hatte der Mann wieder ganz normal gearbeitet, und vor nicht einmal einer Woche war er bei der verpflichtenden Routineuntersuchung am Tropeninstitut in Hamburg gewesen. Auch dort hatte man auf Windpocken getippt.

«Ist dem Mann denn wenigstens Blut abgenommen worden?», hatte Professor Stüttgen gefragt, dabei aber bereits resignierend den Kopf geschüttelt, da man sogar in Hamburg offenbar keine große Ahnung von Variola hatte. Die Frage wurde allerdings bejaht. Die Blutprobe sei wie üblich nach München ans dortige tropenmedizinische Institut geschickt worden, dem einzigen Ort in Deutschland, an dem diese Untersuchung möglich war. Das Ergebnis stehe noch aus. *Patient 1* sei zurzeit wohlauf. Ganz anders hingegen *Patient 2*, oder besser *Patientin 2*, denn es handele sich um die neunjährige Tochter. Die Zigarettenschachteln knisterten, jeder der Herren steckte sich eine an. Man ahnte, dass es langsam heikel wurde.

Das Kind also sei, knapp drei Wochen nachdem sein Vater erste Symptome gezeigt habe, krank geworden. Wieder sei der Hausarzt konsultiert worden, wieder lautete die Diagnose auf Windpocken, aber trotz der vom Hausarzt verordneten Bettruhe habe sich der Zustand des bis dahin gesunden Mädchens nicht verbessert. Da seien dem Hausarzt Zweifel gekommen, er habe Rat beim Amtsarzt gesucht, sie hätten Fachbücher gewälzt und seien schließlich zu dem Schluss gekommen, das Kind sofort in die Krankenheilanstalten nach Aachen bringen zu lassen. Das war gestern.

An dieser Stelle wurde die ohnedies schon gespannte Atmosphäre vollends unbehaglich, was auch daran lag, dass Professor Stüttgen zunehmend einen derart verzweifelten Eindruck machte, als stecke ihm ein Stachel im Fleisch, den jede weitere Schilderung der fatalen Umstände und Entscheidungen am Rande tiefer hineintreibe.

Nikos Spyridakis, den Stüttgen gebeten hatte, für ihre Belange alles zu protokollieren und überdies zu notieren, was ihm sonst noch auffalle, studierte zwischendurch immer wieder die Gesichter der anderen Männer im Raum. Der Oberkreisdirektor verzog keine Miene, ganz egal, was erzählt wurde, er rauchte nur eine Zigarette nach der anderen. Ein auffälliger Bernsteinring leuchtete an seiner linken, die Zigarette haltenden Hand, die ganz ruhig war. Auch ihre Fingerspitzen und Nägel gingen farblich bereits in Richtung Bernstein. Der Amtsarzt bemühte sich sehr um eine korrekte Darstellung des Vorgefallenen, aber es war ihm anzumerken, dass ihn Stüttgens Reaktion beeindruckte. Das Ganze würde kein Ruhmesblatt für die Ärzteschaft zwischen Aachen und Monschau füllen, so viel stand fest. Denn was sich gestern Abend um die Unterbringung des schwer fiebernden, zeitweise schon delirierenden Kindes, *Patientin 2*, herum abgespielt hatte, war kaum zu glauben.

Selbst Nikos – der grundsätzlich fast alles für möglich hielt, da er einem Volk entstammte, das seit mehr als zweitausend Jahren, seit dem durch einen umfassenden, absurden Bürgerkrieg selbst verschuldeten Untergang seiner legendären Hochkultur, ununterbrochen fremdbeherrscht oder im Bürgerkrieg gewesen war und zwischen allen Kulturen und Stühlen gehangen hatte und wohl nur von einer neuen Heimat namens Europa erlöst werden konnte –, staunte über seinen

Notizen, während er dem Bericht des Amtsarztes folgte und dabei angelegentlich zusah, wie sich das Gesicht von Professor Stüttgen immer weiter verdüsterte.

In Aachen hatte der Rot-Kreuz-Mann, der den Krankenwagen des Kreises Monschau fuhr, ein treuer Bauer Ende fünfzig, mehr als zwei Stunden vor dem Tor der Krankenanstalten warten müssen, denn die Aufnahme des Kindes war zunächst verweigert worden. Die Nachtschwester habe den diensthabenden Arzt geholt, dieser habe sich die Liste seiner abwesenden Vorgesetzten hinauftelefonieren müssen. Bei Temperaturen knapp über null Grad wartete der Fahrer draußen, hustend und fiebernd das Mädchen im Inneren des Wagens. Irgendwann waren sie dann alle dort versammelt, Oberarzt, Stationschef, Klinikdirektor und sogar der Leiter des städtischen Gesundheitswesens. Mit Taschenlampen leuchteten sie durch die Wagenfenster, um das von Pusteln übersäte Kind zu begutachten. Schwer zu entscheiden, was man sich grauenvoller vorstellen muss – den Anblick des armen Mädchens im Inneren oder den der hochmögenden Mediziner in ihren Wintermänteln und mit ihren Handschuhen, in denen sie die Taschenlampen hielten. Sie blickten durch die Scheiben wie in ein Aquarium, baten den Fahrer sogar mehrfach, in den Wagen zu steigen und das Kind umzudrehen, damit sie es besser sehen konnten. Damit sie besser sehen konnten, was nicht sein konnte, weil es nicht sein durfte: ein im Jahre 1962 an den schwarzen Pocken erkranktes, hochinfektiöses deutsches Kind. Doch glücklicherweise, aus Aachener Sicht, stammte dieses kranke Kind, das nicht sein durfte, aus Monschau. Es wurde also abgewiesen und zurückgeschickt. Obwohl mit einer Isolierstation ausgestattet und mit mehr als einem Dutzend Ärzten im Stab, die gerade erst frisch gegen die Pocken immunisiert worden waren, weigerte sich Aachen kategorisch, aus formalen Gründen, das Kind aus Monschau aufzunehmen. Kaum war der Krankenwagen vom Hof, rief der Aachener Gesundheitschef im Innenministerium an. Der Beamte aus dem Ministerium teilte seine Sicht und verständigte den Direktor des Monschauer Krankenhauses, gab ihm zu verstehen, dass er sofort alle Vorkehrungen für die Aufnahme eines Pockenfalles zu treffen habe.

«Wenn ich das gewusst hätte!», rief Professor Stüttgen nun, «wir hätten das Kind jederzeit bei uns in Düsseldorf unterbringen können. Wir hatten Anfang Januar ohnedies einen eigenen Pockenfall, ein Ingenieur, der sich in Afrika angesteckt hat. Wir wären vorbereitet gewesen.»

«Der Leiter unseres Krankenhauses hat ja – das hat er mir telefonisch mitgeteilt – sogar danach gefragt. Ausdrücklich. Nach einer Unterbringung in Düsseldorf», warf nun der Oberkreisdirektor ein. Nikos sah, wie sein Bernsteinring bei diesen Worten im Takt auf und ab hüpfte. Der Zigarettenrauch wurde schwungvoll verwirbelt.

«Aber da war strikt nichts zu machen. Das Ministerium bestand darauf, dass das Mädchen bei uns behandelt wird.»

Exportieren Maschinen made in Germany nach Indien, nehmen Blut ab in Hamburg. Untersuchung in München. Aber wenn es dann einen Fall gibt, dann ist der Patient aus Monschau und soll dort bleiben, dachte Stüttgen. Aber in dieser Runde war keine Zeit, sich mit so etwas aufzuhalten und zu lamentieren.

Die *Patienten 1* und *2* waren vermutlich umgeben von Nummer *3* und *4*, denn was er zuvor über den jüngeren Bruder und die Mutter gehört hatte, legte diese Vermutung nahe. Es gab ja auch oft milde Verläufe. Zudem seien die beiden geimpft, was einen glimpflichen Verlauf versprach, infektiös könnten sie aber dennoch sein. Das war also die Kernfamilie.

Stüttgen stand auf, wischte sich mit der Hemdmanschette über die Lippen und begann, mit schnellen Strichen, teilweise assoziativ, den Herren einen möglichen Schlachtplan zu skizzieren.

«Wir müssen vorgehen wie Detektive, wir dürfen niemanden übersehen.»

Bei diesen Worten riss es den Polizeichef, der in seinen Gedanken ein wenig abgedriftet war, da er mit ganz diskretem Blick auf die Uhr geprüft hatte, wie lange es noch war, bis diese gewisse Fernsehsendung beginnen würde.

Doch nicht nur ihm ließ es Stüttgen im Folgenden schwindlig werden, sondern auch dem Oberkreisdirektor und seinen Beamten. Der Einzige, der Stüttgens Ansatz insgeheim gut fand, war der Amtsarzt, der irgendwann in seinem Studium einen Schein in Epidemiologie hatte machen müssen. Er war froh, dass der Professor so hart war, das gab ihm selber etwas Spiel. Der Amtsarzt wusste, was auf sie alle zukam: Jeder, der in den letzten vier Wochen mit einem Mitglied der Familie zusammen gewesen war, recht eigentlich sogar seit der Rückkehr des Mannes aus Indien, musste ermittelt werden. Das betraf zuerst die Nachbarn und Verwandte, aber auch die Schule, da beide Kinder ja nach den Weihnachtsferien noch ein paar Tage in ihren Klassen gewesen waren.

«Aber was dann? Was soll das bedeuten?», fragte der Oberkreisdirektor. «Ich meine, für die Schule?»

«Wir werden die Schule schließen, alle Kinder aus den beiden Klassen und womöglich noch mehr in Quarantäne stecken, am besten in den Räumlichkeiten der Schule selbst», sagte Stüttgen trocken und fuhr dann schnell fort. Er ließ den anderen keine Zeit, ihr Entsetzen darüber auszudrücken. Strich um

Strich, Verbindung um Verbindung zeigte er auf und skizzierte ein grobes Netzwerk möglicher Infektionswege: die Hausarztpraxis und die damals mit dem scheinbar an Grippe oder Windpocken erkrankten Vater zusammen im Wartezimmer wartenden Patienten. Die Helferinnen der Hausarztpraxis. Der Arzt selbst und seine Familie. Der Krankenwagenfahrer. Und dessen Familie.

Mit jedem Strich erinnerte das Ganze den Oberkreisdirektor mehr an den Stammbaum eines abartigen neuen Herrschergeschlechts – ein teuflischer Anti-Prinz Karneval und sein Gefolge aus nahen und nächsten Verwandten. Die gerade dabei waren, seinen Landkreis zu übernehmen.

«Hier wären wir jetzt», sagte Stüttgen und sah mit Zufriedenheit, dass Nikos sein Diagramm aufs sorgsamste übertragen hatte. Es würde bald noch weiterwachsen, aber für den Moment fehlte nur noch eine Verbindung, ein Knotenpunkt der Kontakte, der unbedingt miteinbezogen werden musste.

«Was nun noch aussteht: die Arbeitsstelle von *Patient 1*. Diese Rither-Werke.»

Nikos blickte interessiert auf den Oberkreisdirektor, der hörbar schluckte. Die Hand mit dem Bernsteinring und der Zigarette rückte die Brille zurecht. Der Verwaltungschef sah seine Beamten an.

«Ich habe Direktor Seuss schon verständigt», warf einer von ihnen ein. «Er müsste bald hier eintreffen.»

«Wie viele Mitarbeiter hat der Betrieb denn, oben in Lammerath, meine ich», fragte Stüttgen und zündete sich eine neue Zigarette an.

«Fünfzehnhundert. Ist der mit Abstand größte Arbeitgeber der Region. Aber das kann ja nicht sein, dass ...», der Oberkreisdirektor brach ab und wies in einer undeutlichen Bewegung auf den Stammbaum der Pockenherrschaft über seinen Kreis.

«Was kann nicht sein, wenn ich fragen darf?»

«Wir können ja nun nicht die Rither-Werke schließen, oder? Genauso gut könnte man den Karneval absagen, das geht ja auch nicht.» Der Verwaltungschef bemühte sich, bei dem Thema ein wenig Heiterkeit aufkommen zu lassen.

«Sind Sie da so sicher?»

Der Polizeichef warf dem Oberkreisdirektor einen unsicheren Blick zu. Äugler versuchte, wieder die Kontrolle zu übernehmen. Er schlug einen etwas härteren Ton an.

«Bitte Sie, Professor, hören Sie mal auf zu scherzen. Ein Mädchen ist krank, das ist bedauerlich. Vielleicht haben sich einige andere angesteckt. Aber es gibt Grenzen, was man den Leuten zumuten kann.»

«Bei einer Krankheit wie den Pocken steht man einem Naturphänomen gegenüber, das muss Ihnen klar sein. Die Natur kennt den Begriff der Zumutung nicht. Die nimmt keine Rücksicht auf Weiberfastnacht oder Rosenmontag. Oder auf sonst irgendetwas.»

Nach dieser für das Rheinland wie die Eifel unglaublichen Aussage setzte Stüttgen mit eindringlicher Stimme nach:

«Wir haben eine Chance, den Spuk wieder einzufangen. Aber dazu braucht es gerade jetzt am Anfang absolute Präzision. Analyse. Und Entschlossenheit, die Folgerungen daraus auch umzusetzen. Verstehen wir uns da?»

Alle blickten ihn ernst an. Und schweigend. Der Polizeichef räusperte sich, weil er ahnte, dass die Republik den Mörder heute Abend ohne ihn dingfest machen würde.

Vera Rither, ihre rötlich blonden Haare zu einem schwungvollen Bob geschnitten, in engen Keilhosen und in einen eleganten, aber viel zu dünnen Wildledermantel gekleidet, wie es diesen Winter an der Seine Mode war, sah skeptisch lächelnd zu, wie der alte Michel Behrends ihr Gepäck in den Kofferraum des Mercedes wuchtete. Und dabei ein mehr als respektvolles Grummeln von sich gab – *ob das Fräulein Vera wohl der Meinung sei, es herrsche in der Eifel ein Mangel an Steinen?* Die Koffer waren so schwer, weil Vera sie mit einer absurden Menge an neuen Schallplatten und Büchern vollgestopft hatte. In ihrem hektischen Pariser Alltag fand sie kaum mehr Zeit für diese Dinge, und sie hatte sich vorgenommen, den für zwei Wochen geplanten Aufenthalt in Monschau neben den ganzen juristischen Geschichten mit Musikhören und Lesen zu verbringen.

Es ginge ihn ja nichts an, sagte Behrends, nachdem er darauf bestanden hatte, Vera die Wagentür aufzuhalten und zu warten, bis sie sich gesetzt hatte, aber wie ein so dünnes Mädchen so schwere Koffer haben könne, das wolle ihm nicht in den Schädel.

Behrends' hageres Gesicht hatte sich in den letzten Jahren immer mehr eingefältelt, war ledriger und zäher geworden, ohne dass er dabei seine Agilität verloren hätte. Infolge eines frühen Arbeitsunfalles in der Gießerei der Rither-Werke fehlten ihm zwei Finger der linken Hand, und Vera hatte als Kind immer gestaunt, wenn die verbliebenen drei mit äußerster Geschicklichkeit in die Hosentasche getaucht waren, um eines der Bonbons herauszufischen, die er dort zuverlässig bei sich trug. Die verkrüppelte Hand war ihrer kindlichen Ansicht nach weniger ein Defizit als ein besonderes Merkmal gewesen, das Michel Behrends mehr auszeichnete als behinderte – was vielleicht auch an den Süßigkeiten gelegen haben mochte, die die dreifingrige Kralle so verblüffend zu spenden vermochte.

Nun blickte sie auf die altvertrauten Finger, die das Lenkrad des schweren Mercedes hielten und diesen aus dem Parkhaus am Flughafen in den immer tieferen Winter steuerten, mit gedämpftem Geräusch und makelloser Motorenleistung.

Der Alte berichtete ihr mit seiner schnarrenden Stimme, was sich alles so in der Firma getan hatte. Die Probleme, die der Großauftrag des Luxemburger Stahl-Konsortiums bereitete. Der Dreischichtbetrieb, den Direktor Seuss mehr oder weniger über Nacht einführte. Alle hatten da mitgezogen, aber angesichts des diesjährig harten Winters waren vor allem die Nacht- und Frühschicht für die Pendler aus umliegenden Dörfern recht fordernd. Nicht jeder habe ja sein Häuschen in Lammerath stehen.

Und dann sei da noch etwas sehr Trauriges geschehen: Bärbel Reue, die kleine blonde Bärbel, die Vera seit ihrer Geburt kannte und häufig gesehen hatte, sei gestern ins Krankenhaus gekommen.

«Dat adische Könk hat d'r Pepps», sagte der Fahrer in Lammerather Platt, «on jetzt ist es janz maruede.»

Vera wollte Genaueres wissen. Wegen einer Grippe kam man doch normalerweise nicht gleich ins Krankenhaus? Aber Behrends wusste nicht mehr darüber zu sagen. Diese Nachricht beunruhigte Vera, sie kannte das Kind und die ganze Familie recht gut. Eine Zeitlang war Bärbels Mutter ihrer Haushälterin behilflich gewesen, war unter der Woche am Nachmittag zum Putzen gekommen und hatte die kleine Bärbel dann immer dabeigehabt. Dass sie jetzt im Krankenhaus lag, traf Vera auch deshalb, weil Bärbel für sie inniglich mit der Zeit ihrer eigenen Gesundung verbunden war. Als Kind war Vera nämlich selbst schwer an Polio erkrankt und hatte ein paar frühe, entscheidende Jugendjahre häufiger im Rollstuhl sitzen müssen. Sie konnte lange nicht spielen, nicht laufen und auch nicht reiten, was sie besonders gerne getan hätte.

Als es ihr dann langsam bessergegangen war, hatte Vera das Wickelkind Bärbel mit dem Kinderwagen durch den Garten der Villa und über das Fabrikgelände geschoben und ihr dabei sensationelle Livereportagen über das Geschehen rund um sie beide vorgetragen. Man konnte sagen, dass Vera recht eigentlich gerade bei diesen Spaziergängen und dank der ungemein sonnigen Bärbel wieder auf die Beine gekommen war. Der Kinderwagen war die perfekte Gehhilfe gewesen, eine Möglichkeit, die Krücken, die sie oft noch brauchte, zu Hause stehen zu lassen. So verband sich ihre Gesundung in gar nicht so geringem Maße mit der kleinen Bärbel – wovon diese selbst wohl gar nicht viel mitbekommen hatte.

Damals, in der bitteren Zeit ihrer Krankheit, hatte Vera auch angefangen zu schreiben. Bald schon mit dem Ehrgeiz, die Darstellung von Dingen, an denen sie nicht teilhaben konnte, so zu perfektionieren, dass das Darstellen mehr als nur ein Ersatz war – es wurde ihre Weise und Methode, die Welt trotz allem erfahren und erleben zu können.

Wenn sie beschrieb, wie ihre Schulkameradinnen auf der Wiese im Pausenhof spielten, sich gegenseitig zu fangen versuchten, dann empfand sie diese Aufgabe als beinahe so reizvoll, wie es gewesen wäre, selbst barfuß über den von der Sonne beschienenen Rasen zu laufen. Sie führte das Tagebuch ihrer Jugend zum Trost für das ihr auferlegte Handicap einer bitteren Erkrankung; aber auch, als sie schließlich nach langen, von Therapien und ein paar Operationen geprägten Jahren wieder gelernt hatte, sicher laufen zu können, war ihr das Schreiben geblieben. Und hatte ihren Weg zum Beruf der Journalistin vorgezeichnet. Ihr Privileg und dass nicht jede junge Frau ihrer Zeit solche Möglichkeiten hatte, war ihr sehr früh bewusst.

Das Schreiben war ihr auch längst zu einer physischen Praxis geworden – und zwar speziell der Umgang mit der Schreibmaschine. Mit dem Tagebuchschreiben richtig angefangen hatte sie Anfang der fünfziger Jahre. Die Begegnung mit dem «Tagebuch der Anne Frank» hatte sie dann nachhaltig und auch hinsichtlich ihrer Schreibtechnik geprägt. Anfänglich hatte sie noch nachahmend an eine imaginäre Freundin geschrieben, doch nach einer Weile begriff sie, dass man die erfundenen Adressaten auch wechseln konnte. Man konnte sogar einem wunderschönen schwarzen Pferd, das man besonders liebte und auf dem man – die pure Unmöglichkeit – so gerne einmal geritten wäre, einen Brief schreiben. Dazu benutzte sie das Firmenpapier der Rither-Werke, saß nach dem Ende der Bürozeiten im Kontor, wenn ihr Vater noch mit seinen Ingenieuren über Bauplänen brütete. Mit zwölf kannte sie beinahe jede der zahllosen Schreibmaschinen in den Büro- und Verwaltungsräumen, und recht bald danach bekam sie ihre erste eigene, eine *Olivetti Lettera,* zum Geburtstag geschenkt. Anders als es bei teuren Geschenken manches Mal vorkommt, verflog der Reiz des Maschineschreibens mit der ständigen Verfügbarkeit des schnell geliebten Apparats keineswegs. Bald schon hatte sie angefangen, unter Pseudonym für die Monschauer Zeitung über Vereinsabende, Schützenfeste und Fußballspiele zwischen Dorfvereinen der unteren

Ligen zu schreiben, vermittelt durch einen wohlmeinenden Redakteur, der bei allfälligen Gelegenheiten über die Rither-Werke berichtete und so von Veras entzückendem Talent erfuhr; wobei seine Aufgeschlossenheit gegenüber der jungen Schreiberin von der wirtschaftlichen Bedeutung, die die Firma mit ihrem Namen trug, gewiss nicht ungünstig beeinflusst wurde. Vera selbst war der Gegenstand ihrer Beiträge zunächst einmal ganz gleichgültig – es war die schreibende Erfassung der Welt, die ihr Freude bereitete. Doch dass für eine Journalistin das Gespür für den richtigen Stoff natürlich von allergrößter Bedeutung war, hatte man ihr nicht erst beim Studium beibringen müssen.

Für die Strecke vom Flughafen Köln-Wahn bis nach Monschau-Lammerath brauchten sie drei Stunden, und der alte Behrends ließ keinen Zweifel daran, dass das noch gut war. Immer wieder kamen sie an den gelben Lichtern der Räumfahrzeuge vorbei, die seit den Nachmittagsstunden unermüdlich dabei waren, die Straßen frei zu halten.

«Wart nu. Da kütt jett op us zu.»

Er meinte die Wettervorhersage. Zwei Meter Neuschnee. Als wären sie in den Alpen.

«Ja, ich weiß. Im Flugzeug hat der Kapitän vor der Landung eine Durchsage gemacht. Waren auch Luxemburger in der Maschine, die zur Vennlinienbahn wollten. Gibt dort wegen des vielen Schnees wohl schon Verspätungen.»

Trotz der beklemmenden Gedanken, die liebe kleine Bärbel im Krankenhaus zu wissen, nickte sie irgendwann auf der Hinterbank des mollig beheizten Mercedes ein, nachdem sie zuvor im Flugzeug kein Auge hatte zutun können, erstaunlich angesichts ihrer Übermüdung. Es gab wirklich viel zu tun an der Universität und bei der Studentenzeitung, für die sie eine wöchentliche Kolumne schrieb. Und dann das kulturelle Leben in der Stadt! Buchpräsentationen. Die kleinen und großen Theater. Sie hasste Sartre, und sie liebte ihn. Die Jazzclubs. Sie war permanent unausgeschlafen, und heute war Freitag: Dennoch hatte sie das Fliegen dieses Mal nicht in den Schlaf gewiegt, kaum dass die Maschine abgehoben hatte. Von Anfang an war sie vielmehr beunruhigt. Dann kamen heftige Turbulenzen, irgendwo westlich der Ardennen durchquerten sie ein Gewitter, und aus welchen Gründen auch immer musste sie sich die Physik des Aufpralls durch den Kopf gehen lassen, und wie schrecklich es wäre, dann auch noch auf eiskaltem und regennassem Fels aufzuprallen oder in die Bäume zu stürzen ...

Als sie aus ihrem erhitzten Schlummer erwachte, erreichte der Wagen gerade die östlichen Ausläufer des Hürtgenwaldes. Sie kamen an den riesigen Kriegsgräberstätten vorbei, erreichten den gigantischen See der Rurtalsperre auf der Höhe von Schmidt und fuhren, hoch auf den Kämmen über dem See, leicht nach Norden, kamen wieder hinab, erreichten endlich das tiefverschneite, wie aus der Zeit gefallene Barockstädtchen Monschau, und schließlich rollte der Mercedes durch die schlanken Gürtel der Neubaugebiete des Ortsteils Lammerath, passierte den kaum mehr als solchen wahrzunehmenden Marktplatz des Orts, der ein riesiger Parkplatz geworden war. Dann kamen sie am Areal des vor ein paar Jahren eröffneten Krankenhauses vorbei. Es hieß, in ehrvoller Erinnerung an ihren verstorbenen Onkel, St. Bernhard. Ihr Vater war der öffentlichen Hand beigesprungen und hatte einen enormen Betrag gespendet, um eine übermäßige Verschuldung der Gemeinde zu verhindern. Und gewiss auch aus Dankbarkeit über die medizinische Versorgung der eigenen Familie, also von Vera. Vera hasste Krankenhausluft und verdankte ihr doch die Wiederherstellung ihrer Gesundheit.

«Sag mal, Michel, die Bärbel liegt also hier? Nicht in Aachen?»

«Hier, ze Lammerath. Da vorn.»

«Fahr bitte mal langsamer ...»

Behrends tat ihr den Gefallen, ließ den Wagen ausrollen und blieb schließlich mit laufendem Motor in der Einfahrt zum Krankenhaus stehen. Gleich fiel Vera auf, dass ein ganzer Trakt trotz der späten Uhrzeit hell erleuchtet war. In seiner rechtwinkligen Strenge lag das Gebäude da wie ein offenes Geheimnis. Vera konnte sich das hektische Geschehen darin genau vorstellen, so offenkundig schien alles: zwanzig hell-erleuchtete Zimmer in der Reihe, in beiden Stockwerken. Und das alles wegen eines Kindes, das die Grippe hatte? Das erschien ihr nicht plausibel. Der ungewöhnliche Anblick fügte sich auf schwer zu bestimmende Weise zu ihrem während des Flugs verspürten Unwohlsein. Und war gerade deshalb so eindrücklich. *Der Abend, als ich nach Hause kam.*

Als sie schließlich am Firmengelände eintrafen und den Aufruhr wahrnahmen, der auf dem ansonsten stets kasernenstreng aufgeräumten Fabrikhof herrschte, begriff sie sofort, dass dies mit dem hell erleuchteten Krankenhaustrakt in Zusammenhang stand. Sah sie recht, waren das da vorne nicht sogar zwei Polizeiwagen? Einige Fahrzeuge hatten Düsseldorfer Kennzeichen und sahen irgendwie hochoffiziell aus. Ein weniger staatstragendes Modell, ein alter VW Typ 1, bekannt als «Käfer», war allerdings auch darunter.

In der menschlichen Gesellschaft gibt es wohl kaum etwas, das der exponentiellen Dynamik eines zum Ausbruch kommenden Virus ähnlicher ist als jenes uralte Phänomen, das selbst in den modernen, stählernen Zeiten des Raketen-Jahres 1962 Telefon und Telex langsam und behäbig aussehen zu lassen vermochte: das Gerücht. Nikos dachte darüber nach, wie sich in seinem Heimatdorf manche Nachrichten, die von weit entfernten Orten berichteten, eingefunden hatten. Im engen Lebenskreis der Insel waren dies Geschehnisse am Strand, im Meer – ein Unfall auf einem Boot, ein legendenhaft großer Fisch. Ein Schäfer, der in eine Schlucht gestürzt war. Sobald eine solche Nachricht im Dorf eintraf, gab es Reaktionen. Manchmal heizten sie schon das große Feuer auf dem Platz ein, weil sie gehört hatten, dass bei diesem oder jenem Vorfall ein Zicklein oder Schaf hatte dran glauben müssen. Manchmal holten sie gleich eine Bahre vom Dach eines Hauses, jene zwei Stangen Olivenholz mit Tuch dazwischen, mit welcher schon die Soldaten des Minos aus der Schlacht getragen worden waren.

Auf dem Gelände der Rither-Werke in Lammerath war es genauso. Wie immer es hatte geschehen können – aber noch bevor der beeindruckende Tross von immerhin sieben Fahrzeugen von der Oberkreisdirektion in Monschau über die verschneiten Straßen auf das Fabrikgelände gerollt war, wusste die Nachtschicht schon über alles Bescheid, und der Werkmeister Tillich ließ gleich noch mal tüchtig Salz streuen. Der Polizeichef und mehrere Beamte sollten ja dabei sein, und weiß Gott wer sonst noch. Tillich lief über den Hof ins Konstruktionsgebäude, wo er nur noch den Chefingenieur antraf. So redete Tillich nur kurz mit der Sekretärin, die grundsätzlich erst nach Hause ging, wenn Herr Doktor-Ingenieur Velbert sein Büro abschloss. Auch diese wusste bereits, was los war. Das Reue-Kind im Krankenhaus. Pockenverdacht.

Die ganze anwesende Belegschaft sah der Ankunft der Kolonne auf dem Fabrikgelände mit Erwartung entgegen – schließlich würde mit ihm auch Direktor Seuss zurückkehren. Derjenige, der sie und die Firma durch diese Situation bringen würde.

Nikos spürte es schon im Auto, als sie in Stüttgens Volkswagen auf den Hof fuhren. Alle erwarteten sie. Bevor sie ausstiegen, nahm ihn Stüttgen noch mal ins Gebet.

In ein paar Sätzen holte er den Assistenzarzt noch einmal ganz an den Anfang ihrer gemeinsamen Reise zurück – Stüttgen erzählte dem jungen Griechen von Indien, und zwar den Rest einer Geschichte, die er bislang nur angedeutet hatte.

«Bei meinem zweiten Studienaufenthalt in Indien kam eine Nachricht an das Hospital. Ein Pockenausbruch in einer kleineren Großstadt. Wir Ärzte fuhren vorab mit dem Zug dorthin, ein Lastwagen mit Ausrüstung kam nach. Der Anblick am Bahnhof war grauenvoll. Unbeschreiblich. Überall Leichen und Sterbende.»

«Warum gerade am Bahnhof? Wieso sind die Kranken dorthin? Um zu fliehen?»

«Ja. Sie wollten raus, irgendwohin, wo man ihnen helfen würde.»

Als ob sie alle Zeit der Welt hätten, zog Stüttgen jetzt die elegante Schachtel Stuyvesant hervor und gab dem Assistenten eine. Nikos rauchte eigentlich nicht, es kam seinem Schwimmtraining nicht zupass. Zugleich war das Rauchen gerade für einen lungenstarken Körper ein Genuss. Er war der perfekte Nichtraucher, der sich jedes Mal aufs Neue darüber freute, wieder anfangen zu dürfen.

«Stellen Sie sich bitte vor, was es heißt, in einem Land zu leben, in dem die normalen Krankenhäuser vor Schwerkranken ihre Tore verschließen, und die privaten Arztpraxen sowieso! Stellen Sie sich vor, die Menschen bei uns würden krank, und dann würden sich alle zum Düsseldorfer Hauptbahnhof schleppen, in der Hoffnung, dass ihnen dort geholfen werden kann. Dass die Bahn ihnen zur Rettung wird.»

Nikos kannte den Düsseldorfer Hauptbahnhof, und er mochte den Ort. In seiner ersten Zeit vor einem Dreivierteljahr hatte er dort Gemüsekisten verladen, für eine Mark zwanzig in der Stunde.

«Ja, schrecklich, natürlich. Aber die Toten und Kranken dort, von denen weiß ich wenigstens, wo sie liegen. Entschuldigung, aber die sind gar nicht das Problem. Der Albtraum sind die Reisenden, die scheinbar gesund auf den Bahnhof gekommen sind und ihn vielleicht infiziert verlassen haben, in alle Himmelsrichtungen, oder?»

«Sie haben recht. Das Gedränge in den unteren Klassen der indischen Eisenbahn ist unbeschreiblich.» Stüttgen seufzte und aschte ab. Er skizzierte, wie sie den Ausbruch unter Kontrolle gebracht hatten. Eine Virus-Safari zum Wohle der Menschheit, mit Massenimpfungen, Isolation und allem dazugehörigen Brimborium. Am Ende sei die Stadt pockenfrei gewesen. Der Beginn der Mission aber hatte geschicktes Vorgehen erfordert. Auch psychologischer Natur.

«Wenn wir in ein Haus kamen, in dem bislang zwar noch

niemand offen erkrankt schien, wo es aber Anzeichen gab oder wir Grund zur Vermutung hatten, dass eine der Personen infektiös sein könnte, verständigten wir uns mit einem Geheimzeichen, damit die Leute nicht in Panik ausbrachen.»

«Was für ein Zeichen?»

«V wie Variola», Stüttgen spreizte zwei Finger. «Sie denken jetzt vielleicht an das Victory-Zeichen, das man von Churchill kennt. Passte dann am Ende ja auch, aber erst war es natürlich ein frommer Wunsch. Das Variola-V, schauen Sie, hielten wir diskret und waagrecht, wie eine Fingerschere.»

Nikos machte das Zeichen. Er blickte Stüttgen dabei entschlossen wie vor einem Wettkampf in die Augen. Es war nun auch ihrer beider Geheimcode.

«V wie Variola. Alles klar, Professor. Ich denke ... sollten wir dann nicht mal?»

«Erst rauchen wir ganz in Ruhe unsere Zigaretten zu Ende. Es ist nicht schlecht, wenn die anderen ein bisschen auf uns warten.»

Sie stiegen aus Stüttgens altem Käfer. In dem Moment sah Nikos die Rücklichter eines schweren Mercedes, der ein paar hundert Meter weiter vorne den Weg auf ein separiertes, parkähnliches Gelände nahm. Dort befanden sich das Wohnhaus und der Privatbereich der Familie Rither. Örtlichkeiten, die Nikos bald näher kennenlernen würde.

Zunächst aber kamen sie in den sogenannten Verwaltungsbau. Das Büro von Direktor Seuss bot ausreichend Platz für alle. Noch ein weiterer Mediziner aus Düsseldorf war hinzugekommen, Professor Schnabel, seines Zeichens der Chef des Landesseuchendienstes, im Grunde genommen Stüttgens Auftraggeber. Stüttgen und Schnabel gaben sich erfreut die Hand. Schnabel wirkte heilfroh, den Kollegen hier zu haben.

Er stellte Stüttgen Direktor Seuss vor. Ein sehr entgegenkommender Herr Anfang sechzig, etwas fülliger, trug eine Art Trachtenjanker. Offenkundig ein Chef.

Seuss war ein Mann, der schon vieles gesehen hatte. Aber noch nie jemanden, der sein Büro mit einer derartigen Selbstsicherheit betrat, wie jetzt dieser Stüttgen in seinem weißen Rollkragenpullover. Als wäre er der neue Skipper. Ein gutes Bild, dachte Seuss, auch wenn man noch gar nicht genau wusste, wie groß der Pockendampfer war, diese Seuchen-Yacht, die gerade dabei war, abzulegen.

Nach kurzer Begrüßung durch den Oberkreisdirektor Äugler skizzierte Stüttgen die Lage, soweit er sie kannte. Dann begann er im Zwiegespräch mit dem Direktor, die Problematik abzustecken. Die anderen hörten nur zu. Die Frage nach den Kontakten des betroffenen Monteurs in der Firma beantwortete der Direktor ausweichend. Die genauen Schichtpläne lägen in der Personalabteilung, da sei im Augenblick niemand zu erreichen. Aber zurzeit seien nur ganz wenige Leute krankgeschrieben, nicht mehr als für die Jahreszeit üblich. Es gäbe da keinerlei Auffälligkeiten.

Nikos, der dem immer noch freundlichen Gespräch zwischen Seuss und Stüttgen höchst interessiert folgte, stand am Rand vor dem Fenster, von wo er einen überraschend guten Blick sowohl auf einen Teil der Werkhalle als auch auf die Kantine hatte.

In der Werkhalle ruhte die Arbeit. In der Kantine hingegen schien es Gedränge zu geben. Durch ein Fenster erkannte Nikos einen laufenden Fernseher, umringt von den Arbeitern der Nachtschicht. Es war ein Bild wie aus einem orientalischen Ritterroman. Man sah nur die gebeugten Nacken der im Kreise Sitzenden und Stehenden, aneinandergelehnt und vornübergebeugt, Arme um die Schulter gelegt, in Spannung vereint vor dem Empfangsgerät. Als blickten sie auf einen Gral oder Zauberring, der geheimnisvoll leuchtete. Mochten bestimmt an die zwanzig, dreißig Leute sein, die da eng beieinanderstanden. Nikos sah auf die Uhr. Es musste sich um die letzten vier, fünf Minuten handeln. Gleich würde die Welt erfahren, wer der Halstuch-Mörder war.

Nach allem, was Nikos von Stüttgen über die Ansteckungspotenz von Variola wusste, hatte der Anblick dieser unschuldig dem Fernsehen hingegebenen Menschengruppe etwas Verstörendes, ja Aufreizendes. Aber galt das letztlich nicht auch schon für ihre Zusammenkunft hier im Büro? Womöglich hatte der Direktor selbst ja Kontakt mit *Patient 1* gehabt.

Das Gespräch wurde schnell zäh und schwierig. Stüttgen verlangte, dass die Personalabteilung sämtliche Arbeitspläne durchforsten müsse, um alle Personen herauszufinden, die in den letzten drei Wochen mit *Patient 1* Kontakt hatten.

«In den letzten drei Wochen?», fragte Seuss. «Das kann so gut wie jeder in der Firma sein. Zudem war der Mann auch auf Montage bei Kunden gewesen, im halben Rheinland, Bonn, St. Augustin, Köln. Wen der da im Einzelnen alles getroffen hat – das kann höchstens der liebe Herrgott nachvollziehen.»

Hier hakte Stüttgen ein. Er war ein zurückhaltender Mann, aber der Starrsinn des offensichtlich aus Bayern stammenden, birnenförmigen Mannes, der das «r» rollte und bei jedem zweiten Wort mit seinen im Gesichtsfleisch versunkenen Äuglein zwinkerte, als säße man am Spieltisch beim Skat, ging ihm entschieden gegen den Strich.

«Verstehe nicht, was Sie mit *im Einzelnen* meinen? Diese Einzelnen, das sind jeweils ganz konkrete einzelne Menschen. Und manche von denen könnten infiziert sein, ohne selbst schwerwiegende Symptome zu haben, und das Virus so noch viel leichter weitergeben.»

«Was wollen Sie also machen? Eine Zeitungsanzeige veröffentlichen: *Vorsicht vor den Rither-Werken, da holt man sich die Seuche*?»

«Die Zeitungsbeiträge werden von ganz alleine kommen, dafür brauchen wir nicht zu sorgen.»

«Was dann? Wollen Sie meine Firma in Quarantäne schicken?»

«Quarantäne ist ein gutes Stichwort. Sehen Sie doch, Herr Direktor, wir zwei Ärzte hier, Herr Spyridakis und ich, wir stehen als Mediziner am Ende, oder zumindest kurz vor dem Schlussakt einer jahrhundertelangen intensiven Auseinandersetzung mit dieser Seuche. Ich weiß es nicht für jede Gegend im Einzelnen, aber ich denke mal, dass sich hier in der Eifel vermutlich zur Zeit der Napoleonischen Kriege das letzte Mal die Pocken gezeigt haben. Jetzt aber kommt die Krankheit zurück – durch den weltweiten Wirtschaftsboom. Die Welt ist eine ganz andere geworden. Früher kamen Reisende aus Übersee mit dem Schiff, näherten sich langsam und konnten die vierzig Tage der Quarantäne über beobachtet werden. Oft war diese Zeit oder ein Teil davon ja schon in der Reise abgegolten. Heute steigt man in den Flieger und ist binnen Stunden von Delhi nach Frankfurt geflogen. Und davor war man irgendwo im Busch und hat an der Errichtung eines Staudamms mitgearbeitet, in dem deutsche Turbinen stecken – mitten im tiefsten afrikanischen Dschungel. Das war zum Beispiel der Hintergrund des Pockenfalles, den wir Anfang Januar in Düsseldorf hatten. Diese Vorfälle haben mit unserer modernen Art zu leben zu tun, und sie sind fast unvermeidlich.»

Stüttgen nahm sich gelassen eine weitere Zigarette und bot auch dem Direktor eine an. Nikolaos lehnte dankend ab. Er lauschte gebannt der Auseinandersetzung, der er gerade beiwohnen konnte. Das Aufeinanderprallen zweier in ihrer Striktheit ähnlicher, dennoch so grundverschiedener Männer. Der Direktor war bestimmt zwanzig Jahre älter als Stüttgen, ein Mann mit auffälligem Akzent und einer dicken schwarzen Hornbrille, darüber eine Halbglatze samt weißem, kurzgeschorenem Haarkranz, bekleidet mit einer Art grauem Trachtenanzug mit Hirschhornknöpfen – ein Mann, der sich trotz seiner Körperfülle behände bewegte und dessen Energie man anmerkte, dass er es seit langer Zeit gewohnt war, Widerständen zu begegnen und ihnen zu trotzen.

«Als ich hierhergekommen bin, war das der hinterletzte Fleck von Deutschland. In Monschau gab es mal ein bisserl eine Tuchindustrie, aber die hatten schon lange alle zugesperrt. Ansonsten ein paar Bauern. War ja nichts da sonst außer dem kargen Boden. Was es heute hier gibt, haben alles wir aufgebaut. 1925! So lange bin ich hier. Da werden Sie noch ein Kind gewesen sein, als ich hier schon gearbeitet habe. Und noch nie haben wir auch nur einen Tag zugesperrt, in der ganzen Zeit. Nicht mal am Kriegsende, wenn Sie das wissen wollen.»

Wenn du wüsstest, wie gut ich die Gegend hier im Krieg kenne, dachte Stüttgen, der grundsätzlich nicht über diese Zeit in seinem Leben sprach, seine Kriegsjahre mit Mitte zwanzig, als er so alt war wie Spyridakis jetzt. Wenn du wüsstest ...

«Ich könnte mir durchaus andere, weniger gefährliche Aufgaben vorstellen, als mich hier in der Eifel mit den Pocken herumzuschlagen, Herr Seuss», begann er einen neuen Versuch, im Gespräch zusammenzukommen.

«Ich bin Wissenschaftler, ich habe noch viel vor. Aber mein Labor, mein Umfeld, meine Ausbildung, das verdanke ich nicht der Düsseldorfer Akademie oder der Wissenschaft an sich, sondern allein meinem Beruf – Arzt sein. Das ist es, was unsere Gesellschaft fördert – ich bin zuerst einmal Arzt und danach irgendetwas anderes. Was ich jetzt hier tue, hat mit meiner wissenschaftlichen Laufbahn nichts zu tun. Und doch alles.»

«Diesen hochtrabenden Schmarren glauben Sie doch selber nicht! Und wissen Sie warum? Weil diese Geschichte hier eine ziemliche Auswirkung auf Ihre Karriere haben könnte. Sie glauben doch nicht, Sie kommen aus Düsseldorf hier nach Monschau daher und schließen als Erstes die Rither-Werke, und das würde ohne Konsequenzen für Sie bleiben?»

«Sie wollen mir wirklich drohen?»

«Ich bitte nur um ein bisserl Realismus. Das ist alles. Sie bewegen sich hier nicht in irgendeinem Dorf in Indien.»

«Das habe ich auch nie behauptet. Ich habe nur behauptet, dass Deutschland Indien viel näher ist, als man denkt – nur ein paar Flugstunden.»

Nach etwa zwei endlosen Stunden eines mühseligen Ringens fanden sie zu einer Lösung, mit der Stüttgen insgeheim gerechnet hatte. Um den Betrieb aufrechtzuerhalten und nicht alle Mitarbeiter gleichzeitig in Quarantäne schicken zu müssen, würde sich ein Arzt vor Ort ausschließlich um die Rither-Werke kümmern. Nachdem Professor Schnabel dieses Modell ins Spiel gebracht hatte, das für beide Seiten als Kompromiss denkbar schien, bat Stüttgen Nikos nach draußen. Dieser ahnte, was auf ihn zukam.

«Sind Sie bereit dazu?»

«Ich soll hier ... den Betriebsarzt geben?»

«Sie bleiben hier stationiert und werden der Herr über Wohl und Wehe jeder Schicht.»

«Ich kann mir gar nicht vorstellen, wie ich das schaffen soll.»

«Sie schaffen das. Wir bleiben ja auch immer in engstem Kontakt. Sie werden mein kretischer Panzer sein, Nikos.»

Diese Formulierung behagte Nikos aus den verschiedensten Gründen so gar nicht. Aber er war zu allem bereit. Wozu wäre er sonst mitgekommen?

Die Runde um Direktor Seuss löste sich auf. Stüttgen fuhr mit den anderen Ärzten ins Krankenhaus, um das kleine Mädchen, *Patientin 2*, selbst in Augenschein zu nehmen. Nikos lud zuvor seinen Koffer aus dem Käfer und ließ sich von einer Sekretärin den Weg zu einer Gästewohnung der Familie Rither zeigen, wo er schon diese Nacht verbringen würde, um morgen gleich mit der Umsetzung der Maßnahmen beginnen zu können.

Als alle vom Hof waren, räumte Direktor Seuss seinen Schreibtisch auf, schloss ab, ging hinaus und bat, nach Hause chauffiert zu werden. Er wohnte mitten in Monschau in einem prächtigen Bürgerpalais. Max wartete schon auf ihn. Der Mann war unruhig.

«Was haben Sie denn, Lembke?»

«Der Professor, Chef. Dieser Stüttgen.»

«Was ist mit ihm?»

«Ich kenne den. Aus dem Krieg.»

«Ach. Na, woher denn?»

Lembke blickte starr. Nicht, dass er direkt gezittert hätte, aber eine nervöse Unbeherrschtheit war offensichtlich. Seuss sah, wie sich die Finger des Fahrers um den Knauf seines Stockes krümmten. Der Blick Lembkes schien weit in eine düstere Zeit zurückzugehen.

«Das war der Sanitätshauptmann, der den Verbandsplatz befehligt hat, oben in Dreiborn, wo ich am Schluss liegen musste. Hab ihn nie vergessen. Wie hätte ich auch.»

«Ja, ist das die Möglichkeit? Das müssen S' mir genauer erzählen, Lembke, das interessiert mich schon sehr.»

«Selbstverständlich, Herr Direktor.»

VERA

Plastikisten? Plastikierer? Plastikorristen? Man weiß nicht recht, wie man das neue Pariser Mode- und auch Schreckenswort ins Deutsche übersetzen kann. Wenn ein Franzose dieser Tage die Zeitung aufschlägt, liest er als Erstes von den Taten der «Plastiqueurs». Es sind die besten Männer der OAS, *Organisation de l'armée secrète*, der *Organisation der Geheimarmee*, die nach einem Probelauf in Algier ihre Kenntnisse über den kreativen Umgang mit Plastiksprengstoff endlich in Paris anwenden dürfen. Auch am Wohnsitz des französischen Kulturministers André Malraux ist eine Bombe explodiert.

Am Tag danach, am 8. Februar 1962, liest ganz Europa, liest die ganze Welt – sofern sie Zeitung liest – von der Terrorwelle in Paris: zehn Anschläge binnen zwanzig Stunden. Ein Kunstwerk im Zeitalter der Angst. Was wie die Handlung eines Actionfilms klingt, ließ ein Mann namens André Canal Wirklichkeit werden, das bösartige Genie der OAS. Ein Weltkriegsteilnehmer, danach Industriekapitän aus Algier. Mit der sich anbahnenden algerischen Unabhängigkeit hatte er seine organisatorischen Fähigkeiten der OAS zur Verfügung gestellt und war untergetaucht.

Nun war das Monster zu weit gegangen. Der Anschlag auch auf Malraux, nachgerade die Verkörperung des französischen Intellekts, der Versöhnung von Macht und Geist, kostet Canal alles. Eine böse kleine Koinzidenz, die man kaum zu bemerken wagt: Bei dem Anschlag auf den Kulturminister hat das Kind des Hauseigentümers, in dessen Anwesen Malraux wohnt, sein linkes Auge verloren – auch Canal hat nur ein Auge, das fehlende wird durch ein Glasauge ersetzt, über dem er oft ein schwarzes Monokel trägt.

Die internationale Politik an diesem Morgen ist tatsächlich ein einziger Schrecken, aber es gibt auch noch andere schlechte Neuigkeiten. Entsetztes Kopfschütteln löste bei Nikos die Meldung aus, dass nun auch in England schwer missgebildete Kinder auf die Welt kommen. In Deutschland waren sie durch das Schlafmittel Contergan verursacht, das Schwangeren massenhaft verschrieben worden war. Contergan hatte in England einen anderen Namen, und da es keinen Austausch zwischen dem deutschen Gesundheitssystem und dem auf der Insel gibt, wiederholt sich dort nun, lediglich etwas zeitversetzt, die Katastrophe. Wenn Nikos darüber nachdenkt, könnte er heulen. Was musste noch alles passieren, damit die Nationen endlich Vertrauen zueinander fassten und zusammenarbeiteten? Eine große Tragödie, medizinisch und menschlich, wieder eine.

Umso verwunderlicher erscheint es da, dass die Lokalteile, die sich mit der Pockenepidemie im Kreis Monschau befassen, von einer unerwarteten, glücklichen Wendung berichten, die der Oberkreisdirektor Äugler gestern auf einer Pressekonferenz verkündet hat: Die Epidemie sei überstanden, die Oberkreisdirektion, mithin er selber, habe alles unter Kontrolle. Die Gefahr sei gebannt.

Professor Stüttgen hatte Nikos allerdings darauf eingestellt, dass sich die Epidemie über Wochen hinziehen würde und dass in den nächsten Tagen mit einem Anstieg der Infektions- und Verdachtsfälle zu rechnen sei. Nur einer von beiden konnte recht haben, Äugler oder Stüttgen, und Nikos war in keinem großen Zweifel. Was hatte der Verwaltungschef sich bei seiner optimistischen Verlautbarung wohl gedacht?

Nikos legte die Zeitung zur Seite. Heute war sein erster freier Vormittag, seit er am 1. Februar in die Eifel gekommen war. Doch konnte, wie die Erfahrung der letzten Tage lehrte, ihn jederzeit ein Anruf sofort zur Arbeit bestellen.

In Griffweite des Telefons saß er am Schreibtisch, vor sich eine Tasse heißen Kaffee aus der Werkskantine. Er blickte für einen Moment zum Fenster hinaus und sah den Schneeflocken zu, die draußen munter, dickgeplustert und jede für sich einzigartig auf den Hof fielen, in dessen dichter Besalzung sie sogleich zerschmelzen würden. Dann senkte er wieder seinen Blick auf das Blatt, gab sich endlich – nachdem er viel zu viel Zeit mit der Zeitung verbracht hatte – einen Ruck und fing an zu schreiben. Auf Griechisch.

«Αγαπητή μαμά», setzte er an, «Liebe Mama, entschuldige bitte, dass ich dir auf deinen letzten Brief erst so spät antworte – aber er musste mir postalisch nachgestellt werden, da ich seit letzter Woche nicht mehr in Düsseldorf bin. Der Dermatologie-Professor Stüttgen hat mir eine Stelle als Betriebsarzt bei einer großen Fabrik in Monschau besorgt. Das ist eine kleine Stadt in der Nähe von Aachen, voller traditioneller Holzsäulenhäuser, sogar jetzt im Winter sehr malerisch. Von hier ist es auch gar nicht weit nach Belgien und Luxemburg.»

Er verzieh sich die ausflüglerische Abschweifung und las das Geschriebene durch. Beim Lesen spürte er – und wusste gleich, dass es auch seine Mutter an ihrem Küchentisch so spüren würde –, wie er sich davor drückte, ihr die Wahrheit zu schreiben. Das Wichtigste an der Sache. Die Wahrheit, dass er sich auf einem Einsatz befand, bei dem es gegen eines der ärgsten Übel der Welt seit jeher ging. Auch wenn es ein Übel war, das – historisch betrachtet – der griechischen Zivilisation im Verbund mit Byzanz noch einmal zu einem gewaltigen Aufschwung verholfen hatte: der Antoninischen Pest, wie sie auch genannt wurde, jener Seuche, der West-Rom erlag. Den Schwarzen Pocken. Variola. Fünfzehn Millionen Kranke und zwei Millionen Tote, das war der Zoll, den sie immer noch jedes Jahr forderte, und das mitten im zwanzigsten Jahrhundert.

Er schrieb nun weiter, erwähnte aber mit keinem Wort, wie bizarr sein Alltag geworden war, sondern teilte seiner Mutter lediglich mit, er sei engagiert worden, um der Firma beim Überstehen einer Grippewelle zu helfen.

Aber dann fiel sein Blick wieder auf die Zeitung. Nach dem zu urteilen, wie es in der Aachener stand, hatte seit dem Ausbruch und der Pressekonferenz des Oberkreisdirektors sowohl das Fernsehen wie auch jede deutsche Zeitung über «die Pocken in Monschau» berichtet. Alle großen Illustrierten hatten Reporter hergeschickt. Einem davon war er schon begegnet, einem unsympathischen Kerl namens Justus Grünwald, der für die Münchener *Quick* schrieb. Er trug eine dicke schwarze Brille, rauchte Pfeife und sprach mit lispelndem österreichischem Akzent, der Nikos ziemlich missfiel. Er hatte sich sogar vor Ort einquartiert – und das trotz der Quarantäne, die gleich in den ersten Tagen verhängt worden war. Ortsfremde durften sich eigentlich nicht in Monschau aufhalten. Dieser Reporter aber hatte da so seine Methoden.

«Wir machen a schöne Serie aus euren Pocken», hatte Grünwald nur frech geantwortet, als ihn Nikos vor ein paar Tagen direkt darauf angesprochen hatte, warum er ihm denn auf Schritt und Tritt bei seinen Hausbesuchen folge und auch noch fotografiere. Nikos konnte diese Mischung aus unverbrämter Offenheit bei gleichzeitiger Undurchschaubarkeit seiner Absichten nicht ausstehen. So wichtig die Presse im Falle einer Epidemie war, um die ganze Situation, die Verhaltensregeln und offiziellen Beschlüsse zu kommunizieren, so wenig wollte man sie bei einer derart komplizierten Lage wie im Falle der Rither-Werke als Verfolger haben.

«Kommt jetzt die Herrschaft der WHO?», hatten einige rechtsgerichtete deutsche Blätter gefragt, und schon begann so mancher über die Quarantänemaßnahmen zu murren. Vor allem, dass der Karneval mit allen kleineren und größeren Veranstaltungen abgesagt war, erzürnte die Leute. Nikos, der in Gießen studiert hatte und erst im letzten Sommer nach Düsseldorf gekommen war, kannte den rheinischen Karneval bislang nur aus der Zeitung. Für ihn waren das vollkommen fremde, archaische Rituale, und er fragte sich, warum deutsche Ethnologen in die Südsee fuhren, wo sie doch im Rheinland mindestens ebenso seltsame Riten studieren konnten. Nun bemerkte er mit einiger Verwunderung, welche Gefühlsstürme das Verbot bei den Monschauern auslöste.

Und natürlich hatte auch schon die internationale Presse berichtet, nachdem Belgien, den Standards der WHO folgend, sofort seine Grenze geschlossen hatte. Gewiss verfolgte seine Mutter die Nachrichtenlage, gerade, was den rheinischen Teil der Republik betraf. Wenn er ihr jetzt schrieb, dass er in Monschau war, so würde sie wohl schnell eins und eins zusammenzählen: War das nicht der Ort, wo die Pocken ausgebrochen sind? Die Mär von der Grippe wäre schnell durchschaut.

Entweder schrieb er ihr die ganze Wahrheit, oder er ließ es ganz bleiben. Seine Mutter würde es früher als später herausfinden und hätte diesen Verstoß gegen die Familienehrlichkeit, vom Sohn aus Sorge um ihr Wohlbefinden verübt, mit größter Kritik bedacht. Als Witwe eines Berufsoffiziers, der jahrelang unter den Folgen einer Kriegsverletzung gelitten hatte und zuletzt bettlägerig gewesen war, hatte sie mit der Wahrheit zu leben gelernt. Die Wahrheit, Aletheia, war aus ihrer Sicht das Einzige auf der Welt, worüber sich nicht streiten ließ: «Was der Mensch nicht ändern kann, mein Sohn, das ist das, was man Aletheia nennt.» Das sagte sie oft. Ähnlich hatte seine kretische Großmutter gesprochen.

Er zerknüllte den angefangenen Brief und warf ihn treffsicher in den Papierkorb – wie schon oft dachte er in einem winzigen, aufflirrenden Gedankenbild daran, dass auf diese Weise Basketball erfunden worden sein musste. Man konnte sich gar nicht genug Mühe geben. Wenn man lang genug hart an etwas arbeitete, dann bekam man es auch hin.

«Liebe Mama, entschuldige bitte, dass ich dir auf deinen letzten Brief erst so spät antworte. Aber ich bin seit einer Woche nicht mehr in Düsseldorf. Mit meinem Professor für Dermatologie bin ich» – wieder setzte er ab und suchte nach der richtigen Formulierung – «zu einem Noteinsatz in die Eifel gefahren. Wir haben es hier» – er suchte nach Worten, die nichts verschwiegen und seiner Mutter trotzdem keine unnötigen Sorgen bereiteten – «mit einer echten Krise zu tun.»

Musste er wirklich gleich auf die «Krise» zu sprechen kommen? Sollte er seiner Mutter nicht vielleicht zuerst von den Sicherheitsmaßnahmen berichten? Von seinem eigenen Fahrer? Und der zum medizinischen Schutzanzug umgerüsteten Stahlarbeitermontur, die es ihm ermöglichte, jedes eventuell von einem Ausbruch betroffene Haus zu betreten, ohne danach nicht selber in Quarantäne zu müssen? Im Grund war es, als hätte er einen Taucheranzug. Damit schwamm er tief hinab in das belebte Riff namens Monschauer Land, tauchte hinein in Familien und häusliche Situationen und bestimmte als Richter über deren unmittelbare Zukunft. Er konnte binnen Minuten eine Familie in Quarantäne stecken. Oder dem Vater erlauben, zur Arbeit zu gehen. Arbeit. Das wichtigste Gut der Deutschen. Sie hatten hier keine weißen Felsen, keine Nachmittage am Meer mit unendlich viel Sonne. Sie hatten Hanau-Höhensonne. Und die Industrie. Maschinenbau. Sie förderten Kohle. Sie verarbeiteten Eisen, Stahl, Aluminium, Kunststoffe und Glas. Sie verkauften die Maschinen, die sie in ihren Fabrikhallen herstellten, in die ganze Welt. Und dafür kam die Welt zu ihnen. Auf Schiffen und geflogen. Er nahm einen kleinen Schluck Kaffee, der nun doch leider kalt geworden war.

«Liebe Mama, ich freue mich, dir heute mitteilen zu können, dass ich seit einer Woche eine sehr gut bezahlte Stelle bei einem Industrieunternehmen in der Nähe von Aachen habe. Dort sind die Pocken ausgebrochen, und mein Dermatologie-Professor aus Düsseldorf hat mir die Chance gegeben, hier unterzukommen. Ich werde vielleicht einiges Geld zur Seite legen können, für ein kleines Auto. Hoffentlich kann ich dann zum Osterfest mit dem eigenen Wagen zu dir nach Athen fahren.»

Diese Vorstellung verband sich für Nikos unweigerlich mit der eines Autoradios. Ein besonders gutes würde er einbauen. Fast schien es ihm schon, dass der Wagen nur ein Rahmen und Resonanzkörper für das Radio sein würde. Das musste das Glück auf Erden sein: Mit offenen Fenstern Auto fahren, vielleicht sogar ohne Verdeck. Über die sonnigen Straßen des Balkans bis nach Griechenland. Und dabei Musik hören, so laut man wollte ... und zwar Musik wie die, die hier jeden Abend lief, wenn er über den Hintereingang des Rither'schen Anwesens nach oben in seine Wohnung ging: Bebop und Cool Jazz. Ganz modern. Sicher, die Klassik. Beethoven und Bach waren großartig – aber die Musik der Stunde war der Jazz. Miles Davis! Und eben der drang durch die Rauchglastür, die den Lieferanteneingang zum Hause Rither darstellte. Richtig laut gestellt, aber so wohltönend, dass Nikos sich den Preis einer Anlage, die einen solchen Klang hervorbrachte, gar nicht vorstellen wollte.

Wenn es irgendetwas gab, das für den Charakter eines Menschen sprach, dann war es, dass er richtig guten Jazz hörte. Wer immer also im Rither-Haus wohnte, hatte einen einladenden Musikgeschmack.

«Das Gute an der Stelle hier ist, dass mir eine kostenlose Betriebswohnung gestellt wird. Die Ausstattung ist sehr gut, ein richtiges Badezimmer, und es wird sogar geputzt. Ich habe deshalb meine Bude in Düsseldorf aufgegeben, um mir die Miete ...»

Im selben Moment klingelte das Telefon. Es war die junge Frau von der Personalabteilung. Ein Rither-Arbeiter aus der letzten Nachtschicht war heute Morgen mit Fieber aufgewacht und klagte über heftigen Schüttelfrost und Unwohlsein.

«Wie sagen Sie, bitte? Birkenweg 19? Gut. Sind gleich da. Familie Horst Palm. Wir kommen.» Nikos zerknüllte halb erleichtert auch den dritten Briefentwurf und beförderte ihn in den Papierkorb. Er würde seiner Mutter heute Abend schreiben, dann aber wirklich.

Vera sah den schwarzen Mercedes, der sie selbst vor acht Tagen in Wahn abgeholt hatte, noch vom Hof rollen, und sie wusste auch, wer ihn steuerte. Der alte Michel Behrends fuhr das einzige Fahrzeug aus der Autosammlung ihres verstorbenen Vaters, das über eine hochfahrbare Trennscheibe verfügte, ursprünglich für vertrauliche Gespräche gedacht. Behrends hatte die Scheibe jetzt noch zusätzlich abgedichtet. Das Fahrzeug war also, sehr hygienisch, in zwei Innenräume geteilt. In kritischen Situationen stieg der Fahrer gar nicht aus. Das tat nur der junge Arzt aus Griechenland, den Vera bislang noch nicht leibhaftig gesehen hatte. Dessen Krankenvisiten waren genau geplant. Der Chefingenieur der Firma war bei einer Krisensitzung mit Seuss und den Medizinprofessoren auf eine besondere Idee gekommen. Mit Hilfe seiner Aluminiumbauer hatte er einen klassischen Stahlarbeiteranzug, wie man ihn am Hochofen brauchte, zweckdienlich umgearbeitet. Am Sichtfenster setzten sie ein helles Glas ein, dies und einige andere Details sorgten dafür, dass der darin wandelnde Arzt gefahrlos das Haus eines Infektiösen betreten konnte. Nach jedem Einsatz wurden der Anzug sowie das Abteil im Wagen desinfiziert, und dann erst stieg der junge Arzt aus dem Anzug.

Das und ein paar andere Dinge wusste Vera von Behrends. Der Assistenzarzt musste irgendeine Saite bei ihm zum Schwingen gebracht haben, der Chauffeur war jedenfalls ganz begeistert von seinem Doktor. Behrends machte auch Andeutungen über irgendein Geheimzeichen, das sie miteinander vereinbart hätten, über das er aber nicht reden dürfe. Sei ja so ein kluger junger Mann. Ohne ihn und seinen Einsatz könnte Direktor Seuss den Laden zusperren.

«Jebaut isser wie'n Schrank. So groß ...», die dreifingrige und die normale Hand griffen sich ein Maß Luft, das in etwa doppelt so breit war wie Behrends, freilich ein altes Männlein, selber.

Jetzt sah Vera zu, wie der schwarze Mercedes das Firmengelände verließ. Der Himmel war grau, und es schneite unablässig. Die Schornsteine der Fabrik hielten mächtig dagegen, als ob sie den tiefhängenden Himmel abstützen oder vielleicht auch hochpusten wollten. Sie stand am Fenster ihres alten Kinderzimmers, in der Hand eine Puppe mit Namen Nomi. Sie konnte sich nicht mehr genau erinnern, von wem und unter welchen Umständen sie sie erhalten hatte, aber das war auch nicht wichtig. Nomi trug ein veilchenfarbenes Kleid und eine gestickte Schürze. Die perfekte Puppe für eine glückliche Puppenfamilie, in der sie sowohl Töchterchen als auch Mutti sein konnte. Ausgerechnet Nomi hatte sich Bärbel gewünscht, ihren Puppenliebling während der vielen Jahre, in denen sie so häufig bei Vera im Zimmer gewesen war und mit allem dort hatte spielen dürfen, während Vera an der Schreibmaschine saß und versuchte, eine Geschichte zu schreiben.

Bärbel kannte das Zimmer samt seinen kindlichen Schätzen und Geheimnissen vielleicht besser als Vera selbst, die ihnen da schon längst entwachsen war. Und beim ersten Krankenbesuch gestern hatte sie sich auf Veras freimütige Frage hin eben die Puppe Nomi erbeten. So hatte es die Krankenschwester vermittelt, die an die Scheibe der Isolierstation gekommen war und ihr einen Zettel hingehalten hatte. Auf dem stand *Puppe Nomi, hellblau*. Die würde sie ihr gleich vorbeibringen; und für danach hatte sie etliche Kisten mit weiteren Spielsachen vorbereitet, die sie den unter Quarantäne stehenden Kindern in der Grundschule von Lammerath bringen würde. Den ganzen Vormittag hatte Vera gepackt und sortiert und die Kisten danach in ihr Auto verfrachtet, was ihr gar nicht so leicht von der Hand gegangen war, wie sie erst dachte. Aber sie wollte nicht um Hilfe bitten, sondern alles alleine die Treppen hinunterschleppen. Der Wagen, ein alter Opel, den ihre Haushälterin sonst zum Einkaufen nahm, stand in der unterirdischen Garage, die ihr Vater für seine mehr als zwanzig Modelle umfassende Fahrzeugsammlung gebaut hatte. Das Autosammeln war so ziemlich das Einzige gewesen, das ihm Freude gemacht hatte. Zeit, mit den Wagen herumzufahren, hatte er nicht gehabt.

Nun, als Allerletztes, wickelte sie das gewünschte Püppchen in eine kleine Decke, band eine rote Schleife darum und schrieb Bärbel eine Karte, die sie in die Schleife steckte.

Als sie keine zehn Minuten später am Krankenhaus eintraf, sah sie sofort, noch bevor sie ausgestiegen war, dass irgendetwas passiert sein musste. Vor dem Kreiskrankenhaus stand wieder einmal die versammelte Meute der deutschen Spitzenpresse und schien auf etwas zu warten. Beeindruckend war diesmal besonders die Anzahl der Fotografen – oder Fotoreporter, wie sich die besten von ihnen gerne nannten –, die noch mehr als die schreibenden Journalisten etwas von Jägern an sich hatten. Und sie konnten ebenso schlechte Laune bekommen wie diese, wenn sie nicht zum Schuss kamen – zu jenem Glückstreffer, mit dem es gelang, eine komplizierte Situation in einem einzigen Bild einzufangen.

Wie jenes von dem Polizei-Volkswagen, der gerade am Ortsschild von Lammerath vorüberfährt, an dem seit Beginn des Ausbruchs ein großes Schild die erschreckende Wahrheit verkündete – «Pockenverdacht» – und jeden Reisenden zum Durchfahren ohne Halt aufforderte. Dieses Foto war im ganzen Bundesgebiet bestimmt hundertmal abgedruckt worden, in der Gesamtauflage in Tageszeitungen also viele Millionen Mal. Der Mann, der es geschossen hatte, war ein Fotograf aus Aachen, der sich mit einer Bärenfellmütze auffällig machte, die so völlig überdimensioniert groß war, als stamme sie aus dem Besitz eines reichen russischen Riesen.

Vera parkte den Wagen, nahm das Puppenpäckchen und ging zu der Gruppe von Journalisten, die rauchend vor dem Krankenhaus standen. Sie achtete angesichts ihrer zukünftigen Kollegen peinlich darauf, beim Gehen keine Form von Schwäche zu zeigen, weshalb sie langsam und vorsichtig einen Fuß vor den anderen setzte, sodass ihr Gang an den einer Edeldame gemahnte. Sie wusste, dass dieses gemessene Schreiten in den Augen mancher wie die reine Hochnäsigkeit erschien, zumal bei einer so gutgekleideten jungen Frau, bei der die Herkunft aus jedem Detail sprach. Niemand hätte geahnt, dass ihr Gang auf Unsicherheit beruhte, einer Unsicherheit nur des Körpers allerdings, der sie mit umso entschiedener Geisteshaltung zu begegnen wusste.

«Was ist denn hier los?», fragte sie den bärenfellmützigen Fotografen, den sie schon kannte.

«Das Krankenhaus ist heute Morgen vorübergehend geschlossen worden. Niemand kommt rein, niemand raus.»

«Aber den Grund kennen Sie nicht?»

«Nein, aber das wird nichts Gutes sein. Der Professor aus Düsseldorf, der die ganze Sache leitet, ist vor einer Stunde hineingegangen. Dieser Stüttgen. Auf den warten wir.»

«Wenn der nicht mal wieder 'nen anderen Ausgang nimmt», rief ein hörbar aus Berlin stammender Kollege dazwischen.

«Spezielles Wild, der Herr Professor, da haben Sie recht», sagte jetzt ein vielleicht vierzigjähriger Mann, der sich ungefragt dazustellte.

«Justus Grünwald. Von der *Quick*, München. Freut mich, Sie kennenzulernen. Fräulein Vera Rither, hab ich recht? Habe die Ehre.» Grünwald, große schwarze Hornbrille, offener Trenchcoat, eleganter Anzug, rote Krawatte und eine Art Dauerlächeln im Gesicht, warf dem Fotografen jetzt gleichwohl einen so aggressiv herablassenden Blick zu, dass der sich trollte.

«Woher kennen Sie mich?», fragte Vera.

«Man hört sich um. Und von Ihnen hört man hier ja nun wirklich viel! Die Erbin der Rither-Werke! Mit Verlaub.»

«Ich bin hier, weil ich einen privaten Krankenbesuch mache.» Vera fand ihn schrecklich aufdringlich. Zugleich aber strahlte er absolute journalistische Beschlagenheit aus. Wer weiß, was er noch so alles in Erfahrung gebracht hatte. Eine Edelfeder.

«Sie studieren Journalismus in Paris, stimmt das?» Er grinste sie breit an, holte sich eine Pfeife aus der Tasche seines Trenchcoats, stopfte sie routiniert mit dem Daumen und zündete sie an.

«Im ersten Jahr.» Gerade noch wollte sie ihn abblitzen lassen, aber er hatte eine bezwingende Art, das Gespräch zu führen. Und er nahm ihre Ambitionen ernst, fragte nach ihren journalistischen Plänen.

«Man kann nie früh genug anfangen zu schreiben. Journalismus lernt man über die Praxis. Glauben S' mir das ...» Er reichte ihr seine Karte.

«Bitte», dann sah er sich um und senkte die Stimme, auch wenn niemand mehr in Hörweite war. «Und wenn Sie mir was erzählen wollen – oder selber was schreiben – rufen S' mich an. Ich interessiere mich schon seit einiger Zeit für Monschau und die Rither-Werke, und diese Pocken kommen jetzt auch noch dazu. Langsam wird die Mischung brisant. Eine Insider-Geschichte wäre natürlich fabelhaft. Man kann bei *Quick* übrigens auch unter Pseudonym veröffentlichen, Fräulein Rither. Nur für den Fall. Ich bin im «Goldenen Löwen» untergekommen. Falls Sie mich erreichen wollen. Können da natürlich auch eine Nachricht hinterlassen, aber das muss ich einer so gescheiten jungen Frau ja nicht erklären. Vielleicht melden Sie sich bei mir. Wir können auch einfach mal einen Kaffee trinken.»

Vera nickte beherrscht, aber seine Worte hatten bei ihr verfangen. Sie verabschiedete sich, Grünwald stopfte die Pfeife nach und legte die Finger zum Gruß an seinen Hut.

Nun entdeckte Vera Jörg Siebels, ihren alten Redakteur vom *Monschauer Abend*.

«Moin, Jörg.»

«Verachen! Siehst ja prächtig aus, mein Kind. Aber wolltest du nicht in Paris sein?»

«Ja, das dachten wir. Aber ich bin vor einer Woche gekommen, und jetzt, mit den Bombenanschlägen, musste ich Ludmilla versprechen, dass ich noch ein wenig bleibe. Sie hat Angst um mich.»

«Beängstigend, jaja. Aber vielleicht sind die Plastikbomben in Paris nicht das Einzige, was hochgeht. Kann sein, dass wir hier auch vor einer Bombe stehen.»

«Was ist los?»

«Ich kann es dir nicht sagen, Vera. Nur, dass der Oberkreisdirektor vor zwei Tagen auf einer Pressekonferenz behauptet hat, wie gut der Kreis Monschau die Epidemie gemanagt habe – das hat er wortwörtlich gesagt, *gemanagt* –, und dass sie vorüber sei. Vor zwei Tagen. Aber heute, heute haben sie die Klinik geschlossen. Scheint irgendwas beim Managen entglitten zu sein. Wenn man nur wüsste, was. Aber man kann halt nicht rein ins Krankenhaus. Das wäre natürlich eine Bombengeschichte.»

Sie gab ihm zum Abschied ihre Hand, die er mit einem angedeuteten Handkuss bedachte – wobei er, nicht zum ersten Mal, ihre zarten Hände bewunderte –, und dann suchte sie sich stolzierend-zerbrechlich ihren Weg zur Pforte.

Die Schwester Pförtnerin kannte sie gut.

«Sie können heute leider nicht hinein, Fräulein Rither. Das Krankenhaus ist geschlossen.» Ihre Miene verriet viel – Verdruss, Sorge und dunkle Wolken über dem Haus. Vera legte ihr das Püppchen hin: Es sei für Bärbel Reue auf der Isolierstation bestimmt.

«Sehr gerne, Fräulein Rither, sehr gerne.»

Die Schwester legte das hellblaue Päckchen auf einen Wagen und versah es mit einer Zimmernummer. Hinten auf dem Flur eilten zwei andere Schwestern vorüber, beide mit Mundschutz, der ihrer Schwesterntracht eine merkwürdig bittere, fast kriegerische Entschlossenheit verlieh. Eine der beiden davon glaubte Vera aus Kindertagen zu kennen.

«Oh», sagte sie in vertraulichem Ton zur Schwester Pförtnerin, «ist die Rosel Hörtgen Eurem Orden beigetreten? Wir waren zusammen in der Schule.»

«Nee, die Mädchen sind über das Rote Kreuz hier. Freiwillige Helferinnen in der Epidemie.»

Noch in den späten vierziger Jahren hatten die Rither-Werke den Arbeitern und Angestellten Zuschüsse für den Bau von Eigenheimen gewährt und sogar eigens ein Architekturbüro engagiert, das eine Art von Musterhaus entworfen hatte, auf dessen Pläne, die bei Bedarf leicht abzuändern waren, die stolzen Bauherren zurückgreifen konnten. Drei Neubaugebiete rund um den beim Vormarsch der Amerikaner schwerstens zerstörten Ortskern waren auf diese Weise entstanden, auch den Baugrund hatte die Familie Rither aus ihren großen Besitzungen gestellt, als Erbpacht. Das typische Eigenheim, auch Rither-Häuschen genannt, besaß einen kleinen ersten Stock unter steilem Dach, ideal für eine Familie mit zwei bis drei Kindern. Auf dem Grund hinter dem Haus konnte man einen Gemüsegarten anlegen, auch ein Sandkasten für die Kleinen fand Platz. Bei den jüngsten Häusern war schon eine Garage für das Auto vorgesehen – sofern die Familie eines hatte –, das die stolzen Besitzer auf der asphaltierten Einfahrt am Sonnabend wuschen. Nach hinten übersah man von einer kleinen, überdachten Terrasse den Garten und die Thujenhecke, die das Grundstück von dem der Nachbarn trennte, das nach allen Seiten hin dem eigenen so ähnlich war, dass sich ein Ortsfremder leicht hätte verirren können, da die Birkenstraße genauso aussah wie der Eichenweg oder die Ahornstraße, wobei hier eben weder Birken noch Eichen noch Ahornbäume wuchsen und das einzig charakteristische Grün die allgegenwärtigen Thujenhecken stellten. Genau in einem solchen Haus in einer dieser nach an Ort und Stelle nicht vorkommenden Baumarten benannten Straße lebte nicht nur die Familie Reue, die Eltern der kranken kleinen Bärbel, mit deren Vater alles seinen Anfang genommen hatte, sondern auch die Familie Palm, die der Assistenzarzt Nikolaos Spyridakis aufsuchte, um sich zuerst den Herrn des Hauses, Horst Palm, anzusehen, und sodann seine Frau und die beiden Kinder.

Michel Behrends half Nikolaos, den Helm aufzusetzen und den Verschluss einrasten zu lassen, dann die drei kleinen Hebel umzulegen, die den Kragen fest schlossen. Luft kam durch zwei extra eingebaute Mikrofilter rechts und links unterhalb des Mundes.

Das Geräusch des eigenen Herzens wurde vernehmbar, der Hauch aus Nikos' Lungen drang warm und feucht durch den Stahlarbeiteranzug. Ein Schutzmantel, eigentlich gedacht, um an Hochöfen flüssigen Stahl zu verarbeiten, nun aber seine Rüstung gegen eine der am leichtesten übertragbaren Krankheiten, mit denen die Menschheit sich seit einigen tausend Jahren herumschlug. Die längste Zeit davon vergebens, durch die Errungenschaften der modernen Medizin jüngst mit deutlichem Erfolg – doch noch immer waren sie da: Variola. Die Bunten.

Als der Schutzanzug ihn sicher umschloss, reckte Nikos den Daumen nach oben. Der alte Behrends, nur mit Schutzmaske, gleichfalls den Daumen seiner dreifingrigen Hand nach oben haltend, blieb hinter ihm zurück und sah zu, wie Nikos mit seinem Köfferchen an die Tür trat, die schon aufging, bevor er noch hatte klingeln können. Die Ehefrau, die ihre Haushaltsschürze abgelegt und sich ein wenig zurechtgemacht hatte, da ja nun der Arzt vom Werk da war, stand bleich vor Sorge in der Tür und bat ihn ein. Nikos war gut zwei Köpfe größer als sie und durch den Anzug noch breiter, sodass man sich fast hätte fragen mögen, ob er überhaupt durch die Tür passte.

Das Bild, das wir vor uns sehen, gleicht einem Raumfahrer oder Roboter aus einer Zeichentrickserie, der in ein absurd klein erscheinendes Haus hineingeht, oder einem Dämon, der in das Häuschen schlüpft, wie er seine Riesengestalt auch als Rauch in eine Flasche hineinzuzwängen vermochte.

Drinnen begann für Nikos dann der übliche Stress. Die Hausfrau hatte es zu gut gemeint. Aber das war normal, war immer so in Monschau-Lammerath: Man drehte hier die Heizung auf, wenn jemand die Grippe hatte. Und die Heizkörper glühten regelrecht. Nikos wurde es warm, er begann zu schwitzen. Bald bemerkte er, dass er heute früh vielleicht einen Kaffee zu viel getrunken hatte.

Er versuchte, sich zu konzentrieren.

Und konzentrierte sich.

Dieses typische Häuschen einer Rither-Siedlung hatte er schon einige Male betreten. Er fand sich schnell zurecht, stand bereits im Elternschlafzimmer, und da war schon der Patient, ein gut vierzigjähriger Mann, im Morgenmantel aufrecht sitzend. Der Blick kam Nikos leicht glasig vor, aber das mochte auch an seiner beschlagenen Sehscheibe liegen.

Er hob die Hand zum Gruß, der Patient nickte, Nikos klappte sein Köfferchen auf. Zunächst wurde das Fieber gemessen. Deutlich erhöhte Temperatur. Dazu der Blick. Nikos war sich schon sicher. Gewiss tat jene tiefere Kenntnis der Erscheinung, der Gesamtmorphologie, die sich ein praktizierender Arzt mit der Zeit intuitiv erwirbt, das ihrige hinzu. Die Fähigkeit, eine Wiederholung zu erkennen, ein Muster wahrzunehmen, auch wenn man es nicht immer auf einen Begriff bringen konnte. Das Zusammenspiel von Gesichtsausdruck, Blick, Haltung, die zusammen eine Ahnung ergaben. Wie ein feines, allererstes, aber für den Geschulten untrügliches Zeichen.

«Bitte legen Sie sich kurz auf den Rücken», brüllte Nikos, damit es bei dem Patienten ankam.

«Strecken Sie den Fuß aus ...» Nikos tat, als prüfe er die Elastizität des Beines in einer gymnastischen Übung, tatsächlich wollte er einen Blick auf die Fußsohlen werfen. Und wurde fündig. Wie schon bei einigen anderen. An den Fußsohlen begann es nämlich gar nicht so selten. Kaum sichtbar, unbemerkt. Winzige erste Pickel.

Er legte den Fuß sanft zurück und schrie dann, alles sei gut, der Patient möge sich einstweilen bitte wieder ins Bett begeben. Es muss nicht immer Variola sein, dachte er. Aber in diesem Falle schon.

Draußen, vor der Schlafzimmertür, wartete die Ehefrau, der Nikos nun erklären musste, dass sie alle ab sofort unter Quarantäne standen, der Ehemann aber wohl am besten gleich in die Isolierstation ins Krankenhaus gebracht würde. Die Chance, dass sie sich alle beim Vater des Hauses angesteckt hatten, war sehr hoch. Um die Quarantäne würden sie auf keinen Fall herumkommen.

«Haben wir die Pocken?», fragte die Frau, nicht nur erschrocken, sondern beinahe entsetzt und neugierig gleichermaßen.

«Werden wir sehen. Aber es gibt ein, zwei Punkte, die wir beobachten müssen ...»

Sie unterbrach ihn, fragte etwas, aufgeregt und auf Platt, das er unmöglich verstehen konnte.

«Einen Moment bitte», schrie er so freundlich wie möglich in seinen Anzug hinein, trat entschlossen vor die Haustür und winkte Behrends herbei. Es sah für andere einfach aus wie ein Gruß mit der linken Hand, doch es handelte sich um das vereinbarte Variola-V, das dem Fahrer bedeutete, unbedingt Abstand zu halten, da er nur eine Mundmaske trug. Ins Haus oder auch nur näher heran treten durfte Behrends auf keinen Fall.

«Teilen Sie der Frau bitte mit, dass wir eine Quarantäne verhängen müssen. Der Mann muss mit dem Krankenwagen abgeholt werden. Und beeilen wir uns, wir müssen gleich zurück in die Firma. Sie gehen ins Büro und sehen nach, ob es weitere Meldungen gibt.»

«Wird jemacht, Herr Doktor.»

Während Behrends der Frau alles Weitere erklärte und ihr gut zuredete, dass alles nicht so schlimm kommen würde, wie es jetzt vielleicht aussähe, draußen an der frischen Luft mit weitem Abstand, ging Nikolaos im Anzug zurück zum Wagen und verstaute sich selbst in seine Kabine. Die Patientenakte nahm er sofort in Angriff. Er notierte den Verdachtsfall, dokumentierte Datum, Uhrzeit und alles Weitere, trug die gemessene Temperatur und andere Symptome ein. Er blickte durch die Glasscheibe in die Fahrerkabine auf den Reisewecker, den Behrends netterweise dort aufgestellt hatte. Schon beinahe zwei Uhr nachmittags.

Ein vages Gefühl, dem des Fischers vergleichbar, der, einem Schwarm folgend, vielleicht ein wenig zu weit nach draußen gefahren war und nun erkennen musste, dass er wohl kaum zur rechten Zeit zurück an Land sein würde, eine lauernde Unruhe zuckte in ihm. Aber zugleich waren da auch eine gewisse Müdigkeit und das quälende Gefühl, das ein Schweißtropfen auslöste, der sich langsam gebildet hatte, dann von der Schwerkraft entdeckt worden war und nun in seine Ohrmuschel rann. Er rang jeden Gedanken nieder, den Helm abzunehmen. Wie angenehm das wäre. Aber daran war eben nicht einmal zu denken.

«Vromiá», fluchte er auf Griechisch.

Behrends stieg in den Wagen, bestätigte, dass die Frau alles verstanden habe, und dann steuerte er den Mercedes zurück auf das Firmengelände. Nikos wurde müde – der schwere Anzug, jede Bewegung eine Mühe. Er hatte bereits die Erfahrung gemacht, dass es ungut war, im Anzug einzuschlafen. Der geringe Sauerstoffanteil sorgte für eigentümliche Träume, zu denen die dramatischen Visiten wohl das ihrige beitrugen, Träume, die sich schnell zu Mini-Albtraum-Sketchen auswuchsen, gequetschten, panischen Fluchten durch unübersehbare Labyrinthe ...

Er wachte auf, als Behrends vom Büro zurückkam. Nikos' Kopf lag halbwegs bequem auf der Lehne. Als er die Augen aufschlug, blickte er durch das Glas des Schutzvisiers, durch die Trennscheibe zur Fahrerkabine und durch die Windschutzscheibe auf den Hof. Drei Gläser. Davor, im Freien, fiel wieder leichter Schnee. Die Eifel war ein seltsames Bergland. Ein Gebirge ohne Gipfel. Eigentlich eher eine Hochebene, zerschnitten von tiefen Tälern.

«Vier Anrufe, Herr Doktor. Dat wird hart. Tut mir leid.»

«Schaffen wir alles. Schaffen wir. Aber halten Sie vor dem nächsten Patienten bitte einmal an. Ich müsste mal austreten.»

Während Nikos auf diese Weise die mühselige und nicht ungefährliche tägliche Arbeit der Diagnostik und Fortbeobachtung von Verdachtsfällen absolvierte, Haushalt für Haushalt besuchte, versuchte Professor Stüttgen, das Infektionsgeschehen der letzten Tage, das der Assistent nicht recht überblicken konnte, da dieser selbst mittendrin steckte, in einem größeren Schema zu betrachten. Jede Epidemie besaß, wie ein menschliches Individuum, eine eigene Handschrift, nämlich einen spezifischen Verlauf. Seit zwei Tagen nun gefiel sich die Pockenepidemie in Monschau darin, spielerisch wie ein frisch geschlüpftes Ungetüm, ihr Haupt mal zu erheben, dann wieder zu senken und sich langsam immer weiter zu entfalten.

Die Fälle im Kreis häuften sich. Grausamerweise war es nun auch innerhalb des Krankenhauses zu einer neuen Infektion gekommen. Es war die junge Frau, die die nächtliche Einlieferung der kleinen Bärbel Reue beobachtet hatte. Die Ansteckung hatte allein über die Außenluft stattgefunden, über eine große Distanz hinweg, so erklärten es sich die Ärzte kopfschüttelnd, aber auf jeden Fall war die Frau nun ernsthaft erkrankt. Von allen Patienten nahm die Infektion ausgerechnet bei ihr den bislang schlimmsten Verlauf. Und das war über den Wind geschehen!

Stüttgen hatte das Krankenhaus sofort schließen lassen und die Patientin untersucht. Er war sehr beunruhigt. Ebenso quälte ihn der Gedanke, dass sich die unsachgemäße Unterbringung des armen, hustenden Kindes, dessen Erkrankung wie nach Lehrbuch verlief und sich nun wohl lange und mit ungewissem Ausgang hinziehen würde, auch auf weitere Bereiche des Krankenhauses ausgewirkt hatte. Wenn es am Abend der Einlieferung Bärbels schon genügt hatte, einfach nur einen Stock höher im offenen Fenster zu stehen, um sich durch ausgehustete Aerosole anzustecken – was hatten dann wohl die schweren Atemstöße des Kindes auf den Gängen und in den Treppenhäusern bewirkt? Stüttgen hatte anhand der Akten des Krankenhauses überschlagen, wie viele Patienten betroffen sein könnten, und die Zahl war erschreckend. Wenn sich sein Verdacht bewahrheitete, dann war hier neben den Rither-Werken und ihrer Kantine ein weiterer Infektionsschwerpunkt entstanden, und das unter den Augen der Ärzteschaft. Die daraus folgenden Quarantäne- und womöglich Isolationsfälle konnte man sich nicht mehr an den Fingern abzählen.

Und in dieser glasklar dramatischen Situation hatte der Oberkreisdirektor gestern eine Pressekonferenz gegeben, deren Tenor lautete: Die Pockenepidemie sei überstanden. Man danke den engagierten Ärzten und Helferinnen, denen es gelungen sei …

Stüttgen war von der Explosion der Fallzahlen zwar schockiert, aber auch sein Unverständnis über den Verwaltungschef war beträchtlich. Der Mann war fast schon ein Fall für einen anderen medizinischen Spezialisten. Jetzt stand er ihm zur nächsten Besprechung gegenüber. Der Smalltalk war ein für alle Mal zu Ende. Stüttgen goss sein ganzes Unverständnis und seine Wut dennoch höflich in die eine Frage:

«Also gut, bitte. Dann sagen Sie es mir doch einfach. Warum diese Pressekonferenz? Zeitungsschreiber und Fotografen aus der ganzen Republik und sogar aus dem Ausland treiben sich hier herum, von der Lokalpresse ganz abgesehen. Die warten alle auf sensationelle Ereignisse und Wendungen. Warum also diese Pressekonferenz?»

Der Oberkreisdirektor hätte gern laut gelacht, wenn er nicht so bedrückt gewesen wäre. Dass dieser Stüttgen nicht verstand, worüber sie hier sprachen? Bürgermeister konnte man wählen und wieder abwählen. Pfarrer kamen, blieben, und irgendwann wurden sie abberufen, vom Bischof oder vom lieben Gott. Die Rither-Werke hingegen standen, hoffentlich, für immer hier vor Ort. Sie waren nicht nur der größte Arbeitgeber und Steuerzahler der Stadt, sondern prägten die Gegend bis in die Häuser ihrer Bewohner.

Der Oberkreisdirektor stand auf, zündete sich eine Zigarette an und ging durch den Raum, gestikulierte mit dem glimmenden Stäbchen, als wäre es ein Zeigestab, während er Stüttgen das alles zu erklären versuchte. Die umfassende Abhängigkeit der Stadt und seiner Bewohner von dieser Firma. Zwischendurch warf er ihm verzweifelte, verdüsterte Blicke zu.

«Rither ist hier mehr als nur ein Unternehmen, verstehen Sie? Es gibt eine tiefe Verbundenheit der Familie mit den Menschen hier. Die Rithers haben Baugrund als Erbpacht an Mitarbeiter und deren junge Familien vergeben.»

Da bist du also auf sehr dünnes Eis hinausgetreten, Äugler, dachte sich Stüttgen, fast schon wieder mitleidig mit dem überforderten Beamten. Er wusste wohl, dass solche Schwächen und gutgemeinten Schritte auch fatale, schicksalshafte Konsequenzen haben konnten. Dergleichen hatte schon so manchen zu Fall gebracht, nicht nur Oberkreisdirektoren. Du bist aufs Eis, viel zu weit, und jetzt beginnst du zu ahnen, dass zurückzugehen noch viel gefährlicher ist als der Weg hinaus, dachte Stüttgen.

«Was immer der Hintergrund für Ihre außerordentliche Verbundenheit mit der Firma Rither und ihren Angestellten ist – ich respektiere das. Aber Sie handeln ebenfalls fahrlässig und gegen die Interessen der Firma, wenn Sie in alle Welt verkünden, die Epidemie sei überstanden, wenn das keineswegs der Fall ist. Auch das Ministerium tobt. Wie konnten Sie nur?»

«Die Menschen im Kreis Monschau warten einfach auf ein positives Signal von mir. Ich habe schon gehört, dass man außerhalb angesprochen wird: Was ist los bei euch in Monschau? Ihr seid doch Seuchengebiet. Und da muss die klare Botschaft sein: Wir haben die Lage unter Kontrolle. Und die Rither-Werke werden nicht schließen.»

«Warum haben Sie nicht mit mir darüber gesprochen? Wir hätten einen diplomatischen Weg finden können, die Leute zu beschwichtigen, zu beruhigen, ohne so zu tun, als ob es schon ausgestanden wäre. Das Pockenvirus ist eine der am leichtesten übertragbaren Krankheiten auf dem Planeten. Es gibt eine hohe Sterberate, auch bei Kindern. Von Kontrolle kann bislang keine Rede sein. In ein paar Wochen vielleicht.»

«Ich dachte, Sie hätten alle Mitarbeiter bei Rither geimpft?»

«Nicht nur dort. Wir impfen, was das Zeug hält. Auch auf den Dörfern, in der Stadt, überall. Im Kreis Monschau stehen wir bei 18 000, in Aachen bei etwa 30 000 erfolgten Impfungen. Wir haben diese Waffe. Die Impfung. Aber noch lange nicht alle haben sie bekommen, manche vertragen sie auch gar nicht. Bei anderen schlägt sie nicht an.»

«Das wusste ich nicht so genau.»

«Wir können damit schon umgehen. Wir kriegen es in den Griff, aber doch nicht, indem wir die Gefahr kleinreden. Die Leute wähnen sich wieder sicher, werden deshalb aber unvorsichtig und stecken sich dann nur umso leichter an.

Und bald ist die Lage noch schlimmer. Durch Ihre falsche Entwarnung!»

«Wenn ich Rither helfen kann, dann tue ich das. Womit auch immer.» Der Oberkreisdirektor sah Stüttgen nicht an. Trotz seiner Bekräftigung war er nun merklich ins Grübeln gekommen, sein Mund zuckte nervös.

«Aber was Sie da gemacht haben, war fahrlässig.» Stüttgen schüttelte den Kopf. Dieses Monschau raubte ihm den letzten Nerv. Da summierte sich einiges zusammen: Erst die Fehler in Aachen – die Abweisung des kranken Kindes verstieß vermutlich gegen geltendes Recht, gegen das Bundesseuchengesetz. Dann die darauffolgende, unsachgemäße Unterbringung des Mädchens im Kreiskrankenhaus. Jetzt die irreführende Pressekonferenz. Viele Fehler an vielen Stellen. Das Ganze würde auf jeden Fall eine Untersuchung nach sich ziehen, später. Aber das erwähnte Stüttgen jetzt nicht. Viel wichtiger war es nun, den Oberkreisdirektor, der nun im Nachhinein offenbar über seine eigene Courage erschrocken war, wieder einzufangen. Denn das Virus nahm ja gerade erst Fahrt auf.

Stüttgen traktierte den Oberkreisdirektor mit anschaulichen Diagrammen und der neuesten Aufstellung, die das Gefolge der schwarzen Prinzessin Variola bei ihrer Heimsuchung des Kreises Monschau inzwischen genommen hatte: dreizehn schwer erkrankte Patienten. Elf Familien unter Haus-Quarantäne, drei große Quarantäneeinrichtungen, in der Grundschule, der Berufsschule und einer Jugendherberge, in der ausschließlich Rither-Mitarbeiter untergebracht waren. Drei Arztpraxen hatten schließen müssen. Und nun war möglicherweise das komplette Krankenhaus dran. Wenn es unter Quarantäne gestellt werden sollte, dann müsse man sich darauf vorbereiten, Kranke und Verletzte in der nächsten Zeit in andere Kreise zu schicken.

«Wir wollen doch hoffen, dass das nicht nötig sein wird», sagte der Oberkreisdirektor resignierend. Langsam blickte er richtiggehend furchtsam drein. Ihm dämmerte, was für einen Fehler er gemacht hatte.

«Es ist das eine, was wir im Augenblick wissen und was wir noch nicht so genau wissen. Aber es gibt noch eine dritte, dunkle Kategorie: Dinge und Befunde, die plötzlich auftauchen und über uns hereinbrechen können. Von denen wir nicht einmal ahnen, dass wir von ihnen wissen müssten.»

Der Düsseldorfer Dermatologe, der diesen Spruch seines Lehrers und Freundes Sharif Desai aus Bombay, welchem er sein ganzes praktisches Wissen über die Pocken verdankte, schon immer gerne verwendet hatte, da er eine für viele Lebenslagen geltende, universale Wahrheit enthielt, wollte dem Oberkreisdirektor nun, so gut er es vermochte, Angst machen. Die trockene Art Stüttgens, der während des Krieges und später beim alpinen Tourengehen und beim Sportsegeln schon oft Nervenstärke und Überblick bewiesen hatte, sein immer freundliches Lächeln, das war die ideale mimische Grundlage für die schauerlichsten Botschaften.

Vielleicht war im Geschäft des Mediziners immer auch ein wenig Magie mit im Spiel – die Fähigkeit, dem Patienten, dem man helfen wollte, die Therapie auch schmackhaft zu machen. Deshalb bekamen die Kinder bei der Schluckimpfung ja auch Zuckerstückchen. Aber für halsstarrige Wahlbeamte, die eine diffuse Loyalitätsstörung hatten, aber fest auf ihre kommende Pension vertrauten, musste es richtig bitter schmecken, scharf und aufreizend. Nun beschrieb Stüttgen dem Oberkreisdirektor, was alles auf sie zukäme, wenn er von jetzt an weiter eigenmächtig tue und rede, statt Rücksprache mit ihm, dem medizinischen Fachmann, zu halten: Kranke, immer mehr und mehr, weitere geschlossene Schulen und Einrichtungen, überlastete Ärzte, am Ende Tote in unbekannter Zahl. Denn man konnte die Pocken behandeln – aber es war eine komplizierte Therapie, die nicht immer anschlug ... Stüttgens Vision hatte eine hypnotisierende Wirkung. Äugler wurde weich, gelobte zerknirscht Besserung.

Zurück an seinem Schreibtisch in den Räumlichkeiten des Pockenkrisenstabes, den das Gesundheitsamt in einer Berufsschule eingerichtet hatte, schrieb Stüttgen seinen täglichen Bericht an das Ministerium. Dann, kurz nach sieben Uhr, stand der alte Behrends mit Mundschutz in der Tür und übergab ihm mit starken drei Fingern die Krankenakten des Tages, während Nikos drunten im Wagen wartete. Gott, was für ein Packen!

«Danke, Behrends», sagte Stüttgen, warf einen kurzen, stirnrunzelnden Blick darauf und nickte dem mit seiner Gesichtsbedeckung eher wie ein Karnevalist aussehenden Behrends freundlich zu.

«Wie schlagt ihr euch? Wie geht es Spyridakis?»

«Heute war't schwer wat. Jetzt muss er nach Hause. Dat is jedenfalls ein Kämpfer. Aber heut waret ... hart.»

Stüttgen nickte. Zufrieden und sogar froh, dass sich sein dorischer Panzer so gut schlug. Er hatte den jungen Kreter von Anfang an geschätzt. Ihm gefiel unter anderem so gut an ihm, dass er Intelligenz und echtes wissenschaftliches Interesse mitbrachte, aber gleichzeitig so belastbar daherkam. Und das alles zusammen, das machte ihn – schön.

Eine schöne Erscheinung, das fiel dem klassisch gebildeten und der Kunst zugeneigten Stüttgen dazu ein. Und diese robuste Schönheit hatte auch einen recht konkreten Mehrwert: Ohne Spyridakis hätten sie die Rither-Werke zweifellos schließen müssen. Nur durch die punktgenauen Tauchgänge, bei denen der Arzt die Patienten besuchte und sie beim leisesten Verdacht auf der Stelle krankschreiben und in Quarantäne schicken konnte, war es verantwortbar, den Betrieb auf vollen Touren weiterlaufen zu lassen. Spyridakis war, das kapierten weder der Oberkreisdirektor noch der Rither-Chef selber, derzeit ihr wichtigster Mann, im Werk, vielleicht im ganzen Landkreis, dachte Stüttgen.

Bei all seiner strategischen Intelligenz, hier irrte der Professor. Auch Direktor Seuss hatte genau verstanden, welche Bedeutung diese neue Stelle eines Betriebsarztes hatte. Das hieß nicht, dass Seuss dankbar war oder sich dem jungen Mann verpflichtet fühlte. Im Gegenteil. Er hasste Abhängigkeiten – er hatte schon zu viele davon.

Stüttgen winkte Behrends heran, dann beugte er sich unter den Schreibtisch, wo eine Flasche Rémy Martin stand, die er am Morgen in Düsseldorf gekauft hatte. Sie war in eine Papiertasche gepackt, in die Stüttgen noch zwei Schachteln Stuyvesant legte. Alkohol und Nikotin, so zeigte man seine Anerkennung. Er reichte die Tasche dem Fahrer.

«Hier, geben Sie das Herrn Spyridakis später nach der Desinfizierung, mit bestem Gruß von mir. Ich melde mich bald wegen einer Lagebesprechung, zu der wir auch die anderen Kollegen dazuholen, sofern die Quarantäne-Regeln das nicht unmöglich machen.»

«Ja, richte ich aus. Aber jetzt fahren wir erst mal heim und schrubben den Herrn Doktor.»

Es tat gut, derart abgespritzt und abgedampft zu werden, sich einzuseifen und zu schamponieren. Nikolaos wollte sich, so gut es nur ging, den Arbeitstag abwaschen, bis auf den letzten Rest. Er bürstete sich die Fingernägel mit Kernseife und einer harten Wurzelbürste, wie ein Maschinist, der das Schmieröl unter den Nägeln rausholen wollte.

Nach der Dusche rasierte er sich den seit der Morgentoilette schon wieder nachgedunkelten Bartschatten und zog sich ein dezent gestärktes und frisch duftendes Hemd an. Ein Service der Firma. Die Krawatte ließ er weg. Schlüpfte in sein Jackett, das den ganzen Tag in dem für ihn reservierten Umkleideraum gehangen hatte. Nach den Stunden im Schutzanzug fühlte sich das gute Tweed-Sakko, das er in Düsseldorf fast nie trug, weil es einfach zu schade war, um in Labors und durch Institutsgarderobenhaken verschlissen zu werden, leicht wie eine zweite Haut an. Hier, unter den Ingenieuren der Rither-Werke, war es genau das Richtige. Auch der Schutzanzug, an dessen Beschwerlichkeiten er sich nach einer Weile gewöhnt hatte, hatte gleichwohl seine Vorzüge, wie Nikos bald klar wurde. Ihn zu tragen, beanspruchte seinen Körper in umfassender Weise, es war fast wie Schwimmen. Es war furchtbar anstrengend, aber eben das mochte Nikolaos eigentlich sehr gern. Es fühlte sich an, als ob er den ganzen Tag an der frischen Luft schwer körperlich gearbeitet hätte. Bis auf die frische Luft war das ja sogar der Fall.

Was ihm zu schaffen machte, waren die Erlebnisse mit den

Patienten, mit ihren Familien, und die Reaktionen, die ganz unterschiedlich ausfallen konnten, aber immer mit seiner Rolle zu tun hatten – er war derjenige hinter dem Visier, der Arzt vom Rither-Werk, der über ein gutes oder schlechtes Ergebnis befand und es verkündete. Er war der, der das Leben einer ganzen Familie binnen Minuten komplett auf den Kopf stellen konnte. Quarantäne verhängte, sogar Isolation. Der den Kindern mitteilen musste, dass der Papa vielleicht schwerkrank war.

Auch wenn Nikos durch seinen Anzug und den ungewohnten Dialekt nicht alles mitbekam, so war es doch vor allem diese Verantwortung, die er sich gerne abgeschrubbt hätte. Diese Verantwortung und Erfahrung, dieses Bild, das er bei den Leuten hinterließ – er kannte es genau, weil es Ärzte mit schlechten Nachrichten auch in seinem Leben, in seiner Familie gegeben hatte. Seine Aufgabe, die Entscheidungen, die er zu treffen hatte, die Blicke, Erwartungen und Befürchtung der Menschen, so wurde ihm klar, waren mehr als nur anstrengend, körperlich erschöpfend wie seine Rüstung. Sie forderten ihn vollkommen.

Heute hatte er fünf Hausbesuche absolviert, die Quarantänestationen am Berghaus und in Kalterherberg besucht und die Akten weitergeführt, wie es der Chef verlangte. Professor Stüttgen machte das Ganze im indischen Stil, wie er es in Bombay gelernt hatte. Er behielt den Überblick. Und er verstand etwas von Mitarbeiterführung: Alkohol und Zigaretten! Eine der beiden Schachteln Stuyvesant schenkte Nikos dem darüber hocherfreuten Behrends, der gleichfalls auf dem Gelände der Firma lebte, in einer der Betriebswohnungen auf der Ostseite. Behrends hätte gleich nach Hause gehen können, aber er wartete grundsätzlich, bis Nikolaos wieder angezogen war.

«Kommen Sie, Michel», sagte Nikos, nahm seine Schachtel

und öffnete das knisternde Zellophan der Modezigarettenmarke, schlug sie sich auf die linke Hand und bot sie Behrends an, der sich eine Fluppe krallte. Er gab Nikos Feuer, dann sich selbst. Nikos legte den Kopf in den Nacken, streckte die Arme nach hinten und inhalierte so tief wie möglich in seine gepflegten Lungenflügel. Dann ließ er den Rauch durch die Nase ab und schmatzte ihm genüsslich nach. So viel wie zuletzt in Monschau rauchte er sonst in einem halben Jahr nicht.

«Sagen Sie mal, Behrends. Bei mir, also in der Gästewohnung der Rithers: Wenn ich abends heimkomme, da läuft immer so dufte Musik. Kommt durch die Glastür. Mein Geschmack. Wer wohnt denn da?»

«Da? Dat Frollein Rither, Verachen, also Vera. Wär die mal besser in Paris geblieben, was? Jetzt wo hier die Seuche grassiert, wat!?»

«Paris, sagen Sie?»

«Studiert da Zeitungsschreiberei, wat weiß ich. Literatur, oder so. War ein ganz liebes Kind. Jetzt ist sie ein feines junges Fräulein.»

«Ach ja, danke», Nikos betrachtete den alten, die Zigarette bis zum Filter rauchenden Behrends wohlwollend.

«Na dann, Feierabend, Michel. Danke und bis morgen.»

Sie gaben sich kollegial die Hände, dann machte sich der alte Eifeler davon. Nikos löschte das Licht im Büro, sperrte ab und trat auf den Werkshof. Die Gießerei weiter vorne war hellerleuchtet, ein metallischer Atem drang aus ihr hervor. Der Schneefall hatte nachgelassen und war zu einem feinen Regen geworden. Nikos stutzte kurz, schüttelte sich, zog dann bestens gelaunt seinen Regenmantel über und genoss die frische Luft auf dem Weg zum Haus der Familie Rither. In der Küche brannte noch das Arbeitslicht, was gut zu wissen war, falls er von der Haushälterin noch etwas brauchte.

Die herrschaftlichen Fenster nach vorne waren fast dunkel, und doch schimmerte durch einen der Räume ein Licht, das tiefer aus dem Haus kam. Dann sah er kurz die Silhouette einer schlanken Person, die offensichtlich einen Telefonhörer in der Hand hielt und immer ein paar Schritte hin und her ging, dabei lebhaft ein Gespräch führte und mit der freien Hand gestikulierte. Ohne Zweifel das Fräulein Vera. Die Firmenerbin. Nikos, der von ihr bislang nur gewusst hatte, dass sie offenkundig guten amerikanischen Jazz liebte, verstand bei dem Anblick auf einmal die Sorge des Männleins Behrends, der sich Vera quasi familiär verbunden fühlte. Er fand es trotzdem gut, dass sie hier war.

Ihn schauerte, als er nun bemerkte, wie sie mit dem Hörer in der Hand ans Fenster trat, hinausblickte und letztlich also ihm, Nikos, dabei zusah, wie er auf sein einstweiliges Zuhause zuschritt. Er fragte sich, ob er grüßen sollte, aber dann drehte sich das Fräulein vom Fenster weg und verschwand.

Er umrundete die Villa, zog den Schlüsselbund heraus, den ihm Frau Drachsky, die Haushälterin, mit der Miene einer Gralswächterin übergeben hatte, und sperrte den Hintereingang auf. Es war eine massive Eichentür, in die allerdings modernste Schließtechnik verbaut war. Das neugotische Treppenhaus aus den späten zwanziger Jahren war hoch wie ein Kirchenschiff und rund wie ein Burgturm, es hatte Wände aus Natursteinquadern, und auf den weißen Granitstufen führte ein roter Läufer hinauf. Hier hatte der Bauherr solide Geschichte schreiben wollen.

Als Vera Nikos nach Hause kommen sah, beendete sie das Gespräch mit ihrem väterlichen Anwaltsfreund in der Hauptstadt der Belgier.

«Entschuldige, ich muss jetzt auflegen.»

Da kommt mein Informant, den ich unbedingt über diese Pockengeschichte ausquetschen will, dachte sie.

«Bien sûr», sagte Eric, «aber bitte lies noch einmal die Paragraphen 8 und 9 und meine Anmerkungen dazu durch. Man muss es nicht so machen, nach deutschem Recht schon gar nicht. Aber es wäre meine Empfehlung. Bombensicher.»

Vera versprach, sich die entsprechenden Abschnitte der Verzichtsurkunde noch einmal anzusehen. Dann ließ sie den Hörer auf den Apparat knallen, rannte zu ihrer Anlage, griff das neueste Miles-Davis-Album aus dem Stapel und legte es auf den Plattenteller. Der Tonarm setzte auf die beinahe staubfreie, glänzende Scheibe. Dann hörte man das leise, aber entschiedene Fingerschnippen des Bandleaders, der Drummer gab das Intro auf dem gedämpften Becken, mit Bass und Klavier zusammen, ein zurückgenommenes Stakkato, der Besen kam dazu, Wynton Kelly am Klavier spielte im wahrsten Sinne des Wortes mit den Harmonien, dann fand sich das Quintett, und Miles präsentierte das durch und durch liebliche Thema auf seiner Trompete, glasklar, aber nicht wie ein Kinderlied, sondern wie einen hochfliegenden, romantischen Gedanken.

Vera drehte die Anlage lauter, lief zur Tür ins hintere Treppenhaus, öffnete sie halb, so als ob sie versehentlich offen geblieben wäre, und dann eilte sie an den Tisch, auf dem ihre Olympia-Schreibmaschine stand, und begann zu tippen. Sie wollte nicht irgendwelchen Unsinn schreiben, also nahm sie die mit Korrekturen bedeckte erste Seite ihres Manuskripts und begann, sie neu abzutippen und dabei die handschriftlichen Korrekturen einzuarbeiten. Als Nikos das Treppenhaus betrat, hatte sie ihren Rhythmus gefunden, der sich aufs beste mit dem der Musik verband.

Die offene Wohnungstür bewirkte, dass der heimkehrende Arzt sich von der Musik wie vom Geräusch der Schreibmaschine auf überraschende, aber anziehende Weise empfangen fühlte. Er schritt die Treppen nach oben, und nun stand er vor der Tür und blickte zum ersten Mal in den weiten Flur, auf die mit dunklem Holz getäfelte Garderobe, an der Veras für den Monschauer Winter viel zu dünner Wildledermantel mit seinem Pelzkragen hing. Es war das erste Kleidungsstück Veras, das er zu Gesicht bekam, eine feine, zweite Haut; es handelte sich um die eines Rehs. Er nahm die Erinnerung an die schmale Silhouette und steckte sie in diesen Mantel. Er bekam eine Ahnung von ihr.

Er beugte den Kopf ein klein wenig vor, in die offene Tür. Da nahm er einen ganz eigenen, edlen Geruch wahr. Zigaretten, Hörsäle, Theaterfoyers und Bars. Parfüm war auch dabei. Eine fremde Welt. Das gefiel ihm. Und es ihm gefiel auch, wie sich das Klappern der Schreibmaschine anhörte, das sich perfekt an die Musik schmiegte.

Gerade jetzt kam die Miles-Davis-Aufnahme zu der Stelle, an der John Coltrane, der die Zusammenarbeit mit Davis eigentlich schon beendet hatte, das Columbia Studio in New York betrat, um doch ein letztes Mal mitzuwirken. Vor einem Jahr war das geschehen. Während das Quintett also weiterspielte, notierte ihm der todglückliche Bandleader – so will es die Legende – die Harmonien auf einem Zettel, und dann spielte Coltrane eines der schönsten jemals auf Platte gepressten Saxophon-Solos. Ohne das alles zu wissen, hörte Nikos diesem akustisch-mechanisch auf Vinyl gebannten Solo nun zu. Es war aus jener Mischung von Zartheit und Energie gebaut, wie sie nur Coltrane entwickeln konnte.

Vielleicht erkannte er sich darin ein wenig selbst. Eine abstrakte Zärtlichkeit und Liebe des Wissens, verbunden mit der Kraft, auch zuzupacken, das war ihm nicht fremd. Er hatte Bücher über Fische und Meereslebewesen immer geliebt, er kannte viele der unzähligen Arten mit ihren lateinischen und griechischen Namen – aber genauso gerne schlug er ihnen mit dem alten Olivenholzknüppel seines Großvaters über ihre empfindlichsten Stellen, tötete sie, schuppte sie, nahm sie aus, grillte sie und reduzierte ihre Einzigartigkeit mehr oder weniger auf ihren Geschmack.

> Manchmal findet der Jäger die Zugvögel auf dem
> Durchflug, manchmal bleiben sie aus

Das hatte Seferis geschrieben. Und ja! So war das eben. Er hatte mit seinem Großvater auch auf jene Vögel geschossen, die er, seit er in Deutschland lebte, als Frühlingssingvögel kannte. In Griechenland waren sie einfach nur vorbeifliegendes Fleisch gewesen, fest einbezogen in die Speisepläne der kretischen Hausfrauen, auf denen im Frühjahr sogar Schnecken standen.

Nikos liebte den Jazz genau deshalb, weil er die Musik war, bei der er sich aufgehoben und geborgen fühlte. Dynamik und Melancholie. Präzision und Improvisation. Energie! Das war sein Gefühl im Leben, das wollte er auch in der Musik um sich haben. Wie Beethoven, nur eben zeitgenössisch. Das war der

Jazz. Und wenn man dann auch noch auf einen so entzückenden Wildledermantel mit Fellkragen blickte …

Kein Name stand auf dem Klingelschild aus Messing. Da war nur ein unglaublich solide wirkender Klingelknopf.

Vera hatte aufgehört zu tippen und fragte sich, ob sie die nach oben verschwindenden Schritte des Betriebsarztes einfach überhört hatte oder ob er womöglich vor der offenen Tür stehen geblieben war. Sie schob den Drehstuhl vom Schreibtisch zurück, stand auf und trippelte leise zum Flur, in der Hoffnung, den Arzt in dem hohen, früher von den Haushälterinnen zur Sichtung der Lieferanten genutzten Garderobenspiegel vielleicht endlich einmal in ganzer, nicht von Mänteln und Schutzrüstungen bedeckter Gestalt erblicken zu können.

Wobei seine von Michel Behrends schon gepriesene Erscheinung natürlich nur das eine war. Viel mehr noch wollte Vera mit Nikos den hochgelobten Stellvertreter des Düsseldorfer Professors kennenlernen, um mit ihm über die Pocken im Allgemeinen und speziell über ihren Ausbruch und ihre Bekämpfung hier in den Rither-Werken wie im Monschauer Land zu sprechen. Wie lief das mit den Massenimpfungen auf den Dörfern? Wann schützte sie, was war zu beachten? Wie schnell konnte man sich anstecken? Wie fühlte es sich an, in diesem merkwürdigen Schutzanzug zu stecken, welcher ihr, Vera, seit Kindestagen aus der Gießerei bekannt war, und damit als Arzt durch die Arbeitersiedlungen zu ziehen? Und schließlich die eine Frage, die sie am meisten bewegte, die sie sich aber noch nicht einmal selbst richtig gestellt hatte.

Sie strich sich ihr Haar hinters Ohr und trat einen Schritt vor. Aber sie sah nur noch, wie Nikos im Rund des Treppenhauses nach oben lief, zur nächsten Etage, auf der sich die Gästewohnung befand, während Coltrane sein Saxophon-

Solo gerade beendete und die Band sich wieder konzentriert, energetisch und weich, dem melodiösen Thema widmete.

Nikos war es mit einem Mal unglaublich unhöflich erschienen, so vor der offenen Tür herumzustehen, und als das Tippen verstummte und er Veras Bewegung ausmachte, war es ihm geradezu unheimlich geworden. Er hatte sich schnellstens über den roten Läufer nach oben getrollt. Er schloss die Wohnung auf und hängte den Mantel an die Garderobe. Bevor die Tür ins Schloss fiel, lauschte er noch einmal auf die nun gedämpfte Musik. Miles Davis spielte jetzt wieder diese zauberhafte Melodie, die ihm so bekannt vorkam.

In der Küche standen, wie jeden Abend, Töpfe aus der Werkskantine, die mit großen Portionen des Mittagessens befüllt waren. Braten, Klöße, Rotkohl. Kohl lehnte Nikos grundsätzlich ab. Er hatte großen Hunger auf Fleisch und Klöße, Soße, Brot, und während er alles bis auf das Kraut verzehrte, ging ihm die Melodie von eben im Kopf herum, er summte sie, pfiff sie leise durch die Zähne und versuchte, auf die Worte zu kommen.

Er trank einen Schluck Hagebuttentee aus der Thermoskanne.

Er war sich sicher, dass es sich um einen Song aus einem amerikanischen Musical handelte. Der Anfang war ein Walzer, man sah ein tanzendes Paar, das sich drehte, aber dann wurde die Silhouette schmaler – es war kein Paar. Der Mond ging auf. Es war nur ein Traum. Ein Mädchen, das träumte. Alleine. Ein Märchenmusical, aber welches?

Frau Drachsky hatte ihm zu verstehen gegeben, dass er das Geschirr nicht spülen müsse, das besorge schon die Großküche der Fabrik. Aber Nikos verabscheute abgestandenen

Essensgeruch in der Wohnung, der von schmutzigem Geschirr unweigerlich ausging, umso mehr jetzt, wo sich seine Nase an den Hauch von Zigaretten und Parfüm erinnerte. Und er spülte eigentlich gern ab. Das war ja auch der Grund, warum er Professor Stüttgen aufgefallen war – das Säubern im Labor machte ihm Freude, deshalb zerbrach ihm auch kaum je ein Glas.

Als er mit dem Spülen fertig war, öffnete er das große Küchenfenster und das hintere im Wohnzimmer und lüftete durch. Er rauchte eine Zigarette am offenen Fenster und blickte in den Rither'schen Privatwald, der sich hinter der Villa bis zur belgischen Grenze und sogar ein wenig über diese hinweg nach Westen zog.

Dreifinger-Behrends hatte ihm erzählt, dass eines der Privilegien, die die Firma gewissen Mitarbeitern gewährte, ein zeitweises Jagdrecht war. Ausgeübt wurde die Jagd in der Regel von einigen im Waldgebiet verteilten Hochständen. In besonderen Fällen gab es Treibjagden, die der Direktor in Absprache mit dem Förster ansetzen konnte, um etwa ausländischen Geschäftspartnern ein weidmännisches Vergnügen zu bereiten. Die Monschauer Eifel vor dem Venn war ein einzigartiges Jagdgebiet. Russen und Amerikaner waren dafür besonders zu haben.

Als Nikos das Stüttgen'sche Lungenbrötchen aufgeraucht hatte, setzte er sich wieder an den Küchentisch und holte sein Schreibzeug heraus, um nun endlich den Brief an seine Mutter zu schreiben. Nachdenklich nippte er am Hagebuttentee, kaute an dem schwarzen Bakelitfüller, den er einstmals, im letzten Schuljahr, als Weihnachtsgeschenk von ihr bekommen hatte, und versuchte, sich auf den Brief zu konzentrieren.

Eingehend betrachtete er das frisch abgespülte, nun trocknende Essgeschirr. Aus dem in einen Boiler führenden Wasserhahn tropfte es in die Spüle. Schnelles, helles Tropfen. Erinnerte ihn an das tolle Jazz-Stück. Der Schlagzeuger auf dem mit einer Hand gedämpften Becken, ganz am Anfang. Jetzt summte er wieder, nach Worten suchend, die Melodie, blickte auf das leere Blatt, auf dem er nun endlich mit seinem Füller schreiben sollte, blickte auf die ungeöffnete Flasche Cognac, die er auf das Tischchen vor der Sitzgarnitur gestellt hatte. Er trank selten, und niemals harten Alkohol. Ihm wurde heiß zumute.

Sollte er nicht einfach einen Cognac kippen und die ganze Sache, die Attraktion, den Duft nach Paris, die Hingezogenheit zu dieser Tür einen Stock tiefer in diesem merkwürdigen, mittelalterlich anmutenden Treppenhaus vergessen? Es war die Firmenerbin, die Tochter des Hauses. Eine absurde Idee. Er war kaum mehr als ein Gaststudent, noch dazu aus Südeuropa, er hatte nichts mit diesem reichen Fräulein zu tun. Aber andererseits – warum nicht einfach runtergehen und klingeln? Immerhin studierte sie allein in Paris. So eine ganz behütete höhere Tochter schien sie auch nicht zu sein. Klar, es könnte sein, dass es unendlich peinlich würde. Aber sprach gegen diese schlimme Aussicht nicht seine grundsätzliche Überzeugung, dass ein Mädchen mit solchem Musikgeschmack einfach dufte sein musste? Es war doch ganz einfach – er würde sie nach der Musik fragen, *entschuldigen Sie, geht mir nicht mehr aus dem Kopf, kenne ich irgendwoher ...*

Vera hatte die Tür zum Treppenhaus geschlossen und sich wieder an die Schreibmaschine gesetzt. Aber so wie der kretische Halbwaise, der nicht auf den Namen des vom Miles Davis Quintet interpretierten Musicalhits kam und an nichts anderes denken konnte als daran, nach unten zu gehen, zu läuten und den schlanken, jazzliebenden Schemen Vera Rithers endlich voll und in Farbe zu sehen, so war eben auch Vera in Gedanken mit dem hartnäckig scheuen oder schüchternen Jungarzt beschäftigt, den sie so gerne gesprochen hätte. Wenn er nicht bald käme, würde sie morgen früh, bevor er zur Arbeit aufbrach, einfach klingeln und ihn eben zu einem Kaffee einladen.

Sie nahm sich noch einmal die Erklärung vor, mit welcher sie auf das ihr zustehende Erbe verzichtete und eine Trennung zwischen der Firma und dem familiären, also ihrem nicht unerheblichen Privatvermögen veranlasste. Gemäß den Bestimmungen, die der Gründeronkel, ihr Onkel Bernhard, schon sehr früh erlassen hatte, ging in dem Fall, dass es keinen familiären Erben gäbe, die gesamte Firma in eine Stiftung über, welche vollständig der Technischen Hochschule Aachen gehören solle. An die Möglichkeit, dass eine Erbin das Erbe ausschlug und sich so von der Firma trennte, hatte er damals wohl nicht gedacht. Rechtlich gesehen führte es zweifelsfrei zur gleichen Konsequenz. Die Hochschule würde mit den Gewinnen zunächst eine neue Ingenieurs-Professur im Bereich Wärmetechnik finanzieren, Weiteres würde ein Kuratorium bestimmen.

Vera las die von Eric am Telefon angesprochenen Paragraphen durch. Er hatte wirklich viele Anmerkungen dazugeschrieben. Dass es eben nicht möglich war, auf ein Erbe zu verzichten und gleichzeitig noch Kontrolle darüber zu behalten. Sie könne vielleicht noch eine Zeitlang den Vorsitz im Aufsichtsrat übernehmen, aber es müsse auch eine von ihr unabhängige, formale Regelung geben. Diese habe er in den beiden Paragraphen zu formulieren versucht. Je klarer und einfacher, desto besser. Also studierte Vera nun die in beinahe wohlklingendem Juristen-Deutsch verfassten Textstellen abermals und verglich die Änderungen.

Vera befand alles für gut, nein, besser: Sie fand sich darin wieder.

Einen Moment lang sah sie vor sich, wie die Firma dank dieser Satzung dem Pegasus gleich mit den Flügeln zu schlagen begann: Onkel Bernhards Unternehmen würde in dieser neuen Konstruktion abheben, und genau das war es, was das Genie der Familie immer gewollt hatte. Verbunden mit der Hochschule, neuen Professuren und begabtesten Ingenieuren, war die Zukunft dank unzähliger zu erwartender Patente und Neuerungen gesichert. Und befreit von den Altlasten gewisser Herren, die in den wirtschaftlichen Wunderjahren geradezu erfolgreich sein mussten, fast schon egal, wie sie wirtschafteten, deren Blick aber kaum drei Kalenderjahre weit reichte.

In diesem Moment, in dem sie ein Schauer der Vorfreude überlief, da sie sich vorzustellen wagte, den Firmenklotz am Bein ein für alle Mal los, also bald frei zu sein und dabei auch noch im Sinne der Familie gehandelt zu haben, schrillte ihre Wohnungsklingel.

Aber es war nicht Nikos, der den Klingelknopf gedrückt hatte. Nikos hatte oben in seiner Wohnung etwas länger gebraucht, um sich zum nochmaligen Ausgehen zurechtzumachen. Er band sich eine Krawatte um, schlüpfte in den Mantel, denn er konnte nicht im Sakko an der Tür der jungen Dame klingeln, und nahm seinen Hut von der Garderobe. Die Zigaretten hatte er in der Hosentasche, mitsamt Streichhölzern. Er hatte noch nie ein Feuerzeug besessen, da er nur gelegentlich rauchte.

Als er nach dem Schlüsselbund griff, verspürte er leichtes Herzklopfen – aber dann sagte er sich, dass er ja eigentlich nur auf dem Weg zu seinem üblichen Abendspaziergang war.

Er öffnete wohlgemut die Tür und erstarrte, als er ein Stockwerk tiefer, direkt vor der ersehnten, verheißungsvollen Tür, eine füllige Gestalt in grünem Lodenmantel und Jägerhut sah. Der Mann hob seine Hand und drückte auf den Klingelknopf. Es schrillte. Erklärlich, weil es früher der Lieferanteneingang gewesen war. Nun verstrichen ein paar Sekunden, die Bewohnerin öffnete, und nun also, gleichsam aus der Kulisse, sah Nikos Vera. Er sah, dass sie beim Öffnen der Tür ein entschiedenes Lächeln auf den glänzenden, frisch geschminkten Lippen hatte, das dann beinahe maskenhaft versteinerte, als sie den Mann im Lodenmantel erblickte. Eine Grauversteinerung, die einem Erstaunen – oder war es ein Schrecken? – wich, und beides schien Nikos sehr interessant, wie ihm überhaupt ihr blasses, von erdbeerblondem, fast rötlichem Haar umkränztes Gesicht in diesen Stimmungen gut gefiel. Wie eine wunderschöne Gewitterfront war dieses Gesicht. Erschrocken, oder erzürnt, vielleicht gefährlich. So sah Vera also aus.

Er trat nun hinaus, gab der Tür zu seiner Wohnung Schwung und ließ sie heftig ins Schloss fallen, nahm aber seinen Blick keine Sekunde von Vera, die währenddessen mit ihrem Besucher redete. Vera blickte auf, sah Nikos nun ihrerseits zum ersten Mal. Er kam die weitgeschwungene Treppe herunter. Sie sah seine kurzgeschnittenen schwarzen Locken und seinen dunklen Teint zu den braunen Augen, dazu die gerade Nase, die ihr tatsächlich, sie war fast selbst amüsiert darüber, *griechisch* vorkam. Den Hut hielt er in der Hand. Langsam kam er näher, und sie musste an die Beharrlichkeit eines sich nicht schnell, aber unerschütterlich bewegenden Seefahrers denken. Wie auch immer, jetzt war die Gelegenheit, endlich mit ihm bekannt zu werden.

«Oh, Richard», sagte sie zu Direktor Seuss, «willst du mir nicht bitte den Herrn vorstellen?»

Seuss drehte sich widerwillig um und sah den für die Pockenbekämpfung zuständigen Betriebsarzt, den er selber in der Gästewohnung einquartiert hatte.

«Aha», sagte er verdutzt. «Also, das ist der Herr Spyri ... äh Spyridos ...»

«Spyridakis Nikolaos», verbesserte Nikos freundlich.

«Sehr erfreut. Ich bin Vera Rither. Willkommen in Monschau!»

«Oh ja, sehr nett von Ihnen, gnädiges Fräulein.»

Vera bat Direktor Seuss, der dieser Begrüßung widerwillig gefolgt war, nun zu sich hinein und bat ihn abzulegen, blieb aber selber in der Tür stehen. Während Seuss sich aus dem massigen Mantel schälte, lächelte Vera Nikos wie selbstverständlich offen an und nickte ihm nochmals zu.

«Bis später, vielleicht?», flüsterte sie.

Dann ging sie hinein, und Nikos hörte noch, wie sie sich freundlich an Seuss wandte, von wegen Überraschung und wie schön, ihn zu sehen.

Nikos setzte gutgelaunt seinen Hut auf und erfreute sich an jedem Schritt seines Abendspaziergangs, da dieser ihn bald unweigerlich wieder an Veras Tür vorbeiführen würde. Und vielleicht auch hinein. Eine echte *Kante*, das Mädchen, so hätten seine Kommilitonen gesagt.

Als er nach draußen kam, schlug ihm harter Schneeregen entgegen. Der Wind pfiff. Er griff mit der linken Hand nach dem Mantelkragen und mit der rechten an den Hut. Ein wunderbarer Auftakt.

Direktor Seuss saß nun am Tisch der großen Küche, in der sich frühere Hausherren nicht aufgehalten hatten, während Vera ihm einen Kamillentee aufgoss, der seinem Magen guttun sollte. Er dachte an diesen Spyridakis, und jetzt war ihm die Anwesenheit des jungen Mannes hier im Haus plötzlich gar nicht mehr recht. Sicher, zwischen Vera und dem Jungen lagen Welten, da musste man sich eigentlich keine Sorgen machen. Was hätte Vera, der die interessantesten Partien offenstanden (später, wenn sie nach diesen Schreibflausen zur Vernunft gefunden hätte, aber das kam schon noch), mit so einem gewollt? Der gnädigerweise hier studieren durfte, auf dass er die Segnungen deutscher Medizin zurück auf seine Insel brachte? So wollte Seuss sich beruhigen. Ganz geheuer war es ihm dennoch nicht.

Vielleicht lag es auch nur an der nervigen Jazzmusik, die aus dem Salon herüberdrang, der hatte er noch nie etwas abgewinnen können. Dieser Gastarbeiter, Arzt hin oder her, war sein Angestellter, oder zumindest ein auf Werkvertragsbasis für ihn arbeitender Mensch. Der von der Firma bezahlt wurde, aber offenbar nicht begriff, worauf es ankam. Hatte ihm heute einen seiner besten Gießer krankgeschrieben und die halbe Mannschaft aus der Nachtschicht in Quarantäne gesteckt, obwohl keinem von denen auch nur eine Kleinigkeit fehlte. Gestern zwei sehr gute Monteure. Er hatte sein Büro angewiesen, sich bei allen krankgeschriebenen Mitarbeitern zu erkundigen. Mehrere Männer hatten nicht mal mehr Fieber. Aber würden nun vierzehn Tage zu Hause sitzen. Na, um genau das zu verhindern, dafür war der Arzt doch da! Musste doch andere Methoden geben, schnellere, um die Ausbreitung zu verhindern. Seuss wäre am liebsten durch die Decke gegangen, wie das Männlein der Zigarettenmarke HB. Und dann das heute, mit der Palm-Truppe. Die Sache hatte ihm höchst säuerlich auf den Magen geschlagen. Bei jeder falschen Bewegung schoss es ihm die Speiseröhre hinauf und schickte einen Gruß von Ekelgeschmack in seinen Mund.

«Hier ist der Tee.»

Vera stellte das Tablett mit der Kanne, einer Tasse und ein paar übriggebliebenen Weihnachtsplätzchen auf den Küchentisch und setzte sich ihm gegenüber. Seuss trug einen seiner Trachtenanzüge und eine dezent gemusterte Krawatte. Er war im Lauf der Jahre dicker und dicker geworden und hatte sich bei seinem Schneider immer wieder denselben Anzug machen lassen. Er trug dasselbe schwarze Hornbrillenmodell wie schon auf Fotos aus den zwanziger Jahren, auf denen er mit Bernhard Rither zu sehen war.

Seltsam, dass Vera dieser Mensch, beinahe schon ein Familienmitglied, dennoch immer fremd geblieben war. Wäre er nicht seit früher Kindheit ihr «Onkel» Richard gewesen, nie hätte sie ihn so vertraut geduzt. Mit den Jahren schien ihr das immer unpassender. Aber natürlich, sie kannte ihn. Und sie sah, dass es nicht gut um ihn stand.

Seuss' einst rosig-speckige Wangen schienen eingefallen, in ungesundem Kontrast zu seiner sonst fortschreitenden Körperfülle. Das Essen schmeckte ihm nicht mehr. Das hieß aber nicht, dass er fastete.

Er sah zu, wie Vera ihm eine Tasse Kamillentee einschenkte. Seuss nippte daran, er würde sich nie mit diesem Geschmack anfreunden können. Sein säuerlich-unzufriedener Magen reagierte verhalten auf das heiße Gebräu. Vermutlich würde er später nicht umhinkommen, ihn mit dem starken pharmazeutischen Präparat zu besänftigen, das ihm sein Arzt verschrieben hatte. Roha-Salz vertilgte er sowieso schon röhrchenweise.

«Das war er also, unser griechischer Tausendsassa.»

«Wie ich gehört habe, leistet er ganze Arbeit gegen die Pocken.»

«Die Pocken, ja.» Er seufzte tief. Vor seinem geistigen Auge erstanden nicht nur die vermaledeiten Krankschreibungen, Briefe und Gebührenabrechnungen vom Gesundheitsamt, auch ein Kontaktmann in der Oberkreisdirektion tauchte da auf, der viel weniger belastbar war, als er gedacht hatte.

«Was interessiert dich denn unser Doktor?», fragte er Vera.

«Na ja, er betreut die Mitarbeiter. Da wollte ich mich einmal persönlich bei ihm bedanken. Findest du das komisch?»

Nichts sollte Seuss auf die Idee bringen, dass sie sich tatsächlich durchaus etwas mehr für die Pocken interessierte. Denn dann hätte sie ihm sagen müssen, dass sie eine Geschichte schreiben wollte. In der zwangsläufig auch die Rither-Werke vorkommen würden.

Richard Seuss war ein kontrollbesessener Mann, der sein ganzes, von Ehrgeiz und Widerstand, Einfluss und Aufbau bestimmtes Leben der Firma gewidmet hatte, an der ihm nichts gehörte. Er war die rechte Hand ihres Onkels gewesen und hatte Veras viel weniger zur Führung des Unternehmens geeigneten Vater kräftig unterstützt, der nach Bernhards Tod ans Ruder kam. Über ein Jahr lang, bis zu ihrem einundzwanzigsten Geburtstag im Dezember, war er Veras Vormund gewesen, in dieser Rolle zugegeben milde und offen für alle ihre Eskapaden. Es hatte auch eine Zeit gegeben, ein paar Jahre zuvor, da er den Rithers ernsthaft familiär nahezukommen versucht hatte, als wären beide Familien wie zwei lose Tauenden, die miteinander verspleisst werden sollten.

Es gab da einen Neffen, um den er sich seit dessen unehelicher Geburt intensiv gekümmert hatte, da seine Schwester nicht dazu in der Lage gewesen war. Der von einem unbekannten Vater gezeugte Jürgen hatte selbst durchaus ein wenig von der Labilität seiner Mutter in sich, aber zugleich war er ein witziger junger Mann, der seine Schulzeit in einem Internat am Bodensee absolvierte, das den Namen einer populären Zigarettenmarke trug. In den Ferien besuchte er häufig seinen Onkel in der Eifel. Vera, damals sechzehn Jahre alt, hatte sich im Sommer ein paarmal von ihm nach Aachen in eine Milchbar ausführen lassen. Sie verbrachten Sonntagnachmittage, an denen er sich voller Verachtung für seinen Onkel gezeigt hatte, diesen trockenen Typen, der nichts zu vererben habe, weil ihm selber ja nichts gehöre, nicht das Haus, in dem er wohnte, und nicht das Auto, mit dem er sich herumfahren ließ. Auch auf die Pirsch gehe der auf seine Jagdkünste so stolze Onkel Richard nur in Wäldern, die andere besaßen. «Und jetzt will er dich mit mir verheiraten. Der denkt, wir könnten mal ein Paar werden», hatte Jürgen ihr an einem der Abende unverblümt berichtet. Was, wie er nach einigem Herumdrucksen zugab, allein schon deshalb ein aussichtsloses Unterfangen sei, weil er dem weiblichen Geschlecht nicht mehr als freundschaftliche Sympathie entgegenbrachte. Jürgen und Vera hatten damals den Pakt geschlossen, größte Harmonie miteinander vorzutäuschen. Das hatte ihnen die Chancen eröffnet, gelegentlich zusammen Ausflüge zu machen.

Ihr Privileg war, dass Jürgens Onkel ihnen gerne seinen Fahrer zur Verfügung stellte. Max Lembke, den legendären Schützenkönig von Monschau. Max, früher auch ein glänzender Leichtathlet, konnte als Kriegsinvalide, wie so viele

Männer seiner Generation, nur noch humpeln. Aber wenn er einen gut eingefahrenen Mercedes durch die Straßen des autogerecht wiederaufgebauten Düsseldorf oder über die Passstraßen der Eifel lenkte, dann war es eine Schau. Sie drei wurden ein gutes Team. Und Lembke hatte ein Auge darauf, dass das Paar in Onkels spe keine Dummheiten machte. Darauf legte Veras Vater größten Wert, der sich ansonsten über die mögliche gemeinsame Zukunft der beiden ausschwieg.

Jürgen wurde in Düsseldorf in einem Café abgesetzt, dann fuhr Lembke Vera zum Friseur, wo Jürgen sie später wieder abholte. Wenn es ein Freitag war, dann gingen sie oft zu einer Vernissage in einer der neuen Galerien. Düsseldorf hatte sich in den späten Fünfzigern immer mehr zu einer Kunststadt entwickelt, die altberühmte Kunstakademie schloss wieder zu ehemaligem Ruhm auf und gab der ganzen Stadt Impulse. Günter Grass' Roman «Die Blechtrommel» hatte Düsseldorf und seine Künstlerkneipen gefeiert und in ganz Deutschland berühmt gemacht. In der Altstadt bemühte man sich nach Kräften, dem dort beschriebenen, orgiastisch-anarchischen Bild, das der ehemalige Kunststudent Grass von Düsseldorf gezeichnet hatte, möglichst nahezukommen. Beinahe jeden Monat eröffnete eine neue Galerie, die weiter zu diesem Image beitrug.

Vera und Jürgen hatten dieses bis in die Belegschaft der Firma vorgedrungene Verlobungstheater eine ganze Weile lang ausgenutzt. Aber Jürgen war auch ein schwieriger junger Mann, kompliziert und gleichzeitig manchmal fast hinterhältig, wie ein Charakter aus einem Fortsetzungsroman von Johannes Mario Simmel. Vera war mehr als froh, nach der Schule sofort nach Paris zu ziehen und die komische Tarngeschichte vergessen zu dürfen. In Paris war derlei nicht mehr nötig. Als Bewohnerin der Maison d'Allemagne in der neugebauten

Pariser Studentenstadt genoss sie alle denkbaren Freiheiten und konnte sich normal in der Stadt bewegen, soweit es die zuweilen nervend charmierenden französischen Männer zuließen. An der Journalistenschule wie an anderen Eliteuniversitäten war es völlig normal, dass ein Professor eine neue Studentin zu sich nach Hause einlud ... Und viele der jungen Frauen machten das mit Vergnügen mit. Aber nicht Vera.

Als der Scheinflirt mit Jürgen Seuss zu Ende ging und klar wurde, dass es den beiden nur um sonst unerlaubte Großstadtausflüge gegangen war, fiel sein Onkel aus allen Wolken. Er hatte bis dahin gedacht, eine Vernunftehe arrangiert zu haben, und diese funktionierten bekanntlich am besten. Seither wussten beide, dass die Zeit, in der sich Vera und Seuss am nächsten gekommen waren, auf einer Illusion aufgebaut und, mehr noch, auf einer absichtlichen Täuschung beruht hatte.

«Wie geht es Jürgen?», fragte Vera lächelnd.

«Bis auf die Spuren, die er Monat für Monat auf meinem Konto hinterlässt, bekomme ich rein gar nichts von ihm mit. Hat sich schon lang nicht mehr gemeldet. Bei dir also offenbar auch nicht», erwiderte Seuss, und ein kleiner nervöser Stich wirbelte die Säure in seinem Magen auf.

Er wusste, dass Vera Rither ihn in gewisser Hinsicht für etwas beschränkt hielt, «auf dem Gefühlsauge blind» oder wie sie das nannte. Aber das Mädchen hatte keine Ahnung. Keine Ahnung, wie es in ihm aussah. Und sie hatte keine Ahnung, in welcher Situation die Firma sich befand. Dass sie mit dem Rücken zur Luxemburger Wand standen. Er biss sich auf die Lippen. Wenn überhaupt je eine Zeit war, so dachte er, in der es ihm Spaß gemacht hatte, die Rither-Werke Monschau zu leiten, dann war es die jetzige. Der depperte jüngere Rither war endlich weg, leider gleich tot, aber na gut. Die Erbin ohne

Interesse an der Firma. Das Geschäft aber – vor dem Abheben. Wenn es der westdeutschen Wirtschaft gutging, was man unbedingt sagen musste, dann ging es Rither glänzend. Glänzend wie eine gewienerte Rüstung. Wie ein Schild aus Gold. Wie ein Raketenflugzeug vor dem Start. Und er saß vorne drin, er, Richard Seuss aus Garmisch, der arme Bauernbub, der sich seit vierzig Jahren abmühte und alles getan hatte, was nötig gewesen war, um so weit zu kommen. In diese Position zu gelangen. Durchzuhalten, bis ihrer aller Träume aus den vierziger Jahren Wirklichkeit geworden waren. Aber offenbar hatte sich alles gegen ihn verschworen. Die hundsgefickten Pocken. Aber vorneweg sie: das Mädchen. Vera brachte alles durcheinander. Mal wieder.

«Sei mir nicht bös, wenn ich gleich zur Sache komm. Mag dich auch nicht mehr allzu lang aufhalten, heut Abend. Ich nehme an, du weißt, worum's geht?»

«Du hast Post von meinem Anwalt bekommen.»

«Post? Das ist eine Kriegserklärung. Du willst dich von der Firma trennen?»

«Es gibt ein paar Verflechtungen zwischen dem Erbe meines Onkels und dem meiner Eltern, die ich gerne aufgedröselt hätte, ja. Und ich will mich nicht trennen, ich vollziehe nur den Willen meines Onkels.»

«Den Willen vom Bernhard? Indem du sein Erbe ausschlägst?»

Er hatte es nicht vorgehabt, aber jetzt nahm er das Schälchen mit dem nicht mehr ganz frischen Weihnachtsgebäck in die Hand. Aussehen und Geruch sagten ihm, dass es ganz eindeutig von Ludmilla Drachsky gebacken worden war. Kampfeslustig stopfte er sich sechs, sieben pudrig-trockene Vanillekipferl in den Mund, dann ein paar steinharte Monschauer Printen und zahnverklebende Makronen. Er sprach währenddessen mehr oder weniger weiter.

«Ist ja klar, dass du die Firma nicht führen kannst, natürlich, einverstanden. Wie solltest du auch, ohne eine Ahnung von Technik. Es ist so oder so nicht einfach, heutzutage. Eine Kleinigkeit, und alles schwankt. Wie man an diesen entsetzlichen Pocken sieht. Wir haben wirklich alles getan, Vera, das kannst du mir glauben, viel mehr, als das Gesetz vorschreibt.»

«Was meinst du damit? Mehr als das Gesetz vorschreibt?»

«Wir haben seit langem einen Vertrag mit dem Tropeninstitut in Hamburg, dass jeder von unseren Leuten, der im Ausland war, also irgendwo in Afrika, Asien oder Lateinamerika, bei seiner Rückkehr sofort nach Hamburg fährt und untersucht wird. Nicht nur auf die Pocken, auf alles Mögliche andere auch. Aber ...», hier nahm er das letzte Kipferl, seine favorisierte Plätzchensorte, und zermalmte es zwischen seinen dritten Zähnen, während er, etwas gedämpfter, weitersprach, «aber der Jupp kam eben ungünstig zurück.»

«Ungünstig? So kurz vor Weihnachten, meinst du?»

«Ja. Hätte sonst Heiligabend nicht bei der Familie sein können. Und das will man den braven Leuten doch nicht antun.»

«Verstehe. Man hat die Standard-Untersuchung verschoben – auf nach den Feiertagen. Und deshalb war Herr Reue so lange unterwegs, in den Gasthäusern, im Werk, hat gearbeitet und gefeiert?»

«Natürlich würden wir das jetzt niemals so sagen. Ich sage es auch nur dir: Es war, gemessen an den Standards, die bei Rither herrschen, unsere eigene Schuld.»

Unsere Schuld, dachte Vera, du denkst, du kannst alles aufteilen, verteilen, wie es dir passt. Du bist der Chef. Aber es ist unsere Schuld. Du führst, aber es soll meine Firma bleiben, weil das für dich bequem ist. Unglaublich, wie du dein Versagen dazu benutzen willst, immer noch die Kontrolle zu behalten. Und jetzt schleichst du dich an, mit irgendeinem neuen Plan, aber ich sehe dich kommen.

«Und wenn man sich das so anschaut, was es heißt, für so eine kleine Firma wie unsere, auf dem Weltmarkt zu agieren: Dann ist klar, dass du die Firma niemals führen könntest, und wenn dir die besten Ingenieure zur Seite stünden.»

«Ach so, und warum nicht?»

«Du bist eine Frau.»

«On ne naît pas femme, on le devient», warf sie ihm entgegen, funkelnd und streitlustig.

«Nicht als Frau geboren sein, sondern dazu gemacht werden? Was soll das denn heißen? Das ist doch Unsinn, Vera.»

«Das ist von Simone de Beauvoir und überhaupt kein Unsinn. Und es bedeutet, jetzt in dem Fall, dass meine Entscheidung nichts damit zu tun hat, dass ich eine Frau bin.»

«Mag sein. Aber auch wenn die Firma formal dein Eigentum ist oder werden könnte – du kannst nicht einfach alles verschenken, nur weil du Angst vor Verantwortung hast.»

«Das hat doch Onkel Bernhard so bestimmt. Wir stiften es.»

«Stiften. Das war doch nur eine Notlösung in Bernhards Testament. Das war doch nicht, was er sich gewünscht hat. Du bist gerade mal großjährig geworden und willst dieses Vermögen stiften? Früher sind solche Mädchen ins Kloster gegangen, weißt du.»

Komischerweise fand Vera das jetzt schon lachhaft. Sie musste kichern und verschluckte ihre Wut. Sie sammelte ihre Kraft. Sollte er nur so weitermachen. Sie würde sich von ihm nicht aus der Fassung bringen lassen.

Seuss spürte, dass er zu ungestüm gewesen war. Seine Magensäure, vom vielen Zucker ermuntert, schwappte giftig bis in seinen Rachen. Er musste sich räuspern, faltete seine Hände zu einem imaginären Gipfel, indem er die Fingerspitzen aneinanderlegte und diesen Problemberg dann in feinteiliger Argumentation abtrug: Wie sehr die Firma doch mittlerweile verflochten sei, auch über die Grenze hinweg. Der Freihandel. Die unternehmerische Initiative. Wie sehr das alles, das Wohl und Wehe der vielen Angestellten und Arbeiter hier, in Monschau, das doch auch Veras Heimat war, von einer stabilen Führung abhingen – einer Kontinuität, die durch einen solchen Wechsel aufs schwerste gefährdet wurde! Wer konnte schon wissen, was irgendein Gremium in Aachen mit den Werken vorhätte? Professoren, was verstünden die davon, ein solches Unternehmen zu leiten? Das sah man ja jetzt schon an diesem Stüttgen, da reichte ja schon ein solcher Eierkopf, um alles durcheinanderzubringen ...

Während er das so schilderte, musste Vera wieder ans Splissen denken. Das Verknüpfen von zwei ausgefransten Tauen. Seuss wollte Verflechtung, dachte in Verflechtung. Und, das war auch klar, er war auf Wachstum aus. Aber letzten Endes konnte es doch nur um ihn selbst gehen. Um seine Position als Chef der Firma, die er zwar nicht besaß, aber an der er gut verdiente und in der er, wohl am wichtigsten, alle Macht, das alleinige Sagen hatte. Diese Macht würde schnell verschwinden, wenn nicht mehr ein schwacher Mann wie ihr Vater oder ein junges Mädchen wie sie selbst die Eigentümer waren, sondern ein versiertes Kuratorium – egal, wie er das in seinem Zerrbild darstellte – über die Dinge wachte.

«Bei diesen ganzen internationalen Zusammenhängen, Vera, da kann man sich doch gar nicht vorstellen, dass die Werke nun auf alle Zeiten der Technischen Hochschule gehören sollten. Die Firma muss offen bleiben in ihren Entwicklungsmöglichkeiten.»

«Aber das wird sie doch. Die Rither-Werke müssen einfach weiterhin die besten Industrie-Öfen bauen, die es gibt, und dann werden ihre Auftragsbücher immer voll sein.»

«Ich wusste gar nicht, dass du so eine Anhängerin von Ludwig Erhard bist.»

«Wieso, was hat das mit dem Dicken zu tun?»

«Na ja, das ist seine Lehre von den Kapitalprodukten. Davon leben wir, dass Leute in Indien oder Belgien hunderttausend Dollar in die Hand nehmen und einen Ofen in 1A-Qualität für ihre Firma kaufen. Das ist viel Geld. Da braucht jeder, der mitspielen will, eine gute Verbindung zu den Banken. Wir auch. Denn welcher kleinen Papierfabrik irgendwo in Asien können wir schon vertrauen?»

Sie stand auf und trat an den Sims des mit blauen belgischen Kacheln verkleideten Küchenkamins. Dort stand ein Familienfoto, das einzige, auf dem sie alle vier, Onkel Bernhard, ihr Vater, ihre Mutter und sie zu sehen waren. Sie wusste aus sicherer (dreifingriger) Hand, dass Michel Behrends das Foto aufgenommen hatte. Sie sah auf ihre liebe Mutter und ihren Vater. Er war etwas zerstreut und oft ein wenig kalt gewesen. Aber immerhin: *Geh, wohin du willst, mein Kind*, hatte er zuletzt zu ihr gesagt.

Was stritt sie sich überhaupt mit Richard Seuss? Er war unbewaffnet. Er hatte nichts in der Hand. Sie konnte das Erbe ihres Onkels ausschlagen, dazu musste sie Seuss nicht um Erlaubnis fragen. Es war alles geregelt. Das Einzige, was es brauchte, war ihre Unterschrift.

«Entschuldige mich bitte einen Moment.»

Im Badezimmer wusch sie sich Hände und Gesicht, betrachtete sich einen Moment und schminkte sich nach. Dann blickte sie sich selbst in die Augen, lächelte und fand zu der ihr eigenen Entschlossenheit zurück.

Wenn ich jetzt zurück in die Küche komme, Richard Seuss, wirst du noch einmal am Tee nippen, er wird dir immer noch nicht schmecken, du wirst noch einmal dein Sprüchlein sagen, und dann gehst du. Dieses Mantra entwarf sie sich. Sie nickte ihrem Spiegelbild zu, ging auf dem Weg zurück an der Stereoanlage vorbei, drehte die Miles-Davis-Scheibe um und die Lautstärke noch etwas höher. Sie wusste, dass Seuss Jazz nicht ausstehen konnte.

Das Wetter war scheußlich und sprach so ganz und gar gegen einen Spaziergang, dass es Nikos kurz geschaudert hatte. Bald aber schon genoss er die Widrigkeiten, da sie eben einfach nur die örtlichen und jahreszeitlichen Erscheinungen der Elemente Wind und Wasser waren, mit denen er in Griechenland aufgewachsen war. Hier im Norden fielen sie eben anders aus. Keine nackten, sonnenglühenden Felsen und heißen Lüfte, sondern regennasse Windstöße, die einem ins Gesicht schlugen, während man durch Schneematsch lief, der die Schuhe nach Minuten durchgeweicht hatte wie Pappe.

Eines Tages, dachte er sich in einem kurzen, euphorisch überbordenden Gedankenflug in eine glückliche Zukunft, würde er ihren Enkelkindern davon erzählen, wie er damals über das Firmengelände zum Seitenausgang marschiert war. Zu diesem Tor in den Wald, für das er einen Schlüssel hatte, und wie er dann ein Stück weit in den Forst hineinspaziert war, so lange der Weg vom Werk aus erhellt wurde. Eine seltsame Empfindung überkam ihn jetzt. Tag und Nacht wurde in der Fabrik gearbeitet, die Werkshalle leuchtete, und aus dem Schornstein der Gießerei drang hitziger Dampf. Doch schon nach wenigen Metern im Wald war die unablässige Betriebsamkeit der Fabrik verschwunden. Der Forst schluckte jedes Maschinengeräusch, und Nikos war es auf einmal, als sei der Wald der eigentliche Besitzer der Fabrik, als habe er diese hervorgebracht.

Das war ein seltsamer Gedanke, der aber vollkommen zutraf,

denn genau aus diesem Wald waren die Rither-Werke hervorgegangen. Die Rither waren einst Köhler gewesen. Irgendwann, als der ursprüngliche Buchenwald verkokelt war, verdingten sie sich als aufgestiegene Fichten-Förster in preußischen Diensten, bald dann als Holzhändler, die im Geschäft mit den Holländern viel Geld verdienten. Den von den Förstervorfahren angelegten riesigen Wald der Familie hatte Bernhard Rither, der erste Ingenieur in der Familie, zu einem Teil abgeholzt. Mit dem Erlös aus den Stämmen und teils auf dem Grund der Rodung hatte er das erste Werk errichtet. Seine Fabrikation beruhte auf gänzlich neuartigen Verfahren zur induktiven Wärmeleitung, die er an der Technischen Hochschule Aachen hatte entwickeln können. Einen mythischen Ursprung seiner Ideen durfte man vielleicht im einsamen Köhlerhandwerk seiner Vorfahren suchen, im Wissen über den Umgang mit Feuer, das sie sich über viele Generationen im Wald angeeignet hatten.

An diesem Abend also, dachte Nikos, an dem ich eure Großmutter endlich kennengelernt habe, nachdem ich schon so viel von ihr, also ihrer Musik, gehört hatte, bin ich tief in den dunklen Fabrikwald hineingegangen. Es stürmte und schneite wie verrückt, und ich musste mir selber sagen, wie normal das hier war, in Monschau in der Eifel, dieser rauen Gegend mit einsamen Wäldern. Dennoch verstand ich ... hoppla, was war das? Nikos' vor Aufregung, Vorfreude und zitternder Selbstironie bebendes inneres Selbstgespräch wurde unterbrochen, ein Lichtschein auf den Stämmen bannte seine Aufmerksamkeit. Er drehte sich um und sah die näherkommenden Lichter eines Autos, das sich aus Richtung des Werks den Waldweg hinaufarbeitete.

Kurz danach verlangsamte das Gefährt. Ein umgebauter

VW-Kübelwagen, das Standardfahrzeug der Wehrmacht, wie es auch auf Kreta häufig zu sehen gewesen war. Nikos erkannte es gleich am Stand der Scheinwerfer. Eine Erinnerung an seinen Großvater durchzuckte ihn. Es war an Ostern gewesen, vermutlich 1943, als Nikos mit dem im Dorf hochangesehenen Alten auf dem Weg nach Hause war. Mit einem Mal hatte der Großvater den Knaben von der Straße gerissen, wie er es mit einem Lämmchen gemacht hätte, das beinah in einen steinigen Abgrund gestürzt wäre, den Geiern zum Festmahl. Nikos hatte sich nur wenig erschrocken, da er so plötzliche Ausbrüche und Bewegungen seines Großvaters kannte: Oft zog er den Knaben oder sonst wen oder etwas zur Seite, ob beim Fischen, auf dem Boot oder im Weinberg, um einen Schlag oder Sturz zu verhindern. Mit einem Mal also lagen sie im Graben – und ein Konvoi aus deutschen Fahrzeugen rollte an ihnen vorbei. Nikos sah, wie sein Großvater die Anzahl der Wagen leise mitzählte, um sie später einem Kontaktmann im Dorf zu sagen.

Nikos war zur Seite getreten, tiefer in den Schnee, um das Gefährt vorbeizulassen. Der Wagen aber kam neben ihm zum Stehen. Darin saß der persönliche Fahrer des Direktors. Aus dem Fußraum des Beifahrersitzes ragte ein Gewehr. Ein junger Bluthund hockte auf der Rückbank und äugte Nikos aufmerksam an.

«Herr Doktor Spyridakis», begrüßte ihn Max Lembke mehr als korrekt. «Alles in Ordnung? Möchten Sie, dass ich Sie heimfahre?»

«Aber nein, danke», sagte Nikos, der sich nicht an den Namen des Mannes erinnern konnte, «ich mache einen Waldspaziergang.» In Deutschland war diese Erklärung, die an so einem scheußlichen Abend in Griechenland und vermutlich in allen anderen Ländern der Welt völlig irrwitzig geklungen hätte, absolut plausibel. In Deutschland konnte man bei jedem Wetter und zu jeder Jahres- und Tageszeit einen Waldspaziergang unternehmen.

«Verstehe, Spaziergang.»

«Und Sie? Gehen auf Jagd?»

«Ja, einmal im Monat, dazu habe ich das Recht.»

«Bei dem zunehmenden Mond vielleicht gar nicht schlecht. Wenn nur das Wetter besser wäre.»

«Ich gehe immer gerne auf die Pirsch. Hier in der Eifel muss man mit dem Wetter leben, gut oder schlecht gibt es hier gar nicht.»

Nikos lachte wissend, und sein Blick fiel auf das Gewehr des Chauffeurs. Ein Präzisionsinstrument. Man sah den stolzen Glanz einer bestens gepflegten Waffe.

«Ist das Fernrohr auch für die Nacht geeignet?»

«Ja, natürlich. Das Neueste von Walther. Damit kann ich 'ner Fliege auf zweitausend Meter das linke Auge wegschießen.»

«Sie sind ein leidenschaftlicher Jäger.»

«Die Jagd, ja. Aber vor allem das Treffen ... Ich fahr dann mal auf meinen Ansitz. Wenn Sie noch länger spazieren gehen, Herr Doktor, bleiben Sie bitte auf den Wegen. Es sind heute noch andere Jäger unterwegs.»

«Ich denke, ich gehe jetzt zurück. Gute Nacht.»

«Gute Nacht, Herr Doktor Spyridakis. Aber ... sagen Sie doch bitte, Ihr Name. Ist das nicht kretisch, nach hinten raus?»

Mit allem hätte Nikos gerechnet, aber nicht damit. Lembke hatte es genau getroffen, die Endung seines Nachnamens verriet die kretische Herkunft.

«Das ist richtig. Woher wissen Sie das? Kennen Sie Griechenland?»

«Man ist ja rumgekommen», sagte Lembke lachend, «gute Nacht.»

Er kurbelte die Scheibe hoch und fuhr weiter. Nikos sah den Rücklichtern noch eine Weile nach. Kein anderes Automobil war so vielen Menschen in so vielen Ländern so bekannt geworden wie der Wehrmachtskübelwagen VW Typ 82, hervorgegangen aus dem KdF-Wagen. Porsches Ur-Käfer. Für manche dürfte es das erste Auto gewesen sein, das sie überhaupt jemals gesehen hatten. So war es auch für Nikos gewesen.

Jetzt, wo die Rücklichter des geländegängigen Wagens sich bald schon zwischen den Bäumen verloren, wurde sich Nikos zum ersten Mal, seit er in Deutschland lebte, und das war nun schon bald das fünfte Jahr, dieses eigentümlichen Umstandes bewusst. Er kam aus Kreta. Die Griechen waren ein Teil der Siegerallianz des Weltkriegs gewesen.

Es gab kaum eine griechische Familie, die nicht von den Auswirkungen des Krieges betroffen war und jemanden verloren hatte. Im Falle der Familie Spyridakis war es Nikos' Vater gewesen, ein Berufsoffizier. Er war Mitglied der kretischen Truppen gewesen, die im Oktober 1940 an der albanischen Grenze gegen die anrückenden Italiener kämpften. Ein harter Winterkrieg, den die Griechen zunächst gewonnen hatten. Nikos' Vater aber wurde schwer verletzt, erlitt böse Erfrierungen an den Beinen und kam im Frühjahr 1941 in das Militärhospital von Athen. Seine Mutter hatte den vierjährigen Nikolaos bei ihren Eltern auf Kreta gelassen und war nach Athen gefahren, um sich um ihren Mann kümmern zu können.

Dann aber kamen die Deutschen den Italienern zu Hilfe, und bald wehte die Hakenkreuzflagge über der Akropolis. Auch Kreta blieb nicht lange verschont. Im Mai erfolgte die Luftinvasion, Unternehmen Merkur, eine für die Wehrmacht extrem kostspielige Operation. Eine besondere Mischung von Verteidigern stand bereit, sie zu empfangen, Neuseeländer,

Australier, Griechen und kretische Partisanen. Sieben von zehn deutschen Fallschirmspringern starben.

Es gab da auf Kreta dieses Lied, das die Bauern gegen die Osmanenherrschaft gesungen hatten. Ein Lied über den Aufstand. *Pote tha kanei Xasteria*.

> Wann wird es Februar, Mensch, wann klart der Himmel auf,
> Dass ich mein Gewehr herausholen kann, Mensch,
> Um hinabzugehen und Mütter ohne Söhne zu machen.

Das Lied kannte auf der Insel jedes Kind. Eine feierliche Hymne. Leicht zu singen, mit einer leiernden Melodie, die aber, aus je mehr Kehlen sie erscholl, immer mächtiger wurde. Nun, da es wieder so weit war, die Pfade hinab an die Küste zu gehen, sangen die Bauern diesen Marsch, um die im Land stehenden Feinde zu töten.

> He, auf der Straße von Moussoura,
> Dass ich Mütter ohne Söhne mache,
> Frauen ohne Männer, Kinder ohne Mütter.

Als die Deutschen Kreta besetzten, sollten sie ihr blutiges Wunder erleben. Nicht nur durch die schweren Verluste bei der Landung, sondern auch später. Kein deutscher Soldat konnte auf Kreta seines Lebens sicher sein. Die Rachemassaker, die die Deutschen im Gegenzug immer wieder anrichteten, brachen den Widerstandsgeist der Kreter nicht im Geringsten. Vielleicht stimmt es, dass die deutsche Niederlage in Griechenland und womöglich gerade auf der uralten Insel des mythischen Labyrinths und seines Menschenopfer fordernden Stiermonsters ihren Anfang genommen hatte.

Als Nikos durch die nun stürmischer werdende Nacht zurückging, dachte er darüber nach, dass einer wie Max Lembke, den er auf Ende dreißig schätzte, vermutlich in der Wehrmacht das Schießen gelernt hatte, und dass es in einem Betrieb wie den Rither-Werken mit ihren mehr als tausend Mitarbeitern viele ehemalige Soldaten geben musste. Alte Kämpfer. Von denen einige vermutlich genau deshalb die großzügige Gewährung des Jagdprivilegs so schätzten. Wo sonst hätten ehemalige Soldaten auf der sogenannten freien Wildbahn weiterhin auf bewegliche Ziele anlegen können?

Auch Direktor Richard Seuss ging sehr gerne zur Jagd, wenngleich er selbst kein Soldat gewesen war. Er hatte seinen Beitrag zum Krieg über die Erhaltung und Steigerung der Wirtschaftskraft des Deutschen Reichs geleistet. Seuss rühmte sich insgeheim, zu den wenigen hundert unentbehrlichen Wehrwirtschaftsführern gezählt zu haben, wie man die wichtigsten privatwirtschaftlichen Industriemanager des Dritten Reichs genannt hatte, und er befand sich damit unter so illustren Namen wie Bosch, Porsche oder Quandt.

Nikos hatte das Firmengelände erreicht und sah den massigen Mann in Lodenmantel und Hut aus der Villa treten. Sein Fahrer hatte frei, das wusste Nikos ja zufälligerweise schon.

Seuss hatte sich von Vera verabschiedet. Er wollte noch mal zurück in sein Büro, um sich durch ein Studium der Zahlen auf die anstehenden halbjährlichen Gespräche mit den Rither-Vertretern in Brasilien, Kolumbien und dem von Ludwig Erhard als «Land der Zukunft» gepriesenen Venezuela vorzubereiten. Seuss verfügte über ein privates Kabinett, hinter seinen Arbeitsräumen gelegen, in dem er manchmal übernachtete, wenn es ihn bis spät am Schreibtisch hielt, womit heute zu rechnen war. Südamerika interessierte ihn, abgesehen vom Geschäftlichen, auch noch aus anderen Gründen.

Ein schmerzliches Zögern erfasste Nikos, als er, vom Regen durchgeweicht, mit dem Schlüsselbund in der Hand vor der Haustür stand. Während des kleinen Spaziergangs war ihm ein fernes, glückliches Leben mit der geheimnisvollen Vera ganz selbstverständlich erschienen. Nun kam es ihm wie ein Hirngespinst vor. Zugleich ärgerte er sich über sich selbst: dass er sich so schwertat, das Naheliegende zu tun. Er hielt den Schlüssel und wagte es nicht, ihn ins Schloss zu stecken, zu öffnen, die paar Treppenstufen zu nehmen, auf halber Höhe zu klingeln und die Geschichte endlich beginnen zu lassen.

Doch dann hörte er hinter der Tür ganz leise jenen Jazzsong wieder, da war das Schlagzeug, das Piano, und gleich vernahm er mit dem Klang der einzigartigen Trompete die Melodie, und sie machte ihm Mut, rief ihn, und damit war alles klar, und sein Zögern, seine Furcht, die Zweifel an seiner Erscheinung, seine Unsicherheit und Unkenntnis, die Fremdheit hier im Land, das alles konnte ihn nicht mehr hemmen, er schloss die Tür auf, eilte – ein wenig von seinem Mantel herabrinnendes Regenwasser auf dem Läufer hinterlassend – die Treppe hoch und drückte herzklopfend und ohne noch länger darüber nachzudenken auf die Klingel – was ihm vorkam, als sei er von einer Klippe gesprungen, die einem sofort nach dem Sprung viel zu hoch erscheint, weshalb man magenumdrehende Beklemmnis über den Sprung empfindet, doch nun fliegt man unaufhaltsam durch die Luft – beziehungsweise man steht vor der rauchgläsernen Tür, hinter welcher der Schatten der Bewohnerin auftaucht und die sich nun öffnet, wobei die Musik sofort lauter wird, wie gischtendes Wasser, und da steht sie vor ihm und strahlt ihn an. Vera.

«Na, haben Sie einen angenehmen Spaziergang gehabt? Schön, dass Sie noch Zeit haben, Herr Spyri...» Sie verzagte lächelnd und zuckte mit den schmalen Schultern.

«Nennen Sie mich Nikos», sagte er. Er konnte sich nicht erinnern, jemals eine so samtige Hand gehalten zu haben. Sie lag warm in der seinen, die von der Kälte etwas steif war, und er bemühte sich, sie nicht zu kräftig zu quetschen, wie er es bei Männern zu tun pflegte. Sie spürte das und lächelte. Er spürte, dass sie es gespürt hatte und lächelte gleichfalls, und so lächelten sie sich für einen Moment etwas blöde an.

«Möchten Sie hereinkommen?», fragte Vera

«Gerne.» Nikos legte den nassen Mantel ab, Vera wies auf die Garderobe, und als er seinen Mantel dort aufhängte, streifte seine Hand leicht über Veras Wildledermantel mit dem Pelzkragen.

«Verzeihen Sie, meine Schuhe sind ganz schmutzig. Stört es Sie, wenn ich sie ausziehe?»

«Nein, in keiner Weise», sagte sie leicht verwundert.

«Nicht, dass Sie denken, ich wäre ein Muselmann», sagte Nikos entschuldigend, «aber ich war im Wald spazieren!»

Auf frischen Strümpfen und glücklicherweise solchen, die weder Löcher noch gestopfte Stellen aufwiesen, ging er hinter ihr in Richtung der Musik.

«Darf ich mir mal die Scheibe ansehen? Tolle Musik!», fragte er, als sie den saalähnlichen Salon betraten.

Vera wies auf das Plattencover, das eine lächelnde schwarze Frau zeigte.

«Ah, wusste ich es doch: Miles Davis! Großartig.»

«Ja, nicht wahr? Seine neueste Platte. Trinken Sie einen Tee?»

«Gerne.»

Vera ging in ihre Küche, und Nikos nahm sich das Plattencover vor. Mit einem Blick auf Frances Davis, die hinreißende Ehefrau des Meisters, die erste Schwarze, die jemals als Model auf einem Plattencover erschienen war, fiel ihm nun endlich ein, woher er diesen Song kannte, der ihm nicht mehr aus dem Sinn ging. Er war aus dem Trickfilm, der die Geschichte von Schneewittchen und den sieben Zwergen erzählte, und er hieß «Someday My Prince Will Come». Er seufzte laut.

Und erschrak im selben Moment über sich selbst, riss die Augen auf und drehte sich, um zu sehen, ob Vera seine Regung bemerkt hatte, aber die war in der Küche beschäftigt. Dann legte er das Cover umgedreht zurück, ratlos und amüsiert gleichermaßen, denn das – an seine Enkelkinder denkend – war doch wirklich eine unerhörte romantisch-musikalische Begebenheit. Er wurde rot, ein freudiges Rot, das seine Ohren zum Glühen brachte, aber dann riss er sich zusammen und sah langsam die anderen Platten durch, die Vera, so konnte er sich schnell zusammenreimen, aus Paris mitgebracht hatte. Ob sie wohl etwas von Thelonious Monk dahatte?

Vera kam zurück. Er war nun hier bei ihr. Fühlte sich glücklich. Aber er hatte keine Ahnung, was er zu diesem deutschen Mädchen sagen sollte, das auch noch so reich war. Deshalb war er froh, als sie ihm eine Frage stellte. Und das Gespräch dann auch gleich weiterführte.

«Sie mögen Jazz?»

«Oh ja, Fräulein Rither, sehr. Das ist die Musik, die zu meinem Leben passt, und zu unserer Zeit.»

«Sogar an einem so schaurig finsteren Ort wie Monschau?»

«Ja, äh ...»

«Ich mache nur Spaß. Hier, Ihr Tee, Herr Doktor.»

«Vielen Dank. Aber bitte ohne Doktor. Das bin ich noch nicht. Ich bin nur Arzt.»

«Ach so? Überall, wo von Ihnen erzählt wurde, war immer von dem griechischen Doktor die Rede.»

«Ja, das sagen die Leute so. Bei uns in Griechenland auch. Ein Arzt ist ein Doktor. Aber ich bin noch nicht promoviert.»

«Hat das einen speziellen Grund?»

«Ich habe noch nicht entschieden, was ich machen will.»

Er hielt seine Hände auf gleicher Höhe, als balanciere er in jeder einen Spielball und wäge, welcher ihm besser gefällt.

«Wie meinen Sie das?»

«Na ja, ich könnte in zwei Richtungen gehen. Elektronenmikroskopie ist das eine. Das interessiert mich schon lange. Schon mit sechzehn habe ich ein wenig mikroskopiert. Deshalb bin ich auch letztes Jahr nach Düsseldorf gekommen. Mein Lehrer, Professor Ruska, ist ein Genie auf diesem Gebiet. Er hat zum ersten Mal Viren gesehen. Also, er hat sie unter dem Mikroskop sichtbar gemacht. Er bekommt bestimmt irgendwann den Nobelpreis. Es wäre schon sehr interessant, bei ihm weiterzumachen.»

«Und die andere Richtung?»

«Dermatologie. Die hat sich sehr entwickelt. Jetzt ist sie bald eine ganz moderne Wissenschaft. Mit einem Dermatologen bin ich ja hier. Professor Stüttgen.»

«Mir war nicht bewusst, dass sich die Dermatologie um die Pocken kümmert.»

«Die Pocken werden über die Schleimhäute aufgenommen. Aber sie führen ihr sichtbares Leben, sozusagen, unter und auf der Haut. An ihren Erscheinungen dort kann man sie diagnostizieren, und die können sehr unterschiedlich sein. Deshalb heißen sie lateinisch *Variola*: die Bunten.»

«Das ist ja gruselig. Aber zurzeit betrifft es uns ja alle hier. Oder hoffentlich nicht. Jedenfalls – erzählen Sie mir doch etwas mehr darüber.»

Während das Miles Davis Sextet nun bei «Pfrancing» angelangt war, dem letzten Stück der ersten Seite, einer lebhaften Nummer mit inspiriertem Klavierintro, fragte Vera Nikos über Verlauf, Wesen und Behandlung von Variola aus. Eine menschheitsgeißelnde Seuche, das war ein ungewöhnliches Thema für ein inniges Gespräch zwischen zwei jungen Menschen. Nikos erzählte mit wachsender Begeisterung, musste sich immer wieder zügeln, um keine allzu schaurigen Details zu berichten. Nun begann Vera auch noch, Notizen zu machen.

«Stört Sie das? Wissen Sie, das habe ich mir angewöhnt, seit ich in Paris studiere. Ich schreibe den ganzen Tag Dinge auf. Ein Notizbuch wie das hier schreibe ich in einem Monat voll.»

«Paris. Bestimmt gibt es da sehr viel Wunderbares zu sehen und zu notieren.»

«Ja. Zurzeit allerdings ist die Stadt in Aufruhr. Mit den Bomben und dem Terror. Das ganze Land ist aufgewühlt.»

«Wie verbringen Sie dort Ihre Tage? Wie studiert man denn Journalismus? Das machen Sie doch?»

Sie lachte.

«Woher wissen Sie das denn?»

«Hat mir Herr Michel erzählt!», sagte er und hielt drei Finger der rechten Hand in die Luft.

«Michel Behrends, das ist so ein guter Geist hier in der Firma, der war auch schon immer da. Er hat mir von irgendeinem Geheimzeichen erzählt, das Sie beide ausgemacht hätten. Oh – sagen Sie ihm bitte nicht, Nikos, dass ich Sie darauf angesprochen habe – aber.»

«Was meinen Sie? V wie Variola?»

«Ist das Ihr ... Geheimcode?»

«Ja. Aber jetzt ja nicht mehr.»

«Wieso?»

«Jetzt ist er ja nicht mehr geheim.» Er lachte.

«Keine Sorge», sagte Vera und nickte ernsthaft, «ich verrate es niemandem.»

Ich schreibe höchstens eine Reportage für *Quick* oder noch besser *Paris Match* darüber, dachte sie und musste sich beherrschen, um nicht zu lachen. Schäm dich, Vera, den Herrn Doktor so auszunutzen.

«Wo waren wir stehen geblieben?»

Nikos, der eigentlich gerne mehr über das Pariser Studentenleben erfahren hätte, das sich im Vergleich zu dem in Düsseldorf in einer für ihn unwirklichen, märchenhaften Stadt abspielte, nippte an seinem Tee und war amüsiert über Veras ernstes Interesse. Warum wollte sie das alles wissen? Um einen Roman darüber zu schreiben? Er selber las keine Romane, weil ihm die Zeit fehlte, aber dafür gerne Gedichte, und er empfand einen gewissen Respekt für Schreiber und Schriftstellerinnen. Er gab sich nun die größte Mühe, ihr alles recht anschaulich zu schildern – im milden Klang seiner Worte mochte man sogar vergessen, dass er über eine tödliche Krankheit referierte.

«Also», sagte Vera und hob den Stift vom Papier, «das habe ich. Dann kommt jetzt die dritte Phase.»

«Richtig. Drittes Stadium nennt man Suppurationsstadium. Suppuration, lateinisch, heißt Eiterung.»

«Oh.»

«Nicht sehr schön. Aber das sind die Pocken ja sowieso nicht. Die Suppuration beginnt etwa nach einer Woche. Die Bläschen auf der Haut trüben sich, werden eitrig. Die Temperatur des Patienten steigt wieder. Wenn die Augenlider betroffen sind, schwellen sie zu. Die Lippen werden zu dicken Wülsten. Auch das Gesicht schwillt an und wird unkenntlich.»

«Ach Gott», rief Vera jetzt aus und ließ den Stift sinken. Nikos sah einen erschrockenen Ausdruck auf ihrem Gesicht.

«Was haben Sie denn, Vera?»

«Das Mädchen, das im Kreiskrankenhaus auf der Isolierstation liegt ... Es tut mir so leid.»

«Patientin 2?»

«Ja, Bärbel Reue.»

«Bei ihr verläuft es scheinbar recht heftig. Ich habe sie aber noch nicht gesehen. Kennen Sie sie gut?»

«Ja. Von früher, da waren wir oft zusammen. Ihre Mutter hat bei uns hier im Haus mitgeholfen. Ein so liebes Kind.»

«Sind Sie sicher, dass Sie das alles so genau wissen wollen?»

«Ja.»

Er gab wieder, was das Lehrbuch sagte, das er in seiner Dienstwohnung immer wieder konsultierte: wie sich die Pusteln immer mehr mit Eiter füllten, die Haut des Kranken zu spannen begann, ein besonders scheußliches Gefühl, als würde man platzen, verbunden mit einem grauenvollen Juckreiz. Die Kranken verspürten den Drang, sich zu kratzen, was man aber nicht tun sollte, denn dann entzündeten sich die Wunden häufig durch Bakterien (was, später dann, für die berühmten Pockennarben sorgte). Der Eiter war hochinfektiös und stellte zugleich eine Schutzflüssigkeit für das Virus dar, in dem klebrigen Sekret hielten die Erreger sich lange. Bettwäsche, Kleidung – was immer damit in Berührung kam, war verseucht.

«Wutausbrüche. Schreikrämpfe. Tobsucht. Getrübter Geist. Früher, als die Krankenpflege noch nicht so viel zu tun vermochte, sind die Patienten manchmal aus dem Fenster gesprungen, weil sie es nicht mehr ausgehalten haben. Der Juckreiz.»

«Das klingt ja schrecklich.»

«Aber das ist gar nicht meine Absicht. Wir schreiben 1962, wir leben im Zeitalter des Sputnik! Und wir sind in Deutschland. Wenn man irgendwo auf der Welt mit einer hereingebrochenen Pockenepidemie fertig wird, dann hier. Glauben Sie mir, ich weiß das aus erster Hand. Professor Stüttgen hat mir einiges erzählt. Und Bärbel wird doch die ganze Zeit betreut. Sie ist in den besten Händen.»

Und ich sitze hier und tue nichts, dachte Vera. Er zieht jeden Tag seine Stahlkocherrüstung an und fährt zu den Familien. Riskiert was, während ich in meiner Villa hocke, nachdenke und Jazz höre. Das muss sich ändern. Das werde ich ändern.

Sie senkte den Kopf, damit nicht so offensichtlich war, dass sie ihn betrachtete. Betrachten musste. Die ganze Zeit hatte sich sein Körper kaum merklich zur Musik bewegt. Und war ihr gegenüber so aufmerksam gewesen, hatte genau zugehört, war auf jede Frage eingegangen, und dabei hatte er zugleich fast ein wenig getanzt, er schien die Musik wirklich zu genießen. Er war gut gebaut, schlank, ein paar Jahre älter, hatte aber noch jungenhafte Grübchen auf den Wangen ... Sie musste jetzt unbedingt sofort etwas Kontroverses auf den Tisch bringen.

«Danke. Ich danke Ihnen für Ihren Einsatz, das sage ich ehrlich. Sie wissen, die Firma und meine Familie», sie zögerte einen Moment, «das gehört ja zusammen. Deshalb weiß ich wirklich zu schätzen, was Sie tun. Aber sagen Sie, wie sehen

Sie die Rolle der WHO? Man hört da ja ganz unterschiedliche Sachen.»

«Meinen Sie in den Zeitungen?»

«Stimmt es denn, dass die WHO den Kreis Monschau vielleicht bald zum internationalen Infektionsgebiet erklären wird?»

«Wird sie das? Habe ich noch nicht gehört.» Nikos setzte die Teetasse auf dem Unterteller ab. Er hätte nichts dagegen gehabt, jetzt eine neue Platte zu hören. Er machte eine fragende Bewegung mit dem Kopf zum Plattenspieler hin.

«Oh bitte, sehr gerne. Suchen Sie was aus. Ein paar davon habe ich selber noch nicht gehört.»

Nikos stand auf und suchte sich durch die Scheiben, die ein geschmackssicherer Geist aus dem überragenden Angebot der Pariser Schallplattenläden getroffen hatte. Erfreulicherweise war keine einzige Elvis-Presley-Platte darunter, den konnte Nikos nicht ausstehen. Er entschied sich schließlich für eine Live-Aufnahme von Jacques Brel aus dem letzten Jahr. Die Nadel senkte sich. «Les prénoms des Paris» hieß das erste Stück, *die Vornamen von Paris*. Liveatmosphäre. Applaus Tausender Hände brandete auf. Es ging los, Brel sofort ganz da. Die *Vornamen* waren die üblichen Verdächtigen: Küsse, Umarmung, Liebe.

Nikos wurde wieder rot. Er sprach zwar kein Französisch, aber er hatte genug Worte aufgeschnappt, um das zu verstehen. Er verharrte über dem Plattenspieler, legte die Hand an die Nadel und hob sie wieder ab. Brels Direktheit und Emotion war zu viel für diesen Abend. Diese französische Lockerheit mit Themen des Geschlechtslebens fand Nikos ohnehin verwirrend.

«Wenn er singt, kann man sich ja kaum unterhalten. Stört es Sie, wenn ich doch etwas anderes suche?»

«Aber nein. Lassen Sie sich Zeit. Ich mach uns noch einen Tee. Oder möchten Sie vielleicht lieber ein Bier?»

«Ach, vielen Dank. Aber ich muss morgen früh aufstehen ... Gerne noch einen Tee.»

Er blätterte ein wenig durch die Platten, dann hielt er plötzlich die in Weiß-Rot gehaltene Scheibe eines amerikanischen Jazzers in den Händen, von dem er bisher nur den Namen kannte: Ornette Coleman. Sie nannten ihn einen Taktgeber für die neue amerikanische Avantgarde. Kollektive Musik. Free Jazz! *The Shape of Jazz to Come* hieß die Platte. Was sollte das heißen – der zukünftige Jazz? Der eine, Miles Davis, beschwor den kommenden Prinzen, der andere den kommenden Jazz. Wie verrückt das war! Würde er sich zu gerne mal anhören.

Am liebsten zusammen mit Vera, die all diese flammenden Scheiben mitgebracht hatte. Aber vielleicht nicht heute Abend, wer weiß, welche Emotionen hier in die Rillen gepresst waren. Die Rettung war dann eine brandneue Aufnahme von Beethovens viertem Klavierkonzert mit Glenn Gould und Leonard Bernstein mit dem New York Philharmonic Orchestra. Was für eine erhebende, glücklicherweise rein instrumentale Musik! Und eben Klassik. Nicht ganz so aufwühlend. Und was für eine Anlage!

«Gehen Sie denn oft zu Konzerten in Paris? In so richtige Pariser Clubs? In Düsseldorf gibt es auch eine Menge davon, auch einen richtigen Jazzkeller. Mit ungarischer Küche. Da gehen viele Studenten von der Kunstakademie hin. Leider habe ich selten die Zeit.»

Und das Geld schon gar nicht. Er ernährte sich von Brötchen und Bratwürsten, Nudeln mit Tomatensoße, und wenn es der Wochensold möglich machte, gab es sonntags ein halbes Hähnchen.

«Ach, Paris», sagte sie, «mir geht es eigentlich wie Ihnen. Das Studium ist so anspruchsvoll, dass ich zu rein gar nichts komme.»

Die Worte *rein gar nichts* bedeuteten aus dem Mund von Vera Rither, dass sie kaum einen Abend auf ihrem Zimmer verbrachte, sondern irgendwo unterwegs war, und dazu gehörten Abendessen in teuren Restaurants, bei denen das Entrecôte mit Pommes frites oft kalt wurde, weil sie an der Bar jemanden getroffen hatte, mit dem sie noch ein Glas Champagner trinken und eine Zigarette rauchen musste. Aber jetzt war sie ja zu Hause und konnte sich tatsächlich konzentriert einer Sache widmen. Rauchen war trotzdem gut. Sie steckte sich endlich eine Zigarette an.

«Wollen Sie eine?»

«Ach nein, danke», sagte der kretische Schwimmer, «ich hatte heute schon so einige.»

Als die Kippe brannte, sog sie den Rauch tief ein, atmete aus und blickte Nikos an:

«Also, zurück zur Sache, Doc: Welche Rolle spielt die WHO bei der ganzen Angelegenheit?»

«Professor Stüttgen könnte Ihnen viel mehr darüber sagen. Er war mit einem WHO-Programm in Indien. Daher stammt seine Expertise im Umgang mit einer Pockenepidemie. In der WHO arbeiten alle Regierungen zusammen. Die Amerikaner haben 1950 damit begonnen, aber vor ein paar Jahren hat die Sowjetunion den Vorschlag gemacht, die Eradikation anzupacken.»

«Eradikation. Bedeutet was?»

«Die systematische Ausrottung der Pocken.»

Nikos sprach weiter, beugte sich dabei nach vorne und federte wieder zurück, allein das machte seine ganze Begeisterung über die medizinische Wissenschaft offensichtlich. Mit seinen großen Händen formte er in der Luft immer wieder eine Art Erdkugel. Das Pocken-Programm, so schilderte er Vera, sei das erste Welt-Projekt der Menschheit überhaupt. Es sei möglich, weil man die Impfung habe.

«Ganz egal ob in Indien, Kreta oder hier in der Eifel – das Virus muss überall dort, wo es einen Ausbruch gibt, niedergekämpft werden. Die Kranken müssen ausfindig gemacht und isoliert werden und reihum muss geimpft werden.»

«So wie das auf den Dörfern hier in Monschau geschieht?»

«Ja, genau. In Aachen wurden auch schon mehrere zehntausend Impfungen durchgeführt. Wenn die WHO den Kreis Monschau tatsächlich zum Internationalen Infektionsgebiet erklären sollte, dann heißt das für mich aus medizinischer Sicht nur, dass ein bestimmter Wert erreicht wurde. Und dann ist das eine sinnvolle Warnmaßnahme.»

«Das klingt alles verdächtig kompliziert, würden meine Lehrer sagen. Was heißt das denn für die Leute, die hier leben? Die sind nur ein *gewisser Wert*? Die werden alle als gefährlich abgestempelt. Und das finden Sie also gut?»

Nikos wunderte sich. Sie war ja richtig bissig. Ihre Hartnäckigkeit musste mit ihrem Journalismus zu tun haben. Die Kunst der Befragung, das gab es auch in der Medizin.

Sie lächelte ihn an, um ihrer Frage einen ironischen Anstrich zu geben, auch wenn ihre Absicht dahinter gar nicht so ironisch war:

«Was also bedeutet diese Erklärung zum Internationalen Infektionsgebiet? Wieso denn international? Hier verirren sich ja nicht so viele Leute her, schon gar nicht im Winter.»

«Na ja, aber die belgische Grenze ist doch ganz nah. Aber ich habe ja selber nicht mal annähernd einen Überblick, den hat nur Professor Stüttgen.»

«Ja, aber Nikos, es ist doch so: Ganze Dörfer wurden zu

Quarantänezonen, dazu wurden Hunderte Schulkinder und Rither-Mitarbeiter zu Dutzenden nach Hause geschickt. Tausende von Menschen wurden schon geimpft. Und noch immer kein Ende in Sicht, im Gegenteil, es gibt schon wieder eine Verschärfung.»

«Es wird vermutlich ein paar neue Fälle an Orten gegeben haben, die man sich nicht erklären kann.»

«Wieso denn nicht?»

«Weil wir nicht in jedem Fall genau herausfinden können, auf welchem Wege die Infektion stattgefunden hat.»

«Die Epidemie ist also gerade dabei, außer Kontrolle zu geraten? Erleben wir also eine, wie Sie vorher gesagt haben, zweite Phase der Eruption?»

«Aber nein, nein. Weit gefehlt. Das Virus richtet sich eben ein, versucht es zumindest. Aber so weit kommt es nicht. Wir passen auf! Wir werden das ... erledigen.»

Bei den letzten Worten hob Nikos seine Augenbrauen und lächelte sie breit an. Ihr Teint schimmerte rosig-matt, und trotz des Winters sah man vereinzelte Sommersprossen. Er stellte sich vor, wie sich ihr feingeschnittenes Gesicht unter Griechenlands Sonne mit ganzen Schwärmen von Sommersprossen füllen würde, und was für ein Spaß es sein müsste, sie von Tag zu Tag zu zählen, während ihre Haut langsam die Farbe von Bronze annahm ... Da durchzuckte ihn blitzartig der Gedanke, wie das Variola-Virus auf ihrer Haut wüten würde.

Vera sah den sorgenvollen Schatten, der jetzt über Nikos' Antlitz zog. Was hat er wohl, fragte sie sich. Dann glätteten sich seine Züge. *Ich werde niemals zulassen, dass dir etwas geschieht, mach dir keine Sorgen,* schienen seine Augen zu sagen.

Weit entfernt von den beiden jungen Menschen, in denen sich ein unwillkürlicher Magnetismus entfaltete, unbemerkt vom

Rest der Welt, saß Max Lembke auf einem verborgenen Hochsitz, seinem Nest, das er sich mit zwei Gehilfen und ohne Wissen des Försters in der Krone einer hochgewachsenen alten Buche errichtet hatte. Sie stand nicht weit von Dreiborn, dem Ort, an dem Lembkes Schicksal einst seine bittere Wendung genommen hatte, so erzählte er es sich jedenfalls selbst. Verrat. Niederlage. Untergang.

Gehen fiel Lembke seit jenem Ereignis schwer, es war eigentlich nur noch ein Humpeln, das er ausglich durch die perfekte Beherrschung von Fahrzeugen aller Art. Auf seinen Hochsitz gelangte er, indem er die schmerzenden, halb tauben Beine nach und nach in die hingenagelten Latten spreizte, das Gewehr umgeschnallt, und sich mit seinen Armen, die kräftiger waren denn je, eisern nach oben zog. Der Schneeregen störte ihn wenig. Sein Krähennest erwartete ihn, treu wie immer. Dort oben regierte andere Luft. Nun saß er da, kauerte wie früher, einer der gefährlichsten Baumscharfschützen der Hürtgenwald-Front; doch sein nagelneues Fernrohr, aufs feinste bedampft, um dem Glas jeden des Nachts so sehr störenden Reflex zu nehmen, wurde jetzt von etwas anderem geführt als der militärischen Pflicht, den Feind zu eliminieren. Hinab durch die Wälder glitt der von neuester optischer Technologie fortgetragene Blick des Scharfschützen bis zur Rither-Villa und hinein in das Zimmer, in dem Vera und Nikos nun schon seit zwei Stunden saßen, Musik hörten, sprachen. Das Fadenkreuz Lembkes zog über die Gesichter, durch den Salon, erfasste auch die auf dem Boden an der schwedischen Schrankwand abgestellte Schallplatte mit Frances Davis und die sich drehende Scheibe auf dem Plattenspieler – was man eben sah, wenn man durch das Zielfernrohr eines Präzisionsgewehres blickte.

Von diesem Abend an kehrte sich Nikos' Blick auf die Welt und seinen Alltag um. Wie in einem Kippbild, mit dem sich Schulkinder amüsierten, oder bei der Betrachtung des Erdtrabanten, in dem man mal das Kaninchen, mal das Gesicht erkannte, hatte sich sein Leben auf den Kopf gestellt. Immer noch stand er morgens auf, frühstückte an seinem Schreibtisch, warf sich in den Stahlarbeiteranzug und tauchte ab in den Monschauer Tag. Er machte Patientenbesuche bei Rither-Mitarbeitern, achtete penibel auf die kleinsten Veränderungen und führte seine Akten. Der Anstieg der Verdachts- und dann bestätigten Fälle war unübersehbar. Auch die Zahl der Quarantänen wuchs von Tag zu Tag. Das Virus machte es sich behaglich.

Und es war tatsächlich gekommen, was Vera zuvor von einem Journalisten als Gerücht erfahren hatte: Die WHO in Genf hatte Monschau zum «Internationalen Infektionsgebiet» erklärt. Jeden Tag neue Fälle. Schwestern und Pfleger erkrankten, auch deren Angehörige. Zwei der Schreiner, die zu Beginn bei der überstürzten Einlieferung von *Patientin 2* die provisorische Schleuse der Isolierstation errichtet hatten, hatte es erwischt, auch zwei Kinder des einen Handwerkers, und sie alle mussten durch die zuvor von ihnen errichtete Schleuse ins Krankenhaus. Da sie aus kleinen Ortschaften im Monschauer Land stammten, deren Bewohner enge nachbarschaftliche Beziehungen pflegten, entstanden dort überall neue Quarantänestationen.

Es breitete sich aus. Stüttgen und seine Helfer versuchten dagegenzuhalten. Zu ihnen zählte neben dem jungen Griechen auch eine große Zahl von Krankenhausangestellten, ehrenamtliche Rotkreuzschwestern sowie sämtliche Hausärzte Monschaus, soweit sie nicht selber schon an den Pocken erkrankt oder aufgrund eines Kontakts ersten Grades vorsorglich in Quarantäne geschickt worden waren. Routine wäre gewiss der falsche Ausdruck für das, was sich bei ihnen einstellte, denn dazu war die Sache zu ernst, es gab bereits schwer verlaufende Fälle. Und doch entstand schnell so etwas wie Alltag. Sogar die Schulkinder in der zur Quarantänestation umfunktionierten Volksschule hatten sich ein wenig dareingefunden. Und manche von ihnen jauchzten auf bei der Nachricht, nun statt der Schule ganze Spieltage mit ihren Freunden zu haben.

Für Nikos aber kam nun am Abend der ersehnte Moment, in dem er, während Behrends sein Schiff langsam nach draußen rollen ließ und die Fabriktore sich schlossen, endlich im Dampfstrahlraum der Rither-Werke stand, wo die Stahlarbeitermontur desinfiziert wurde, bis er sie ausziehen und wieder ein Mensch werden konnte, um sich danach zu duschen, frisch anzuziehen, in seiner Wohnung etwas zu essen, sich kurz zu sammeln – und dann das, woran er den ganzen Tag immer wieder dachte: Vera zu sehen.

Die Tür war angelehnt. In der Küche lief leise das Radio. Eine Nachrichtensendung. Die Welt war in den wenigen Tagen, die seit Veras und Nikos' erster Begegnung vergangen waren, nicht nur um einige Eifeler Blatternfälle und damit womöglich Hunderte Millionen einzelner Variola-Viren reicher geworden, die nun durch die westdeutschen Lüfte segelten. Auch sonst war noch einiges geschehen. In Paris und

Algier waren weiterhin die Plastiqueurs als Künstler des Terrors auf den Straßen unterwegs; während gleichzeitig die besten französischen Physiker Tag und Nacht daran arbeiteten, gewisse Messergebnisse aus Versuchen in der algerischen Sahara richtig zu deuten, um so einen weiteren Schritt auf dem Weg zur französischen Bombe tun zu können. In Zürich liefen die Endproben zur Uraufführung von Friedrich Dürrenmatts hierzu passendem, quasi gleichnamigem Theaterstück, «Die Physiker». Auf der Probebühne flogen die Fetzen, aber das gesamte Ensemble, Therese Giehse, Gustav Knuth und Theo Lingen inbegriffen, fieberte einem Stück entgegen, das wahrhaft die Gegenwart wiedergab jeder ein Spion und alle verraten.

In Berlin stand seit letztem Jahr die Mauer, ein Bauwerk, das der vom Westen nicht anerkannten Deutschen Demokratischen Republik nicht nur Bau-, sondern auch Unterhaltskosten in Millionenhöhe verursachte und damit zum teuersten, ja, man kann es so nennen, Infrastrukturprojekt ihrer noch kurzen Geschichte geriet. Zum ersten Mal seit seiner Errichtung nutzten die Großmächte nun ebendiese Mauer zu einem Agentenaustausch. Berlin, die Welthauptstadt der Spionage, hatte eine neue, imposante Theaterkulisse für feindliche Heimlichkeiten und Bespitzelung.

Ein Geheimnis machten Vera und Nikos aus ihren abendlichen Rendezvous nicht, aber sie legten auch keinen größeren Wert darauf, die beginnende Regelmäßigkeit ihrer Zusammenkünfte zum Gesprächsthema werden zu lassen. Gerüchte verbreiteten sich in den Rither-Werken noch schneller als die Pocken. Es reichte, Frau Drachsky wusste davon. Sie wäre nicht schon viele Jahre im Haus gewesen, hätte sie nicht über die Dinge der Familie zu schweigen gewusst. Und bei aller Strenge, die Ludmilla Drachsky in der Verwaltung des im Laufe der Jahre immer kleiner gewordenen Rither-Haushalts an den Tag legte, hatte sie nun auch schon dafür gesorgt, dass die jungen Leute ein vernünftiges Abendessen bekamen; dreimal hatte Nikos dafür bereits seinen Kantinen-Proviant unberührt stehen lassen. Vera sah mit Amüsement zu, welche Berge von Essen Nikos zu sich nahm. Danach hörten sie Platten und plauderten. Und beide hatten an sich selbst genug. An ihrem dritten gemeinsamen Abend hatten sie aufgehört, sich zu siezen.

Nikos hatte wie üblich leise an die Tür geklopft, war in den Flur getreten, und da kam ihm Vera lächelnd entgegen und sagte einfach:

«Guten Abend. Also genug jetzt. Ich bin Vera und möchte auf gut Französisch begrüßt werden!», und damit hielt sie ihre Wange an die seine, frisch vom blauschattigen Bart befreit, und schmatzte dezent. Nikos fasste ihre Unterarme, die in einer gewiss nicht in Monschau erworbenen Strickjacke steckten, und hielt diese ein wenig länger als nötig. Sie am Arm zu halten, fühlte sich so sicher an, dass er sich darauf ausruhen zu können glaubte. Obwohl er sie hielt, obwohl sie sich so leicht und zerbrechlich anfühlte. Obwohl sie einen unsicheren Gang hatte, wie ihm bald aufgefallen war. Aber trotz alledem gab sie ihm Halt. Ein Gefühl. Das ihm Stärke gab. Dann hatten sie die drei französischen Bises geschafft.

«Vera, hör mal: Wenn du wissen willst, wer die beste Kusstradition hat – hier kommt die griechische Variante.»

Er ließ ihre Unterarme los und griff mit beiden Händen vorsichtig ihren Kopf, als würde er eine Rose aus einem Wasserbad herausnehmen, um sie zu bewundern. Er sah ihr in die grün-braunen Augen, die jetzt etwas erstaunt blickten, und dann gab er ihr drei griechische Wangenküsse, bei denen sich ihre Mundwinkel kreuzend berührten, wie die Schneiden scharfer, wohlgeführter Messer.

Als sie schließlich am Esstisch saßen und Nikos schon ordentlich zugelangt hatte, sagte sie:

«Gut, du großer Küsser. Jetzt musst du mir endlich erzählen, wo du Deutsch gelernt hast.»

«So schlecht spreche ich?»

«So gut! Weißt du – ich bewundere das. In Paris verachten sie dich sofort, wenn du nicht perfekt Französisch sprichst, und das schaffst du als Ausländer sowieso nie. Als Deutsche schon dreimal nicht. Ich hab schon so viele Kurse gemacht, Privatunterricht genommen, alles. Aber du – du sprichst besser Hochdeutsch als mancher Monschauer mit seinem Platt!»

«Na ja. Deutsch gelernt habe ich auf Kreta. Während der Besatzungszeit.»

«Die waren ja fix mit dem Germanisieren. Haben sie euch in der Schule Deutsch beigebracht?»

«Auch. Deutsch war bei uns Pflichtfach. Aber die Schule war erst später», er lächelte sardonisch, «das erste Deutsch habe ich von Major von Dost gelernt.»

Nikos erzählte ihr die Geschichte dieses fürsorglichen und einigermaßen durchgedrehten Besatzers. Der hatte sich bei seinen Großeltern einquartiert und auch noch ihr Schlafzimmer in Beschlag genommen.

«Seine erste Regelung betraf das Schlachten unserer Hühner, die mein Großvater sonst ohne viel Federlesens in ihrem Stall besuchte. Da schnappte er eines und schlug ihm auf dem Hackstock den Kopf ab. Dost war nicht einverstanden: Diese Schlachtung sei *unmenschlich*, und er verbitte sich das. Über die ganze Insel verteilt wohnten Offiziere und ihre Mannschaften bei den Leuten. Weißt du, was merkwürdig war?»

«Nein.»

«Sie dachten wirklich, dass sie willkommen wären.»

Nikos schwieg einen Moment. Griechenland hatte die erste europäische Hochkultur hervorgebracht, die sich im Hellenismus Alexanders des Großen kurz bis nach Indien erstreckte, sich danach aber in unzähligen Bürgerkriegen selbst schwächte, bis es dann viele Jahrhunderte lang eine Besatzungsmacht nach der anderen ertragen musste. Besetzt zu sein, das wurde zur großen Konstante der späteren griechischen Geschichte. Sie verband die jüngste Vergangenheit des von der deutschen Wehrmacht besetzten Kreta mit der Herrschaft der Römer, der Sarazenen, der Republik Venezias und der der Türken.

«Denk immer daran», hatte sein Großvater zu Nikos gesagt, «nur Staaten führen gegeneinander Krieg. Nicht Menschen.

Die werden gezwungen mitzumachen. Aber die Menschen können sich immer so oder anders verhalten. Deshalb urteile niemals vorab. Sieh genau hin. Sei wachsam.»

Major von Dost hatten manche der auf Jahrhunderten der erduldeten Unterdrückung und des Widerstands gewachsenen Weisheiten des Großvaters beeindruckt, und er hatte sie in seinem Tagebuch notiert, zusammen mit anderen Beobachtungen aus seinem täglichen Leben als Verwaltungsoffizier der deutschen Besatzungsmacht.

Denn darauf war er sehr stolz. Dabei zu sein.

Wobei?

Dabei, wie die aus dem Norden kommenden Achäer endlich die Strände von Hellas erreichten, das Urziel der klassischen deutschen Selbstfindung.

«Einmal erklärte mir der Major, Kreta sei wie der Fels, auf dem das Deutsche Reich seinen Ellbogen aufsetzen müsse, um das böse Russland, also die Kommunisten, mit aller Kraft im Armdrücken besiegen zu können. Er zeigte mir das auf einer großen Weltkarte, hatte es sogar mit Pfeilen aufgezeichnet. Deshalb müssten alle Kreter Deutschland dankbar sein und dem Deutschen Reich helfen. Und deshalb seien unsere Partisanen, die sich in den Bergen verschanzten und Attentate auf die armen deutschen Soldaten verübten, dazu Sabotageakte auf Gebäude, Vorratslager, Straßen und Brücken, böse Menschen. Und nur deshalb regierte die Wehrmacht Kreta mit so *harter Hand*, wie er es nannte. Sie taten schlimme Dinge. Sie löschten ganze Dörfer aus. Sie ermordeten Frauen und Kinder, wenn die Männer in den Bergen waren. Sie bauten ein Konzentrationslager auf einer kleinen Insel. Aber sie versuchten auch, das System der Raiffeisenkassen einzuführen. Und das war die Aufgabe von Dost. Er war ein Genossenschaftsbanker in Diensten der Wehrmacht. Er hatte auch noch ganz andere

Seiten ... er fabulierte gern von *blonden Achäern* und dass die Kämpfe um Kreta noch heldenhafter gewesen seien als diejenigen um Troja. Er schrieb sogar Gedichte über die schönen Körper im Meer badender Regimenter: *Sprühend im Licht des Morgens tummelte sich die Schar dieser Eroberer am fremden Meer, und es schien so, als seien sie immer schon da gewesen.* Den Satz habe ich auswendig gelernt. Ein tödliches Virus könnte nicht frecher sein, finde ich.»

«Woher weißt du das denn alles? Hat er dir das vorgelesen, in Deutschstunden?»

«Er hat Tagebuch geführt. Als es mit den Deutschen zu Ende ging, hat er sich die Kugel gegeben, im Schuppen meiner Großeltern. Alle seine Bücher und Sachen blieben zurück, auch das Tagebuch. Meine Großeltern haben das meiste davon zunächst aufgehoben, für den Fall, dass sich seine Familie meldet. Was nie geschah. Ich habe das Tagebuch genommen. Es war gut zum Deutschlernen, er hatte nämlich eine sehr leserliche Handschrift. Das ist wahrscheinlich wichtig, wenn man bei der Bank arbeitet.»

Vera schwankte bei Nikos' Schilderungen zwischen Lachen und Grausen. Sie war während der letzten Kriegsjahre noch sehr klein gewesen. Sie konnte sich an manches erinnern, und schließlich war ihre Mutter mit Vera vor der von Westen näher rückenden Front im Sommer 1944 in ihre Schweizer Heimat gefahren. Danach gab es mit Veras Polio-Erkrankung ganz andere Sorgen. In der sechsten Klasse des Gymnasiums hatte sie «Das Tagebuch der Anne Frank» aufgerüttelt, und natürlich hatte sie den Prozess gegen Adolf Eichmann in Israel verfolgt, der gerade erst zu Ende gegangen war. Dennoch hörte sie mit Nikos' Schilderungen zum ersten Mal jemanden ganz persönlich und ausführlich von seinen eigenen Erfahrungen mit deutschen Besatzern erzählen. Jemanden, der die Deutschen während des Zweiten Weltkriegs als fremde Macht kennengelernt hatte. Aber Vera wusste auch einige Dinge – ohne sie selbst gesehen zu haben –, die nun Nikos überraschten.

«Es wird bei uns in der Firma nicht darüber gesprochen. Aber es gab hier ein Zwangsarbeiterlager. Für die Rither-Werke, meine ich. Russen, Ukrainer und Polen waren da untergebracht, und sie mussten für die Werke schuften. Ein paar von den Baracken stehen noch. Michel Behrends könnte einiges darüber erzählen. Aber wenn du den Direktor fragst, erntest du eisernes Schweigen. Ich will, dass sich das ändert. Dass wir unsere Geschichte angehen, auch als Firma.»

«Eine Firma, die ihre eigene Geschichte angeht. Davon habe ich noch nie etwas gehört.»

«In Frankreich dreht sich auch alles um die Vergangenheit, das Erbe. Da ist es eben Algerien, und überhaupt die Kolonien. Hast du schon mal von Djamila Boupacha gehört?»

«Nein. Wer ist das?»

«Eine junge Frau der algerischen Unabhängigkeitsbewegung, die verhaftet, gefoltert und vergewaltigt wurde. Von französischem Militär. Simone de Beauvoir hat darüber geschrieben. Dieser Artikel in *Le Monde* hat eine ungeheure Welle ausgelöst. Alle haben sich darüber aufgeregt, aber die de Beauvoir hat dazu beigetragen, dass sich die Gesellschaft bewegt hat. De Gaulle mag ein Erzkonservativer sein. Aber er hat Algerien die Unabhängigkeit zugestanden. Er hat schließlich sein Haupt gebeugt. Vor der Schuld. Dafür hasst ihn die OAS.»

«Und du meinst, jetzt seid ihr Deutschen dran, eure Schuld einzugestehen?»

«Ja. Das hat der Eichmann-Prozess doch gezeigt. Es waren eben nicht nur ein paar einzelne Verbrecher oder Hitler, sondern eine riesige Bürokratie, eine gutorganisierte Verwaltung.

Und in der Industrie war es nicht anders, alle hatten etwas davon. Haben Geld damit verdient, dass Menschen zur Arbeit gezwungen wurden, wie Sklaven. Und nun muss jeder sein Teil beitragen, um das nicht länger zu verschweigen. Es gibt auch schon einzelne Unternehmen, die Entschädigungen zahlen. Deswegen will ich, dass wir uns mit unseren Fremdarbeitern beschäftigen. Ob es Seuss passt oder nicht. Das machen wir, solange ich noch ...»

Vera brach ab. Sie hatte sich in Rage geredet, aber jetzt war sie dabei, zu weit zu gehen, hätte beinahe die eiserne Vera-Regel gebrochen, nichts von Bedeutung preiszugeben. Geheimnisse zu bewahren und still auf ihre Ziele hinzuarbeiten. Damit war sie immer gut gefahren. So hatte sie es geschafft, in Paris zu studieren, was man gewiss zu vereiteln versucht hätte, hätte sie nicht alles vorher schon geplant und in die Wege geleitet. Und als ihr Vater starb, hatte es sowieso niemanden mehr gegeben, der ihr wirklich zugehört hätte.

Aber nun saß da Nikos, der griechische Pocken-Arzt, mit dem sie seit kurzem ihre Abende verbrachte, rein aus Interesse am Verlauf der Epidemie natürlich. Und nicht nur, dass er ihr zuhörte, wirklich hörte, was sie sagte, er sah sie auch an dabei, und sie spürte mit einem Mal, dass ihn interessierte, was sie sagte, aber nicht nur das – ihn interessierte mehr, sie selbst. Sie wusste, dass sie ihn jetzt nicht anblicken durfte, sonst hätten seine Ohren vermutlich schnell wieder rotglühend geleuchtet. Also schlug sie die Augen nieder. Eigentlich hätte sie gerne weitererzählt. Aber ihre geheimen großen Pläne wollte sie ihm nun doch nicht so schnell verraten. Ein Schweigen entstand.

«Darf ich dich was Persönliches fragen?», bat er sie nach einer kleinen Weile.

«Ja, sicher.»

«Was ist das für ein Verhältnis zwischen dir und dem Direktor, Herrn Seuss?»

«Onkel Richard? Also, jetzt nur noch Richard, er ist ja kein Onkel, aber so habe ich ihn früher genannt. Wo soll ich da anfangen?»

«Wo du willst.»

«Na gut, aber da brauche ich ein Bier. Auch eins?»

Sie tranken Bier aus dem Eisschrank in der Küche. Vera trank schneller, und sie rauchte eine Zigarette nach der anderen. Nikos hörte gespannt zu. Er lauschte der Geschichte vom Aufstieg und, wenn auch nicht unbedingt Fall, so doch des wechselvollen Schicksals der Familie Rither. Es ging um komplizierte Erbschaften, Verpflichtungen, Ingenieurseinfälle, Krankheiten und Todesfälle. Und zu dieser Geschichte gehörte auch Richard Seuss, der nach dem Tod ihres Onkels zum fast allmächtigen Geschäftsführer geworden war, weil seine Fähigkeiten, nun, einfach größer als die von Veras Vater waren.

Sie hatte nie ein enges Verhältnis zu ihm gehabt. Nach dem frühen Tod ihrer Mutter, dem großen Schock für die kleine Vera, hatte sein Tod vor einem Jahr sie nicht mehr sonderlich berührt. Veras Vater war seiner Tochter immer seltsam fern gewesen, immer in der Firma, auch wenn er gar nicht so vollkommen in seiner Rolle als Besitzer aufgegangen war. Vielleicht gerade deshalb. Ihr Vater hatte sich wohl immer an der falschen Stelle gefühlt. Er besaß die Werke, aber tatsächlich regierte Seuss. Und auch das hatte wohl zu Veras Entschluss beigetragen, alles loswerden zu wollen. Sie wusste, auch sie könnte sich niemals gegen Seuss durchsetzen. So dünn die Verbindung von Vater und Tochter auch gewesen war, es entfachte eine dumpfe, irrationale Wut in ihr, dass Seuss den viel Jüngeren auch noch überlebt hatte; auch wenn er für dessen Tod natürlich nichts konnte. Irgendwo war ihr Entschluss, sich der Werke zu entledigen, auch eine kleine Rache an Seuss, für ihren Vater. Und vielleicht war es das, was sie nun am meisten mit ihrem Erzeuger verband.

«Da gibt's einen Spruch bei uns: *Wu de liewe Gott en Kirkem baut, do sett der Deuwel en Kapell dernewen.* Das sind wir, das waren wir immer. Die Rithers. Und Seuss. Nicht, dass ich ihn böse finde. Das meine ich nicht.»

«Und was hast du jetzt vor – mit der Firma, meine ich?»

Nun waren sie doch, fast natürlich, auf das Thema gekommen. Sie fasste sich kurz.

«Das Erbe meines Onkels einfach nicht antreten. Das kann man alles regeln. Richard Seuss will das aber nicht. Hat wohl Angst, die Kontrolle zu verlieren. Die Macht, die er jetzt hat. Aber das kann für mich kein Hindernis sein.»

«Dann bist du also bald – keine Firmenerbin mehr?»

«Nein. Frank und frei werde ich sein.»

Ahnte Vera, dass sie mit dieser Geschichte und ihrem in die Zukunft weisenden Entschluss nun Nikos Spyridakis' Herz endgültig zum Schmelzen brachte, so wie der geniale Induktionsofen aus dem Ingenieurskontor ihres Onkels ein Stück Metall? Wurde er in diesem Moment zu einem kupferfarbenen griechischen Ritter, Vera treu ergeben, weil er vermeinte, in ihre Seele geblickt zu haben? Und weil er glaubte, alles zu verstehen, sie zu verstehen? Er kannte selbst den Schmerz eines Kindes, das früh ein Elternteil verliert, in seinem Falle den Vater. Auch er war in die Fremde gegangen und hatte damit den Anfang eines wahrhaft eigenen Lebens gemacht. Auch er suchte die neue Zeit, die seiner Meinung nach sogar schon begonnen hatte. Es gab einen Neuanfang. Bisher konnte man die aus unentwegter nachbarschaftlicher Rivalität bestehende europäische Geschichte ja beinahe einen Bürgerkrieg nennen. Der auch noch einige fast die ganze Welt umspannende Kolonialreiche hatte hervorsprießen lassen. Nein, Vera und er, solche wie sie, die Generation, die während der Schrecken des Zweiten Weltkrieges mit Murmeln gespielt, als Kinder in Luftschutzbunkern geschlafen hatte – und manche von ihnen hatten die Hölle der Lager aller Art kennengelernt –, sie wollten ein neues Europa. Und sie wollten guten amerikanischen Jazz.

Das alles hatten Nikos und Vera schon vor diesem Abend geteilt. Aber das, was Vera für den armen Goethe-Stipendiaten und südlichen Meerwasserschwimmer bislang zu einer Traumerscheinung gemacht hatte, die er interessant und anziehend und witzig fand, der nahezukommen, die zu berühren ihm aber unmöglich vorgekommen war, das schien plötzlich aus dem Weg geräumt, oder zumindest bald: dass sie die Firma erben würde, bei der er zur Zeit selbst angestellt war. Das war so groß, dass Nikos keine Worte dafür fand. Das köstliche kalte Bier kam dazu. Mann! In ihm vibrierte es. Was für eine Frau!

Er fragte sie, ob er eine letzte Scheibe auflegen dürfe. Klar. Vera setzte sich für einen Moment an den Schreibtisch und notierte etwas. Dann trat sie an die hohen Fenster. Die Bäume der kleinen Allee, die entlang der Montagestraße gepflanzt waren, bogen sich in heftigstem Sturm. Der schneegesättigte Regen peitschte gegen die Scheiben, als ob die Welt draußen gleich untergehen wollte.

Nun startete das Cannonball Adderley Quintet: *At the Lighthouse*. Das Publikum klatschte, Adderley, der seinen Spitznamen der Tatsache verdankte, dass er dick wie eine Kanonenkugel war, begrüßte die Leute und sagte ein kleines Stück an: «Sack O' Woe!», was so viel wie «Auwei, auwei!» bedeutete, es stellte sich als eine von ihm und seinem Alt flink angeführte, sehr straighte Nummer heraus. Nicht ganz so ausgefeilt wie Miles Davis' jüngste Platte, aber von unglaublicher Energie.

Nikos verharrte die ersten Takte lang über die sich drehende Platte gebeugt, das Cover in Händen, auf dem der Meister und seine Jungs irgendwo in Kalifornien im Sonnenuntergang standen. Ein belebter Strand war im Hintergrund zu erkennen. Einer hielt einen gewaltigen, altmodischen Sonnenschirm über Adderley. Tolles Foto, vielleicht vor dem Gig aufgenommen. Er musste mitwippen. Gefiel ihm. Veras Plattensammlung, oder eigentlich eher Veras letzter Einkaufsangriff auf den Tisch mit Neuerscheinungen bei der FNAC. Das alles war für Nikos nach den öden, einsamen Arbeitstagen ohne Reiz und Unterhaltung von außen, als ob man an einem heißen Tag die Südseite eines Bergs hinaufgewandert war und plötzlich kellenweise frisches Wasser gereicht bekam.

Als er sich wieder gesetzt hatte, blickten sie sich fest in die Augen und nickten sich zu. Aber bevor einer von ihnen etwas sagen konnte, tat es draußen auf dem Gelände einen fürchterlichen Schlag. Sie sprangen beide auf, liefen ans Fenster und sahen, dass der Sturm doch tatsächlich die alte Fichte umgeworfen hatte, die Onkel Bernhard nach Errichtung des Hauses in einem großen, gemauerten Rund vor dem Portal der Villa gepflanzt hatte.

«Himmel und Hölle. Das muss eine Verwirbelung gewesen sein», sagte Nikos. Er spürte, wie Vera nahe an ihn herankam. Sie hatten beide gleichzeitig für einen Moment einen unbestimmten Schrecken erfahren – als ob den Baum ein Dämon oder Waldgeist gestürzt hätte, der nun vielleicht in den Rither'schen Wäldern weiter mit seiner Sturmaxt Holz machte.

Schade, dass ich nicht gesehen habe, wie der Dicke umgestürzt ist, es muss doch eine Schau gewesen sein, dachte Nikos aber gleich danach. Aber das Glück hatte man bei so schnellen Ereignissen eben selten.

Vera ging es anders. Sie, die ja immer forsch und nicht zimperlich im Nehmen war, wenn es um alkoholische Getränke, Zigaretten, harte Argumente oder laute Musik ging, fürchtete sich vor bestimmten Tatsachen und Aspekten der physischen Welt. Nicht nur, dass sie eine tiefe Abneigung gegen Teppiche hatte, an denen man hängenbleiben konnte, sie hasste auch Kanten, auf die man fallen, Stufen, auf denen man stolpern konnte, sie war auch nicht schwindelfrei und stellte sich häufig leicht zwanghaft abstrakte Stürze aus einer gewissen Höhe vor. Dass die alte Onkel-Bernhard-Fichte, die da immer gestanden hatte, seit sie auf der Welt war, mit so einem schlagartigen Getöse niedergefallen war, hatte sie erschreckt, ähnlich wie die Explosion einer Plastikbombe, wobei der Fichtenfall natürlich eine romantischere Version war.

Sie stand fast schmiegsam dicht an seinem Tweed-Sakko, umfasste für einen Moment mit beiden Händen seinen Arm, und beide – die eine von dem Ereignis bis ins Mark erschreckt, der andere lebensfroh aufgerüttelt – bemerkten auf der Stelle einen deutlichen, durch reale Aerosol-Übertragung stattfindenden Energiefluss. Es strömte warm und elektrisch zwischen ihnen. So blieben sie stehen und starrten auf den umgestürzten, mächtigen Stamm, an dem sich nun freilich nur noch die windgepeitschten Äste bewegten.

Dann setzten sie sich wieder. Vera, die es schön gefunden hatte, neben Nikos zu stehen, blickte ihn für einen Moment wie eine Traumerscheinung an. War er wirklich da? War er es?

So fand sie ins Gespräch zurück und wollte nun ganz direkt wissen, warum Nikos nach seinen Erlebnissen auf Kreta überhaupt nach Deutschland gekommen sei, in das Land der ehemaligen Besatzer.

«Die Frage ist berechtigt», erwiderte Nikos, «und leicht beantwortet. Nachdem ich in Athen auf das Gymnasium kam, nahm ich auch Deutschstunden am Goethe-Institut. Mein Lehrer dort sprach sehr gut Griechisch, er zeigte uns aber auch die große Klarheit und Ausdruckskraft der deutschen Sprache, er trug sehr gut vor. Er hatte sich während der Besatzungszeit vor seinen Landsleuten verstecken müssen, denn er war nach den Nazi-Gesetzen ein Jude. Aber er hat uns aufgefordert, ja richtig ermuntert, nach Deutschland zu gehen, um dessen anderen Geist kennenzulernen. Die Verbrecher, die Deutschland und so große Teile Europas unter ihre Kontrolle gebracht und verwüstet hatten, dürften nicht am Ende noch gewinnen, weil der Rest der Welt mit ihnen auch die großen kulturellen Traditionen Deutschlands vergessen wollte. Den Humanismus, die Aufklärung, die deutsche Klassik. Die Kunst, Musik und Literatur. Goethe. Er war ganz begeistert, als ich ihm sagte, dass ich mir das vorstellen könnte. Er hat mir ein Stipendium des Schwimmverbandes besorgt, vom Goethe-Institut unterstützt. Erst war ich ja in Gießen. Aber so konnte ich überhaupt nach Deutschland gehen. Sonst hätte meine Mutter das nicht bezahlen können.»

«Ach so. Du bist eigentlich wegen des Schwimmens hier. Das Medizinstudium und die Pockenepidemie sind nur eine Nebensache.»

Nikos lachte aus vollem Hals und strahlte sie glücklich an. Draußen heulte der Sturmwind, und obgleich er, abgesehen von der alten Fichte des Firmengründers, auch in den Rither'schen Wäldern schon große Schäden angerichtet hatte, schien er an Heftigkeit noch immer zuzulegen.

Ihnen wurde es dabei miteinander heimelig. Und immer öfter, es wurde spät und später, machten sie Gesprächspausen, die ihnen selbst unverständlich erschienen.

Dann fragte ihn Vera, die die Anspannung des Beisammenseins plötzlich spürte und eine solche Erschöpfung davon empfand, dass sie beinahe gegähnt hätte:

«Wo hast du eigentlich das Schwimmen gelernt? Im Meer?»

«Ja, bei den Eltern meiner Mutter, bei denen ich die meiste Zeit verbrachte. An der Südküste von Kreta. Mein Großvater war früher auch Fischer gewesen, bis er eines Tages beschlossen hatte, sein Boot zu verkaufen und einen kleinen, schön gelegenen Hof etwas im Landesinneren zu erwerben. Das Dorf an der Küste heißt Matala. Das ist der Sage nach der Ort, an dem Zeus als Stier mit der Prinzessin Europa an Land gestiegen ist. Es ist ziemlich verschlafen, aber der Strand ist ein Traum. Im Sommer haben meine Freunde und ich wohl mehr Zeit im Wasser als an Land verbracht. Man kann dort sehr gut tauchen. Fischen sowieso.»

Der Tonarm des Plattenspielers war längst zurückgeschwenkt. Cannonball Adderley und seine Jungs saßen über dem verdienten Abendessen. Der Sturm über der Eifel rüttelte an den Fensterläden, und der Regen prasselte an die Scheiben. Es war so schaurig draußen, dass man unwillkürlich an die kleinen Tiere im Wald denken musste, die sich jetzt in ihren Höhlen und unter Bäumen aneinandergedrückt verbargen.

Vera und Nikos standen im Flur. Sie sah Nikos zu, wie er sich langsam sein Tweedsakko überzog.

«Also, gute Nacht.»

Er wusste, er müsste sich jetzt umdrehen und gehen. Aber er konnte es nicht.

«Gute Nacht.»

Auch sie stand und rührte sich nicht. Keiner von beiden bewegte sich von der Stelle oder tat irgendetwas, um die Tür ins Treppenhaus in dieser Nacht zu öffnen.

Beiden war klar, dass sie sich jetzt umarmen würden. Sie

hatten ja vorher schon so schön beieinandergestanden. Da war es noch nicht gegangen. Jetzt musste es sein. Als sie es dann taten, waren sie beide überrascht davon, wie sich ihre Körper in Faserstränge loser, pulsierender Nervenbahnen aufzulösen schienen, wie überall, wo sie sich berührten, sofort etwas aufsplisste und sich öffnete. Sie hatte ihren Kopf an seiner Schulter und meinte dort hineinzuwachsen, während Nikos die Arme ganz um ihre Gestalt legte und ihn das Gefühl überkam, sie hebe ihn hoch, mache ihn leichter, bringe ihn zum Schweben. Er dachte an spielende Oktopusse, die ihre Tentakel zärtlich verschlangen. Sie waren ganz aufgelöst in Anschmiegung und Nähe und Schwerelosigkeit. Dann, langsam, ganz langsam lösten sie sich wieder.

Beide seufzten sie.

Mussten erst mal Luft holen.

Brauchten einen Moment.

«Wie hat sich Europa eigentlich auf dem Stier festgehalten?», flüsterte sie.

«An den Hörnern, nehme ich an.»

«Und, soll ich dich also auch bei deinen Hörnern packen?»

«Willst du denn auf meinen Rücken steigen?»

«Könntest du mich denn tragen?»

«Wohin auch immer du willst. Auch ans Meer ...»

«Das wäre zu schön. Eines Tages vielleicht ... Ich kann aber nicht schwimmen.»

Sie war ein Poliokind. Sie schämte sich. Das alles hatte sich Nikos längst zusammengereimt, an ihrem Gang abgelesen. Ich weiß doch, was mit dir ist.

Er nahm sie noch einmal in den Arm. Sie verstanden sich ohne Worte.

«Das Schwimmen zeig ich dir dann schon. Im Meerwasser ist man viel leichter, da geht das ganz einfach.»

«Gut.»

Sie schmiegte sich noch einmal ein wenig fester an seine Wange und atmete seinen Geruch aus Aftershave und warmer Haut und Spuren des Desinfektionsmittels und dann –

Schluss jetzt.

Sie stieß ihn freundlich, aber eindeutig zurück. Sie knuffte ihn.

«Und jetzt musst du gehen!»

«Ich bin schon draußen. Sehen wir uns ...»

«Morgen? Leider nicht ... nein. Ich muss über das Wochenende weg.»

«Ich verstehe. Klar.»

Sie spürte seine Enttäuschung, legte ihm die Hand an die Wange.

«Nikos, du kommst am Montag zu mir zum Abendessen, einverstanden? Nicht zu spät. Um sieben Uhr?»

«Sehr gerne.»

VENETIA

In der alphabetischen Systematik der Meteorologen, die den Stürmen ihre Namen zuweisen, war der Buchstabe «V» an der Reihe, und irgendjemand, dem man eine gewisse Originalität nicht absprechen kann, entschied sich dafür, jenen Schnellläufer-Orkan, der in dieser Nacht von Island kommend den Nordatlantik peitschte, auf den Namen Vincinette zu taufen, die «Siegreiche». Die vorausgehenden Stürme, die auch das Monschauer Land getroffen hatten, waren bereits enorm regenreich gewesen, doch Vincinette selbst war von nie dagewesener Kraft und presste unter dem mittlerweile fast vollen Mond solche Wassermassen vor sich her in die deutsche Bucht, dass überall an der Küste, in Cuxhaven voran, historische Pegel- und Höchststände rasch überschritten wurden. Die örtlichen Behörden setzten alles daran, ihre Einwohner zu warnen. In der größten westdeutschen Stadt aber, Hamburg mit seinen beinahe zwei Millionen Einwohnern, bekam man davon zunächst wenig mit. Schlechtes Wetter war in der Freien und Hansestadt normal.

Der Bürgermeister weilte gerade in Bad Gastein bei einer Trinkkur, denn er hatte es mit der Leber. Der Bausenator, in dessen Ressort die Dämme, Schleusen, flut- und wasserwehrenden Bauwerke fielen, war zwar in der Stadt, sah an dem Abend aber keinen Anlass, den Pyjama wieder abzulegen, sich anzukleiden und ins Rathaus zu kommen, nur weil weiter draußen an der Küste ein paar Keller vollliefen. Er wünschte dem gerade diensthabenden Beamten, der ihn angerufen hatte, alles Gute. Dann ging er schlafen. Dummerweise war auch der Innensenator nicht vor Ort, sondern auf einer Konferenz in Berlin.

Die mittleren Beamten hatten zwar kein Gesamtbild vor Augen, kamen angesichts der einlaufenden Meldungen bald aber zu der Auffassung, dass eine Katastrophe drohte. Sie versuchten, den verantwortlichen Redakteur des ersten Fernsehprogramms zu erreichen, damit dieser auf der Stelle die Sendung unterbreche, um eine Warnung an die Hamburger auszusprechen.

«Unmöglich», gab der Diensthabende zur Antwort, ein Herr vom Hessischen Rundfunk in Frankfurt, «jetzt grad läuft *Die Familie Hesselbach*. Wenn wir das unterbreche, da bringe uns die Leut um.»

Der Redakteur lachte meckernd.

«Wir gebes nachher in die Nachrichte, gell.»

Legte auf, und damit war Fernsehen keine Option mehr. Also rief man beim Radio an. Im Rundfunkprogramm des Norddeutschen Rundfunks brachte man zwar brav die Warnung, allerdings eingepackt zwischen zwei Programmpunkte eines Symphoniekonzerts. Zudem hörten in Hamburg damals nur wenige klassische Musik im Radio, zumindest nicht die Leute, die im Stadtteil Wilhelmsburg wohnten. An diesem Abend der Zerstörung durch Vincinette lief ausgerechnet Joseph Haydns Oratorium «Die Schöpfung».

Wenn es nach dem Krieg in Hamburg etwas im Überfluss gegeben hatte, dann Kriegstrümmer. Mit denen waren die stark beschädigten Dämme repariert und die Stadtfläche wieder annähernd bewohnbar gemacht worden. Flickwerk noch und noch. Hunderttausende aus dem Osten, dem Baltikum, aus Ostpreußen waren ja nach Hamburg geflüchtet. In Lauben, niedrigen Blechhütten, Gartenhäusern und anderen

Behelfsbauten lebten – achtzehn Jahre nach Kriegsende – immer noch Zigtausende. Die Elbinsel Wilhelmsburg war ein Konglomerat aus normalen Straßen mit einfachen Arbeiterwohnblöcken sowie merkwürdigen Schrebergartenkolonien aus Bretterbuden, in denen pommersche Weiblein mit Kopftüchern und ihren dreizahnigen kaschubischen Männern hausten. In der typischen Hamburger Geschäftigkeit hatte man sie einfach vergessen, weil in dieser Nachkriegszeit ja auch bisher alles gutging und die Zeiten so turbulent und rasant verliefen. Diese Menschen waren die ersten, die die grausame Vincinette zu spüren bekamen, als diese nämlich das Wasser zunächst von Westen über den Reiherstieg-Deich und von Nordwesten über die Ernst-August-Schleuse auf die große Elbinsel drückte. Dann brach der Deich oberhalb der Klappbrücke Neuhöfer Straße, und gegen drei Uhr morgens der am Spreehafen. Im Westen von Wilhelmsburg lief das Wasser nun beschaulich in die Häuser ein, füllte langsam die Keller, drang in die Wohnungen vor. Von Norden dagegen schlug die Flutwelle mit großer Wucht zwischen die Behausungen, wirbelte Behelfshäuschen und Buden davon. Überlebende hockten bis in die Morgenstunden auf im Wasser schaukelnden Trümmern, schrien um Hilfe, gaben Blinkzeichen. Viele Bewohner von flachen Gebäuden wurden bei ihrem Versuch, sich auf die Straße zu retten, von der Flutwelle in den eigenen Keller gestoßen und dort ertränkt. Das tobende Wasser riss metertiefe Krater in Straßen und Vorgärten. Es spülte Barackenteile, Fernsehgeräte, Kühlschränke, Pflastersteine, Mülltonnen und Autos mit sich. Die Menschen krallten sich an Dächern und Schornsteinen fest. Am Vogelhüttendeich erkletterten drei Mann einen Baum und ertranken dann in dessen Ästen. Kraftwerke waren überflutet, Strom- und Telefonleitungen von den Masten gerissen – die

Stadt war ohne Licht und Strom, ohne Telefon, ohne Plan und Koordination.

Doch dann war der Innensenator zurück aus Berlin. Er fuhr den mittlerweile im Rathaus versammelten Politikern, Beamten und Polizisten mit dem Satz «In der Krise zeigt sich der wahre Charakter» über die vor Schreck offen stehenden Münder und übernahm das Kommando. Gegen das deutsche Grundgesetz aktivierte er die Bundeswehr und forderte so energisch wie erfolgreich NATO-Truppen an. Er entwirrte das Chaos der einander widersprechenden Anordnungen und Maßnahmen und steckte sich dabei eine Zigarette an der anderen an. Ohne ihn wäre die Vincinette-Katastrophe vermutlich noch katastrophaler ausgefallen.

Dass der wegen seines spöttischen Barmbeker Mundwerks mit dem Spitznamen «Schnauze» versehene Helmut Schmidt sein Organisationstalent nun überhaupt unter Beweis stellen konnte, verdankte er dem Taktieren seiner Vorgesetzten bei der Wehrmacht, die den Oberleutnant Schmidt während des Zweiten Weltkriegs so häufig auf neue Posten gesetzt und verschoben hatten, dass er der Militärjustiz, die ihn wegen Defätismus, Wehrkraftzersetzung und Beleidigung der Nazi-Elite zum Tode verurteilen wollte, immer wieder entzogen worden war.

Immerhin, ein Todesurteil im Dritten Reich überlebt zu haben, das kam öfters vor. Der ehrgeizige Düsseldorfer Dermatologe Günter Stüttgen zum Beispiel, nur einen Mond jünger als der Hamburger Innensenator, hatte im Frühjahr 1945 noch einen richtigen Prozess bekommen – glücklicherweise in Abwesenheit, denn das Urteil, das über den damaligen Sanitätshauptmann gefällt worden war, lautete: Tod durch den Strang.

Direktor Richard Seuss, in den vierziger Jahren Wehrwirtschaftsführer, über dessen damalige Tätigkeiten seither einiges gut verborgen war, hatte gerade eben eine Lichtkopie der dünnen Akte von Stüttgens Feldgerichtsprozeß in die Hände bekommen. Die Kopie war von gestochen guter Qualität. Er las die knapp bemessenen, dafür umso deutlicheren Worte der Anklage durch, die von einem Militärstaatsanwalt namens Dr. Scherzel stammten. Interessante Lektüre.

Seuss saß bequem am Schreibtisch in seinen Privaträumen. Nicht etwa in seinem privaten Besitz. Es handelte sich um das dem Direktor der Rither-Werke als Teil seiner Bezüge zur Verfügung gestellte Stadthaus in Monschau, ein barockes Palais von außerordentlicher Großzügigkeit, dessen rote Fassade es schon früh weit über die alte Handelsstadt hinaus berühmt gemacht hatte. Einer der wichtigsten Tuchfabrikanten Monschaus hatte es gebaut.

Das Tuch aus Monschau verdankte seine Qualität dem Wasser der Rur. Ein Fluss wie aus purem Silber. Die Öfen beheizte man mit gestochenem Torf, aber die kalkfreie Reinheit des durch das Moor des Hohen Venn gefilterten Rurwassers war es, die die Erzeugnisse der ansässigen Weberei besonders edel machte. Wo immer man es sich leisten konnte, mit Monschauer Qualität betucht zu sein, war man es, etwa bei den Romanovs in St. Petersburg, auch Karl von Habsburg und selbst der Geheimrat Goethe kleideten sich gerne in Monschauer Stoffe. So war das Städtchen an der Rur berühmt und reich geworden, zuerst die Besitzer des roten Palais, bald auch deren Nachbarn, die es ihnen nachtaten. Monschau galt als ein deutsches Brügge – doch irgendwann folgte der langsame Niedergang. Wenige Märkte der Welt waren derart profitabel, aber auch derart wandelbar und grausam wie der mit Textilien, schon immer. Ein paar Jahre vor dem Ersten Weltkrieg schloss die letzte Monschauer Tuchfabrik. Ein paar Jahre nach dem damals noch so genannten «Großen Krieg» von 14 bis 18 entstanden die Rither-Werke im unweit gelegenen Lammerath, und ihr Gründer Bernhard Rither erwarb selbstbewusst und vor Mitteln strotzend das heruntergekommene barocke Palais am Monschauer Flussufer; zunächst als Residenz für sich selbst. Mit dem Beschluss, sich und seiner Familie ein gewaltiges Stammhaus auf dem Fabrikgelände zu errichten, wurde das Stadtpalais frei und dem angestellten Direktor zur angemessenen, prächtigen Wohnung gegeben. Seuss, der Bergbauernbub aus Garmisch, befand den exquisiten Palazzo für gerade recht, kam darin doch sein schwelgerischer, bayerisch-barocker Sinn auf seine Kosten. Es war eine beinahe fürstliche Residenz, die ein Schwarm unsichtbarer Hausdiener in Ordnung hielt. Seuss genoss es, am Morgen aus seinem Schlafzimmer zu treten, die gewaltige geschwungene Treppe hinabzusteigen, im Salon zu frühstücken und sodann, sich vollkommen als Walter des Monschauer Erbes fühlend, in seinem Trachtenanzug hinaus auf die zierlich mit Kopfstein gepflasterte Straße zu treten und sich in die Fabrik chauffieren zu lassen. Und so wie der Direktor in den für die Familie Rither so traurigen letzten Jahren, in denen er die Geschicke der Firma ganz alleine bestimmte, manchmal vergaß, dass er nur ein Angestellter war, so verlor er aus dem Sinn, dass er eines Tages den Schlüssel zum Tuchmacherpalazzo nicht mehr in der Tasche tragen und dort wohnen würde, wo das schöne, alte Monschau am schönsten war.

Hier war der Direktor also in seinem privaten Arbeitszimmer und studierte unter dem Licht eines pergamentenen Lampenschirms das Todesurteil, das dem damals gerade einmal sechsundzwanzigjährigen Stüttgen gegolten hatte, Regiment 1056, 89. Division.

Dass er es überhaupt in Händen hielt, verdankte Seuss einem Kontakt ins Bundesjustizministerium, einem alten Freund, der sein eigenes, zwölf Jahre lang so praktisches Parteibuch der NSDAP frühzeitig mit dem der sich «freidemokratisch» nennenden rechten Sammlungspartei getauscht hatte. Die FDP hatte eine erstaunliche Integrationsfähigkeit bezüglich alter Nazi-Parteigenossen bewiesen, sofern diese fähig und zu neuen Aufgaben brauchbar waren. Aus all den kleineren rechtslastigen Parteien, die sich in den frühen fünfziger Jahren darum bemüht hatten, alte Kämpfer und die Masse der Mitläufer abzuschöpfen, war die FDP als große Siegerin hervorgegangen. Da hatte es die «Deutsche Reichspartei» gegeben, die «Radikal-Soziale Freiheitspartei», die «Sammlung zur Tat», den «Bund der Heimatlosen und Entrechteten» oder die «Wirtschaftliche Aufbau-Vereinigung».

Dieser war der Direktor eine Weile nahegestanden – freilich ohne ihr beizutreten, denn von einer weiteren Parteimitgliedschaft, so hatte sich Seuss geschworen, wollte er fürderhin die Finger lassen. Die WAV war sowieso wieder verschwunden, wie all die anderen, aber die FDP – die war noch da, und wie! Nach den Bundestagswahlen im Jahr zuvor, bei der die Union die absolute Mehrheit verloren hatte, waren die bislang schmuddeligen Freidemokraten als Mehrheitsbeschaffer der Regierung nötig geworden. Die Regierungshaltung dazu lautete, so hatte Adenauer gesagt, man dürfe schmutziges Wasser nicht wegschütten, solange man kein sauberes habe. Und so war es gekommen, dass Richard Seuss nun also einen guten Kontakt in das von einem FDP-Minister geleitete Bonner Justizministerium besaß.

Sanitätshauptmann Stüttgens Akte hätte man nicht angesehen, dass sie inmitten des Zusammenbruchs angelegt worden war, Mitte Februar 1945. In einem schnellen, einem sogenannten Feldgerichts-Verfahren samt allen Merkmalen regulär erscheinender Justiz, Aktenzeichen, Stempeln und Unterschrift des Militärrichters, war ein «Feldurteil im Namen des Deutschen Volkes» getroffen worden. Stüttgen wurde zur Last gelegt, die Kampfkraft des nationalsozialistischen Heeres auf verbrecherische Weise geschwächt und den Feinden des deutschen Volkes in die Hände gespielt zu haben, indem er, gegen jedwede militärische Ehre, den ihm unterstellten Verbandsplatz bei Dreiborn mit allen dort untergebrachten Wehrmachtsangehörigen am 2. Februar den amerikanischen Streitkräften übergeben habe. Wegen dieses Verrats wurde Stüttgen erstens degradiert und aus der Wehrmacht ausgestoßen, indem man ihm «die Wehrwürdigkeit» ebenso aberkannte wie das Eiserne Kreuz. Der nunmehr rang- und ordenslose Mensch Stüttgen selbst wurde zweitens zum Tod durch den Strang verurteilt.

Dieses Schwein, dachte Seuss ohne jede tiefere Emotion, schau dir den an, und jetzt versaut er uns die Firma. Klar, im Auftrag der Landesregierung. Aber ein Schwein war er. Ein Verräter.

Er legte die Lichtkopie dieses Urteils im Namen des Deutschen Volkes, das dem Lehrerssohn Günter Stüttgen aus Düsseldorf einst das irdische Licht und das Leben hätte rauben sollen, in den Safe zu all den anderen mehr oder weniger wichtigen Unterlagen, die er nicht in einem Bankschließfach, sondern für alle Fälle schnell zur Hand haben wollte, und dann klappte er die aus Buchdeckeln bestehende Camouflagetür des Stahlschranks wieder zu. Sie war perfekt kaschiert durch Dichter der deutschen Romantik wie E. T. A. Hoffmann oder Hauff, die Seuss, der ohnedies wenig für Literatur übrig hatte, niemals gelesen hätte. Als Tarnung war die Buchbinder-Arbeit gut genug.

Er löschte das Licht und ging mit schweren Schritten die Treppe hinab. Lembke hatte alles langsam in den Wagen getragen. Auf dem Tisch im großzügigen Vestibül lag nur noch dasjenige Gepäckstück, das Seuss seinen «Gegenschlagkoffer» nannte und das den Vorrat an Pülverchen, Flüssigkeiten und Tabletten beinhaltete, die einem deutschen Industriekapitän je nach Lage und Not halfen, den Überblick zu bewahren. Bevor er zu Lembke ins Auto steigen würde, brauchte er noch etwas gegen sein Kopfweh. Immer, wenn der Magen einigermaßen mitspielte, muckte gleich der Schädel auf. Seine verschiedene Organe, Körperteile und -regionen kamen ihm vor wie Partisanen und Saboteure, die immer mal wieder, wie Seuss auf Bairisch zu denken pflegte, eine aufs Maul brauchten. Die Amis nannten das einen «Counterstrike», daher der Spitzname des Köfferchens. Er öffnete es, und sein Blick schweifte wohlwollend über die Fläschchen mit Decentan,

Codein, Nitroglycerin und das auch nicht zu verachtende Chinidin. Und da war Optalidon, das dem Kopfweh-Partisanen die Waffe aus der Hand schlug, auch wenn es später seinen Magen reizen würde. Er spülte es mit einem Schluck Wasser hinunter, dann ging er hinaus, wo Lembke mit laufendem Motor auf ihn wartete. Ganz entspannt.

Die Gasse vor dem Palazzo wurde vom fast vollen Mond hell beschienen. Das edle Katzenpflaster erstrahlte in makellosem, wie aus sich selbst leuchtendem Glanz. Der viele Regen und die Stürme der letzten Tage hatten Monschau wie üblich saubergespült, ohne dabei irgendwelche Schäden zu hinterlassen. Die Burgstadt war auf reinen Fels gebaut und lag in Deckung. Seuss liebte diesen Ort. Seine Residenz. Wie ein Silberstück, gewunden und gedrechselt.

«Guten Abend, Herr Direktor.»

«Mein lieber Lembke, ich grüße Sie. Wir sind uns klar, wohin es geht?»

«Bad Mondorf, Luxemburg. Herr Direktor. Hab die Route rausgeschrieben und tippen lassen. Liegt hinten bei Ihnen auf'm Sitz.»

«Danke sehr. Wann denken Sie, sind wir da?»

«Straßen sind bisschen nass, regnet hie und da auch noch, nach Süden wird's allerdings dann besser, sagt die Wetterwarte Aachen. Fünf Stunden.»

«Na bestens.»

Um sieben Uhr bat er ihn, das Radio anzumachen. WDR. Vornweg berichteten sie über die Sturmflut in Hamburg und über ein Grubenunglück im Saarland. Dann folgte die Vorstellung des deutschen Beitrages für den Grandprix: «Zwei kleine Italiener» hieß der Schlager, der auch gleich erklingen sollte.

«Das fehlte noch», raunzte Seuss amüsiert, «die Katzelmacher, die haben uns damals schon Kopf und Kragen gekostet. Machen S' wieder aus, bitte, Lembke.»

An der belgischen Grenze reichte Lembke ihre Reisepässe zusammen mit den aktuellen Impfpässen nach draußen. Die Dokumente waren nagelneu. Formal perfekt und makellos in jeder Hinsicht. Sie durften passieren.

Der schwere BMW rollte wie ein Schiff auf der belgischen Landstraße Richtung Lüttich. Dort würde man auf die Autobahn kommen.

«Lembke. Sie haben doch vor einer Weile mal berichtet, dass Sie diesen Professor Stüttgen aus dem Krieg kennen.»

«Jawohl, Herr Direktor.»

«Seien Sie doch so gut, und erzählen S' mir das genauer.»

«Sehr gern, Herr Direktor.»

Max Lembkes Geschichte war die eines Angehörigen einer Eliteeinheit, der als Baumscharfschütze und Späher seit Oktober 1944 an der von den Amerikanern so genannten Hürtgenwald-Front gekämpft und nach zwei erfolgreichen Abwehrschlachten die letzte deutsche Offensive mitgemacht hatte. Die Ardennenoffensive. Deckname «Wacht am Rhein».

Schließlich lag er, mit einem von Granatsplittern zerfetzten Bein, Brüchen und inneren Verletzungen auf dem Verbandsplatz, direkt hinter der kollabierenden deutschen Front, die nach dem Scheitern der Offensive wieder zurückgedrängt worden war. Die Kämpfe bei Dreiborn, einige Kilometer östlich von Monschau, waren besonders hart verlaufen.

Lembke lag da und wäre viel lieber seinen Kameraden zu Hilfe gekommen, denjenigen beigesprungen, die noch irgendwo standen, noch halbwegs kämpfen konnten. Aber dann verlor er das Bewusstsein. Und irgendwann, nach scheinbar unendlichen Schüben und Volten sich immer wieder aufbäumender Gewalt, war es zu Ende. Der Kampf, die Schlacht, alles war vorbei. Und Max Lembke erwachte und fand sich wieder in einem amerikanischen Kriegsgefangenenlager in Belgien. Wäre er doch lieber draufgegangen. Hauptmann Stüttgen hatte ihn und sie alle verraten, wie er später erfuhr, was im Nachhinein alles noch schlimmer machte.

Max Lembke aus Monschau-Höfen, einst strahlender Prinz Karneval des Jahres 1941 und Schützenkönig, lag 1945 in Stüttgens Verbandsplatz nur ein paar hundert Meter von dem kleinen elterlichen Bauernhof entfernt, auf dem er aufgewachsen war. Nun war er ein Gefangener. Zum Krüppel geschossen. Als junger Mann von dreiundzwanzig Jahren. Seit seinen Jünglingsjahren bis ins Innerste von der Propaganda durchdrungen und fanatisiert. Aber auch ein junger Mann mit Gaben. Bei Rither hatte er, bis er eingezogen worden war, eine Ausbildung in der Optischen und Glas-Abteilung absolviert. Ein Alleinstellungsmerkmal der Ritheröfen war ihre gute Steuerbarkeit, für die man spezielle Kontrollkästen brauchte.

Dafür, dass Seuss ihn nach seiner Rückkehr aus Gefangenschaft und Sanatorium anstandslos als ordentlich bezahlten Chef-Fahrer angestellt hatte, war Lembke ihm bis heute dankbar. Seuss wusste sehr genau, dass man den jungen Menschen vor dem Krieg systematisch beigebracht hatte, sich selbst groß darin fühlen zu können, nichts zu sein und alles für Führer und Volk zu geben. Sich zu opfern. Die nachgerade wissenschaftliche Kommunikationspsychologie der Nazis, die sie sich von der Werbepsychologie Amerikas abgeschaut hatten, war mit ihrer rassistischen Ideologie verschmolzen und dabei auf fruchtbaren, seit Generationen bereiteten Boden gefallen. Herausgekommen waren fanatisierte junge Männer, die man zum industrialisierten Bewegungs- und Vernichtungskrieg abgerichtet hatte. Dies waren nun die etwa Fünfunddreißigjährigen in Deutschland, beziehungsweise diejenigen von ihnen, die überlebt hatten. Immer noch zuverlässig, wenn auch voller Schmerz und Verzweiflung, oft nicht gesund an Körper oder Geist oder beidem. Man musste halt wissen, dachte Seuss oft, wie man diese Kerle anfasste, gute Kerle wie Max Lembke, der ihn nun zur Alten Dame nach Luxemburg fuhr. Weil Luxemburg gerufen hatte und ihn sehen wollte.

Die Alte Dame war für ihn etwa das, was er vielleicht für Lembke war, dachte er oft. Luxemburg war der Golem, den er und seinesgleichen durch ihre Taten geschaffen hatten. Und es gab nicht nur einen solchen Golem, es gab einige dieser Art, aber mit den anderen hatte Seuss zum Glück nichts zu tun.

Direktor Seuss dachte an die Akte über den degradierten und zum Tode verurteilten Hauptmann Stüttgen. Das «Dritte Reich» hatte genauestens Buch geführt. Unter Kollegen seines Ranges und seiner Problemlagen (mit denen jeder für sich allein zurechtkommen musste) war die exakte Buchhaltung im Zeichen der Swastika omnipräsent. Sie war immer noch nützlich, hilfreich, gefährlich oder tödlich, je nachdem. Jene Akten, die bewiesen, was der eine oder andere getan, gesagt oder geschrieben oder eventuell gespendet hatte. Wer wüsste das besser als er, Dr. Richard Seuss, allmächtiger Direktor der Rither-Werke Monschau. Denn er fuhr nach Bad Mondorf. Dort saß die Bank.

Es war der Montag nach dem Sturm, der Tag nach jenem Wochenende, an dem Vera mit ihrem Berater Eric in Brüssel weitere Einzelheiten des Stiftungsvertrages besprochen hatte. Steuerthemen und ähnlich stachlige Materie. Zwischendurch war Vera angst und bange geworden, da sie nun erstmals mit Zahlen konfrontiert worden war, die den Wert der Firma betrafen. Die im selben Zug eine ungeheure Verantwortung darstellten. Je konkreter ihr das vor Augen stand, desto mehr freute sie sich auf den Augenblick, an dem sie das alles endlich ein für alle Mal los sein würde.

Sie war dankbar, dass sie das Arbeitswochenende in der chaotischen Vieldörfer-Stadt Brüssel – von der viele sagten, sie sei so wie Paris früher, in der guten alten Zeit – wohlbehalten überstanden hatte. Zurück zu Hause erwartete sie das Schreiben des Roten Kreuzes. Die Antwort auf ihre Bewerbung. In Gedanken hatte sie schon alle Dinge zurechtgelegt, die sie für ihren eigenen Bedarf brauchte und welche Mitbringsel und Geschenke sie der kleinen Bärbel mitnehmen würde. Vera packte mal wieder einen Koffer fürs Krankenhaus.

Sie frühstückte bei Frau Drachsky in der Küche, trank aber nur Kaffee und rauchte eine Zigarette. Dabei besprachen sie das Menü, das sie am Abend für Nikos und sich zubereiten würde, fast ganz allein, denn die Fleischbrühe hatte die Haushälterin gekocht. Eine schöne Baguette hatte sie gleich aus Brüssel mitgebracht. Das Brot erregte das Interesse des etwa fünfzig Jahre alten Düsseldorfer Managers, der neben ihr im Abteil saß. Er ging so weit, sie zum Essen einzuladen.

«Sollscht ja nit von trockn Brot leben müssen, Mädschen», hatte er doch tatsächlich zu ihr gesagt. Denk nicht mal dran, hatte Veras einziger kurzer Blick zurückgefunkt, als sie ihn über den Rand ihrer Sonnenbrille hinweg angeschaut hatte.

«Bekommt man denn hier Lachs?», fragte Vera nun die Haushälterin.

«Bei Feinkost Pick. Dort kaufe ich auch das Vanilleeis. Aber sag mal, Vera, bist du dir sicher, dass der junge Mann nicht Fleisch essen will? Mach ihm Kotelett.»

«Er isst gerne Fleisch, das stimmt. Aber er ist doch in Kreta aufgewachsen. Da freut er sich vielleicht, einmal Fisch zu bekommen.»

«Räucherlachs ist nicht gerade griechisch. Na, ich kaufe mal ein paar Koteletts und lege sie in den Eisschrank. Salzen, pfeffern, mit bisschen Paprikapulver. Geht ganz schnell.»

Vera stand am Fenster des Arbeitszimmers und sah die patente Frau Drachsky mit dem eleganten Skoda Octavia aus dem Fuhrpark ihres Vaters losfahren. Dann blickte sie in den kalten, aber nach dem lange Zeit schlechten Wetter nun wundervoll sonnigen Tag. Sie öffnete das Fenster. Vom Dach her hörte man geschmolzenen Schnee gurgeln. Zum ersten Mal seit Wochen lag ein Hauch von Frühling in der Luft.

Sie wartete. Der Postbote kam gegen halb zehn Uhr mit einem uralten gelben Borgward auf das Gelände gefahren, brachte die Kiste mit Geschäftspost zunächst in das Verwaltungsgebäude und klingelte dann bei Rithers privat.

«Moin, Frau Rither!» Der Postbote, ein alter Monschauer Sozialdemokrat mit KZ-Erfahrung, war so ziemlich der einzige Mann im Kreis Monschau, der sie nicht mit «Fräulein» ansprach, was nach dem Gesetz die korrekte Anrede gewesen wäre.

«Danke.»

Vera nahm den Stapel entgegen, sah ihn noch auf der Treppe durch – und tatsächlich, unter der Zeitung – die Sturmflut-Katastrophe in Hamburg war der Aufmacher –, unter Katalogen und Rechnungen steckte auch der dringlich erwartete Brief. Der Stempel des Deutschen Roten Kreuzes war unverkennbar. Sie öffnete ihn und fragte sich, weshalb sie überhaupt so aufgeregt war, faltete die getippte Seite auf und las dann zunehmend ungläubig: dass man ihre Bewerbung für den freiwilligen Hilfsdienst auf der Isolierstation des Kreiskrankenhauses und besonders für die Betreuung der Patientin Bärbel Reue sehr zu schätzen wisse und sich dafür bedanke, dass das Fräulein Rither sich auf diese Weise an der Bewältigung der Pockenepidemie im Kreis Monschau beteiligen wolle. Aber im Augenblick könne man ihr eine solche Arbeit nicht anbieten. Alle Stellen seien besetzt. Sollte sich die Situation ändern, würde man sich umgehend bei ihr melden. Unterzeichnet war das Ganze von der Leiterin der Dienststelle.

Fassungslos las Vera die Absage noch einmal, studierte jeden Satz, ob sie vielleicht irgendwo eine grammatikalische Weiche übersehen hatte, die das Ganze in einem anderen Licht erscheinen ließ – aber dieses Licht gab es nicht. Hier stand nur, dass sie Vera nicht wollten. Und das hieß, dass Vera nicht bekam, was sie wollte: Zutritt hinter die verschlossenen Tore der Epidemie.

Sie legte den Brief neben die Olympia auf den Schreibtisch, betrachtete die Wählscheibe ihres Telefons und dachte darüber nach, auf der Stelle in St. Bernhard anzurufen, dem nach ihrem Onkel benannten Krankenhaus, und mit dem Chefarzt zu sprechen, den sie kannte und der ihr doch beim ersten Telefonat eindeutige Zeichen gegeben hatte, dass sie wohl damit rechnen könne, genommen zu werden. Vera ärgerte sich sehr, ließ den Impuls zu telefonieren aber vorübergehen. Im Zorn führte man keine Gespräche, weder persönlich noch fernmündlich. Und man schrieb mit Wut im Bauch auch keine Briefe, selbst wenn einem gerade dann so treffende, scharfzüngige Formulierungen durch den Kopf zuckten. Zorn formulierte gut – aber nicht selten bereute man diese heiße, schneidende Qualität der von Wut gewählten Worte später. Sie würde sich also besser an ihr Manuskript setzen. Den Rohling ihrer literarischen Reportage über «Die Pocken in Monschau».

Sie rauchte eine Zigarette, während sie eine historische Doktorarbeit überflog, die jemand über das Wüten der Pest in einer niedersächsischen Hansestadt geschrieben hatte. Die Ergebnisse waren bemerkenswert, weil sie den Verlauf dieser anderen entsetzlichen Infektionskrankheit der Menschheitsgeschichte auf fast puppenstubenhafte Weise anschaulich machte. Der Historiker hatte festgehalten, wann und wo es in dem Städtchen Pestfälle gegeben hatte. Er fand heraus, dass die Krankheit nicht in der Nähe von Schmieden ausbrach, oft aber nahe bei Bäckereien und Mühlen. Außerdem stellte er anhand des Kalenders fest, dass sich immer eine Woche nach Vollmond die Neuerkrankungen häuften. Die Lösungen dieser Rätsel lauteten: Die Ratten mit den infektiösen Flöhen auf ihrem Rücken, den wahren, beißenden Boten der Pest, mochten den Krach in den Schmieden nicht, Mehl und anderes Essbares in den Mühlen und Bäckereien dafür umso lieber. Außerdem war es eine Tatsache, dass sich Ratten besonders gerne in hellen Nächten paaren, also bei Vollmond, und dabei die Flöhe aufeinander übertrugen, was sich eine Woche später dann bei den Menschen bemerkbar machte, in deren Häuser sie danach zurückliefen.

Vor ihrem geistigen Auge sah Vera verliebte Ratten, die ihrer

Silhouette nach aus einem Zeichentrickfilm hätten stammen können. Sie spielten miteinander, jagten und beschmusten sich vor der honiggelben Scheibe des Mondes. Die Flöhe hüpften von Ratte zu Ratte – und eine Woche später traf ein neuer Schub der Pest die Menschen.

Heute war Vollmond. Bei einem französischen Klassiker hatte sie mal gelesen, dass jeder Mensch etwa sechsunddreißig- oder vierzigmal im Leben den Vollmond wirklich bewusst wahrnimmt. Die anderen Male sah man ihn, ließ das Bild aber verblassen und vergehen, ohne sich ihm zu widmen. Deshalb solle man sich doch immer, wenn man des Vollmonds ansichtig würde, bewusst machen, dass dieser Anblick, bezogen auf das ganze lange, aber dennoch endliche Leben, etwas Besonderes sei. *Clair de Lune*, der Mondschein, war heute außergewöhnlich hell.

Vera glaubte sich zu erinnern, dass Stendhal das geschrieben hatte. Sie zog an der Zigarette, dann setzte sie sich hin und schrieb das Menü für den Abend in ihrer schönsten Handschrift auf einem weißen Künstlerkarton, mit Tusche und einer der großen Schreibfedern, die sie von ihrer Mutter geerbt hatte, wie so viele andere hübsche Kleinigkeiten, den Aquarell-Kasten, den Brieföffner, auch ein paar Schmuckstücke und, das wertvollste Stück, ihre Uhr. Eine schmale Patek Philippe Rectangulaire, die schon ihrer Schweizer Großmutter gehört hatte. Sie trug sie nie. Viel zu kostbar, besonders wenn man daran dachte, unter welchen Umständen sie sie bekommen hatte.

Als Frau Drachsky und sie zusammen das Gemüse schnitten, wohl so gegen fünf am Nachmittag, konnte Vera nicht länger an sich halten. Sie erzählte von ihrem Plan, im Krankenhaus zu helfen, und dass man sie nicht genommen hatte, nein, dass man sie geradewegs nicht wollte, denn wie sonst war die Ablehnung zu erklären, wo doch jede helfende Hand gebraucht wurde?

Ach, Mädchen, dachte sich Frau Drachsky, die sich die geröteten Finger wusch, bevor sie Vera milde in die Augen sah, bist so klug und zugleich so naiv.

Und sie drückte Veras Arm fest. Aber dann lächelte sie sie streng an.

«Du hattest Polio, deshalb bist du nicht gegen Pocken geimpft, und dir gehört die größte Firma weit und breit. Und vielleicht hat der eine oder andere gehört, dass du Journalismus in Paris studierst. Was also denkst du, werden die tun, wenn du auf der Isolierstation arbeiten willst? Dort, wo die Schwerkranken liegen? Diese Pocken sind gerade dabei, den ganzen Kreis stillstehen zu lassen. Und deine ganze Firma dazu.»

«Die Firma kann meinetwegen in die Quarantäne gehen. Aber ich will was drüber schreiben.»

«Du findest einen anderen Weg für deine Geschichte.»

Vera atmete tief ein und sog dann noch tiefer an der Zigarette. Dann befüllte sie einen Kaffeefilter.

«Magst du auch einen?»

«Nein, danke. Ich möchte heute Nacht schlafen.» Ludmilla hob ihre fein ausgezupften Augenbrauen, als habe sie Veras Absichten, die Komposition dieses Menüs und seinen Verlauf betreffend, genau verstanden.

«Also – Suppe habe ich gekocht, steht in der Speisekammer. Gemüse ist geschnippelt. Fisch liegt im Kühlschrank. Eine Flasche Weißwein aus dem Keller habe ich geholt. Sie ist schon aufgemacht.»

«Dann gute Nacht, Ludmilla, ich werde jetzt mal loslegen.»

Menü Clair de Lune
à la Vera Rither
19. Februar 1962
Kraftbrühe
Lachsnudeln mit Cognac
Arme Ritter

Nikos stand pünktlich auf die Minute in Sakko und Krawatte vor dem Dienstboteneingang und klingelte. Dann überreichte er ihr eine Schachtel Pralinen. *Oostender Muschelkonfekt.*

«Ich weiß nicht, ob die schmecken», sagte er verlegen, «ich hätte dir auch lieber Blumen mitgebracht. Michel Behrends meinte aber, wir müssten dazu nach Monschau fahren. Dafür war heute einfach keine Zeit.»

«*Tant pis*», sagte Vera, nahm die Süßigkeiten entgegen (sie roch schon an der Schachtel, dass sie aus dem Tante-Emma-Laden in Lammerath stammten) und betrachtete ihren Gast. Nikos sah abgekämpft aus. Er hatte kein Wochenende gehabt, denn die Pocken hatten auch keines.

Es waren vier neue Verdachtsfälle unter der Belegschaft aufgetreten, die Nikos besucht hatte. Einer der Patienten hatte jetzt kein Fieber mehr, zeigte aber verdächtige Symptome auf der Haut und war auf die Isolierstation verlegt worden. Aber was Nikos und den anderen Ärzten wirklich große Sorgen bereitete, waren Hautveränderungen bei zwei stationär im Krankenhaus behandelten Patienten. Stüttgen hatte sie untersucht. Es war noch nicht sicher, ob es sich wirklich um Variola handelte, aber es stand zu erwarten. Unerklärlich blieb, wie sich die beiden überhaupt hatten anstecken können. Im Krankenhaus eigentlich unmöglich.

«Und weißt du», sagte Nikos und merkte, wie es ihm guttat, darüber zu reden, «dazu kommt, dass zurzeit die Kommission der WHO aus Genf in Monschau ist. Das ist für dich vielleicht interessant.»

Er erzählte ihr, dass hochrangige amerikanische Diplomaten dabei seien, der Oberkreisdirektor habe sie herumgeführt: der Gesundheitsbeauftragte der US-Regierung für Europa, ein gewisser Dr. Ravenholt, sowie der Gesundheitsattaché des Frankfurter Generalkonsulats.

«Ach wirklich – und was haben sie inspiziert? Das Krankenhaus?»

«Ja», sagte Nikos, «aber stell dir vor: Sie haben sich nur die Küche angesehen und den Personalraum.»

«Waren sie nicht in der Quarantäne-Station?»

«Nein, da haben sie keinen Fuß reingesetzt.»

«Es war die WHO, sagst du?»

«Ja, sicher.»

«Interessant, dass die USA in der Weltgesundheitsorganisation so viel zu sagen haben.»

«Ich war auch überrascht. Ich weiß nicht, wie das in Sowjetdeutschland ist. Aber im Westen scheint es ganz klar. Es sind die Amerikaner, die vorgeben und kontrollieren, wie man hier mit so einer Epidemie umgeht.»

Vera fragte sich, ob sich die Großmächte den Einfluss auf die Weltgesundheitsorganisation tatsächlich nach Ländern aufteilten, oder ob sie sich anders arrangierten. Und was war hier eigentlich der französische Standpunkt?

«Aber wenn sie nicht nach oben gegangen sind, dann heißt das andererseits – was? Dass sie fürchten, sie könnten sich anstecken!»

«Herr Stüttgen hat einen ganzen Katalog an Maßnahmen für das Krankenhaus erstellt. Möglicherweise ist das immer noch nicht genug. Wir sind ja auch mittenrein gestolpert, als schon einige Dinge passiert waren.» Er seufzte tief.

Sein hochgeschätzter Lehrer hatte bei ihrem letzten kurzen Gespräch die Sorge geäußert, dass sich die Epidemie «unter unseren Augen» auch in die Fläche des Kreises oder gar bis Aachen ausbreiten könnte. Nikos hatte tiefsten Respekt davor, dass er jeden Tag nach seiner Arbeit in Monschau nach Düsseldorf zurückfuhr, mit seiner Familie zu Abend aß und dann noch in sein Labor ging, wo er seine Forschung vorantrieb. Natürlich war Stüttgen völlig überarbeitet.

Sie setzten sich zu Tisch. Im Salon war ganz schlicht gedeckt. Für einen Moment hatte Vera darüber nachgedacht, ihm von der Absage des Roten Kreuzes zu erzählen und ihn zu fragen, ob er ihr vielleicht helfen könnte. Doch dann war sie sich nicht sicher, wie er ihren Plan aufnehmen würde, dass sie unbedingt als Hilfskraft ins Krankenhaus wollte. Und vergaß die Sache für die nächsten Stunden. Dinge wegzuschieben war eine Fähigkeit, in der sie ziemlich gut sein konnte, wenn es darauf ankam.

«Die Suppe schmeckt gut.»

«Die hat Frau Drachsky gekocht. Klassisch.»

«Kochst du in Paris auch?»

«Eigentlich nie. Im Deutschen Haus in der Studentenstadt gibt es zwar auf jeder Etage eine Gemeinschaftsküche, und einige kochen dort auch. Aber ich nicht. Habe dazu überhaupt keine Zeit. Ich esse meistens irgendwo in der Stadt. In Paris ganz normal. Die Cité Universitaire ist auch ein wenig abgelegen, ziemlich im Süden.»

«Kommst du oft spät nach Hause?»

«Ja, meistens. Auch wenn ich müde bin, aber ich will was erleben. Und du, kochst du? Für den modernen Mann doch ein Muss, wenn ich die Zeitschriften, die Frau Drachsky gerne liest, richtig verstehe.»

«Oh – ich habe einen Spirituskocher auf meiner Bude gehabt, da konnte ich mir Kartoffeln machen. Aber mehr nicht. Die zwei alten Schachteln, bei denen ich gewohnt habe, wollten nicht, dass auf den Zimmern gekocht wird.»

«Untermietzimmer?»

«Ja. Eine riesige Wohnung, die zwei Schwestern gehört. Vier Zimmer sind an Studenten vermietet. Ein Klo für alle. Die Schwestern haben viel damit zu tun, uns zu bewachen.»

«Wieso denn bewachen?», sie lachte.

«Na ja, du darfst niemanden mitbringen und so ...»

«Ach so, verstehe. Die haben Angst, dass man sie wegen Kuppelei belangt.»

«Kuppelei, genau, das war das Wort. Danke. Ist das in Paris anders?»

«In Paris ist alles viel freier. Aber nicht, dass du denkst, ich würde einen unsoliden Lebenswandel pflegen», sagte sie und blickte besonders solide drein. «Höchstens nur ein bisschen.»

Beide lachten.

Nikos bot an, die Teller in die Küche zu tragen, aber sie bat ihn, sitzen zu bleiben, und so sah er ihr nur dabei zu. Ihre schmalen Handgelenke setzten sich reizvoll vom enganliegenden schwarzen Rollkragenpullover ab. Ihm gefiel, wie sie bei ihrer Eleganz beherzt die Teller aufeinanderstapelte. Mit einem Augenzwinkern und einem Schwung ihres erdbeerblonden Bobs verschwand sie.

«Es dauert jetzt ein paar Minuten, Nikos. Den Nachtisch muss ich erst machen.»

Er sah ihr nach, bemerkte einmal mehr die leichte Unsicherheit ihres Gangs, die ein beinahe schon vertrautes Mitgefühl bei ihm auslöste und zugleich den Gedanken, dass er sie wahnsinnig gerne, so zierlich sie auch war, fest in den Arm nehmen und dabei ihre samtige Haut spüren würde. Er würde sie sogar tragen, wenn es darauf ankäme. Auf dem Rücken, auf Händen, ganz egal. Dabei lauschte er – sich staunend bewusst werdend, dass zum ersten Mal, seit er in Deutschland war, jemand für ihn kochte – den Geräuschen aus der Küche. Während Nikos dasaß, überkam ihn mit einem Mal ein Gefühl von Geborgenheit, so intensiv, dass er sich wünschte, Vera würde ewig brauchen mit dem Klappern und Hantieren, das er von fern durchs stille Haus hörte. Sie zugange zu wissen, wie sie etwas für sie beide zubereitete, das war schön, auch sie zu erwarten, zu wissen, dass sie gleich hereinkommen würde.

Und die Seele
Kai psychä

so erinnerte er sich an ein Seferis-Gedicht,

Und die Seele,
soll sie sich selbst kennen,
dann im Blick auf auch eine Seele

«Wenn ich es recht verstanden habe», sagte Vera, die Nachrichten des Tages aufgreifend, als sie schließlich über den Tellern mit der Nikos unbekannten Nachspeise saßen, «dann ist dieses Wilhelmsburg eine Elbinsel, aber durch die Dämme drum herum ist es vollgelaufen wie eine Badewanne. Zum Schutz gebaut, sind sie nun tödlich geworden.»

«Beim lieben Gott Vater», rief Nikos schaudernd und bekreuzigte sich dreimal auf orthodoxe Weise. Der Tod in den Fluten des Meers war eines der unerschöpflichen Themen der Alten in Matala gewesen, auch zur Lehre der Nachkommen:

das Meer, fischreich und nährend, aber auch tödlich, so sollten die Kinder der Insel es begreifen. So hatte Nikos es immer gesehen. Wie viel Glück hatten sie doch, hier zu sitzen und miteinander zu essen.

«Und was ist das nun Feines?», fragte Nikos.

«Eigentlich nennt man es French Toast. Altes Brötchen in Ei gewendet, mit Zucker und Zimt. Aber wir sagen Arme Ritter dazu.»

«Wie euer Name?»

«Anders geschrieben, aber eigentlich das Gleiche, ja. Meine Mama hat mir die sehr häufig gemacht. Wir haben immer gelacht über den Namen. Bei dem Duft muss ich immer an früher denken. Als meine Mutter noch lebte.»

Nikos schnitt ein kleines Stück ab, tunkte es in die Pflaumensauce, aß. Es schmeckte ihm sehr. Aber etwas anderes war noch köstlicher.

«Du machst mich sehr glücklich, Vera, dass du diese vielen Dinge zeigst ...»

Nikos war immer stolz auf sein gutes Deutsch gewesen, doch jetzt schämte er sich ein wenig, da er die Dürftigkeit seiner Sprache zu fühlen glaubte. Hätte er doch selber nur mehr poetische Begabung gehabt!

Vera sah, wie ehrlich Nikos meinte, was er sagte. Sie selbst hielt ja eher das eine oder andere verborgen. Dass sie auch für diesen Vollmondabend noch Pläne hatte, die weit über das Essen hinausgingen, machte sie ein wenig verlegen.

«Nikos – stoßen wir an! Ich habe gleich noch eine Überraschung für dich.»

Sie stiegen im Halbrund des Treppenhauses nach oben, bis zu einem Absatz, an dem Nikos immer vorbeikam, ohne je gefragt zu haben, was sich wohl hinter der in die Mauer eingelassenen, eher funktionellen Tür befand. Dahinter ein kurzer Gang. Am Ende des Flurs ein Aufzug.

«Als mein Onkel das Haus gebaut hat, war es der erste private Aufzug weit und breit. Onkel Bernhard war ein leidenschaftlicher Ingenieur, das habe ich dir ja erzählt. Aber das war nicht seine einzige Leidenschaft. Komm, das wird dir gefallen.»

Das Gitter des Aufzugs schloss sich hinter ihnen. Vera drückte sich, die Hände auf den Rücken, in eine Ecke und blickte vorfreudig grinsend auf den Boden. Nikos, dem der Schwung ihres Bobs gerade in diesem Moment besonders gefiel und der ihr französisches Parfüm nun noch stärker wahrnehmen konnte, wurde es angenehm warm in der Enge der von geölten Seilwerken beinahe lautlos bis zum höchsten Punkt des Rither'schen Anwesens gleitenden Kabine, eine unter dem Dach liegende verglaste Kuppel, die im Haus und bei den Mitarbeitern der Astronomieturm genannt wurde.

Als sie oben waren, trat Vera nach vorne und schob wie ein behänder Liftboy das Gitter zur Seite. Der Aufzug öffnete direkt in die großzügige Sphäre der Glaskuppel. Neben ein paar mit Leder bezogenen Bänken und einigen Büchern in nur kniehohen Regalen befand sich hier nichts weiter als ein großes Teleskop mit Hocker und Pult.

«Aber das ist ja ein Unitron-Refraktor», staunte Nikos, während er auf das edle Teleskop zuging. Wenn man ihm ein Mercedes-Benz-Cabriolet hingestellt hätte, hätte er nicht begeisterter sein können. Er staunte und strich vorsichtig und liebevoll über das weiß emaillierte Teleskop. Die Überraschung war Vera gelungen.

«Im Grunde ist das wie ein Mikroskop, aber auch das Gegenteil davon ...» Nikos nahm den Verschluss ab und setzte sich davor. Er bewunderte den Hartholzsockel, auf dem das optische Wunderwerk montiert war, betätigte die Kurbel und stellte fest, dass sich das Teleskop zehntelmillimetergenau bewegen ließ. Jemand, der sich mit Mikroskopen auskannte, fand schnell heraus, wie er mit so einem Gerät umzugehen hatte.

«Ich dachte, dass dir das gefallen könnte. Ich war schon lange nicht mehr hier oben», sagte Vera. «Früher hat mir mein Vater ein paarmal den Himmel gezeigt. So oft kam es ja nicht vor, dass er sich mit mir beschäftigt hat. Ich dachte, wir könnten uns heute vielleicht den Vollmond anschauen.»

«Gute Idee. Als Kind habe ich das geliebt. Ganze Abende sind wir am Strand gelegen und haben in den Himmel gesehen.»

Der Vollmond, der schon am frühen Nachmittag aufgegangen war, befand sich, als erwarte er ihre Vorbereitungen, beinahe in seinem Zenit. Es sah von hier so aus, als stünde er nur für sie am Himmel. Wo gab es so eine Kuppel! Die Verglasung aus unterschiedlich großen Oktaedern war in ein beeindruckendes Stahlkonstrukt gesetzt. Man kam sich vor wie in einem Planetarium.

Nikos hatte sich das Teleskop aus US-Produktion angesehen, ein wenig probiert und dann den Fokus auf den Mond eingestellt. Nun sah er hindurch. Der Blick auf die Oberfläche des

Trabanten war unfasslich. Man tauchte ein in die gleißende Kulisse des Mondtheaters. Täler, Felsabbrüche, Klippen. Die Sonne stand günstig, das Schattenspiel der Berge ließ den Mond so plastisch aussehen, als könnte man mit den Fingerspitzen über seine Gipfel und zarten Spitzen dahingleiten, wie beim Skifahren.

«Megalo!», stöhnte er auf Griechisch, «was für ein Anblick. Man glaubt, man könnte mit der Hand hinfassen, um im Mondstaub zu wühlen. Was für ein großartiges Gerät.»

Er ließ das Teleskop ein wenig rotieren, eine Bewegung von einem Millimeter genügte, um den Blick mit irrsinniger Geschwindigkeit über die Mondoberfläche rasen zu lassen.

«Gar nicht so einfach. Aber langsam. Was wollen wir uns ansehen? Warte mal ... was kenne ich ... hier. Daran erinnere ich mich. Plato!» Mit Genuss drehte er das Fokusrad die letzten Zehntelmillimeter voran.

Er gab sich ein wenig der Betrachtung des Mondkraters hin, dann setzte sich Vera ans Teleskop. Das nach dem griechischen Philosophen benannte Rund hob sich dunkel ab. Ein Vulkan von riesigen Ausmaßen. Nikos bewegte das Teleskop für Vera ein kleines Stück.

«Man kann die Spitzen seiner Berge sehen und sogar die Schatten, die sie werfen. Ein Wunder.»

«Der Mond gleißt wie ein Stück Kalkfelsen in der Sonne der Ägäis.»

«Die Krater sind die Buchten, an denen man anlegen könnte. Mit einem Mondsegelboot.»

«Lass mich einmal suchen», sagte Vera. Sie bewegte den Fokus des Teleskops nach dem äußersten Mondosten, wo sie sich an das Mare Crisium erinnerte, das Meer der Gefahren. Als sie es eine Weile betrachtet hatte, nahm Nikos den Platz ein, und sein Blick glitt langsam darüber hinweg.

«Wieso heißt das so: Meer der Gefahren?», fragte er. «Es sieht aus wie eine große, friedliche Ebene. Da sind große Berge, Felsvorsprünge, Klippen, ja. Aber wo ist die Gefahr?»

«Die Leute früher sahen den Himmel mehr als Spiegel der Welt hier herunten. Als eine Landkarte ihres Lebens, der Gefühle und Geschichten von uns Menschen.»

«Und hier war wohl jemand in Gefahr, als er dieses Gebiet das Meer der Gefahren nannte?»

«Vielleicht. Aber daneben liegt das Mare Tranquillitatis, das Meer der Gelassenheit. Es ist vielleicht eher so, als hätten die Astronomen den Wunsch gehabt, alle irdischen Gefühle auf der Oberfläche des Mondes abzubilden. Schöner wäre natürlich, wenn es den Mann im Mond wirklich gäbe. Oder sogar viele Mondbewohner. Würden die die Erde wohl auch so sehen wie wir den Mond? Als Spiegel ihrer selbst?»

«Vielleicht. Aus dem All betrachtet ist die Erde farbig, blau und grün, ganz anders als die anderen Planeten. Die Ozeane und Meere. Die Urwälder. Vom Menschen sieht man keine Spur. Was das angeht, ist es ein schwarzer Spiegel.»

«Vielleicht verschwindet der Mensch ja bald. Bei all den Problemen, die wir haben. Denk nur an die Atomraketen. Wenn es bei uns losgeht, weil Mister Kennedy und Genosse Chruschtschow endlich wissen wollen, wer der Stärkere ist, dann würden die Mondbewohner das vielleicht für ein hübsch anzusehendes Feuerwerk halten. Und Frankreich baut ja auch schon länger an der Bombe.»

«Darüber denke ich gar nicht nach, Vera. Die werden doch so dumm nicht sein.»

«Bist du so sicher? Wieso baut sich die Bundesregierung dann einen großen Atombunker?»

«Das sind diese alten Männer. Die haben Angst. Aber mit Angst kommen wir normalen Leute nicht weiter. Das könnt ihr Deutschen von uns in Griechenland lernen. Man muss immer optimistisch sein.»

«Das klingt ja schön und gut, Nikos. Trotzdem, manchmal denke ich, dass ich am liebsten weg möchte. Weg von den Atomraketen, weg vom Krieg und solchen Scheußlichkeiten wie Variola. Wie in dem Song von Nancy Wilson: ‹Fly Me to the Moon›.»

«Den spielen sie ab und zu im amerikanischen Sender. Aber wer weiß, was wir im Staub des Mondes alles finden würden, wenn wir mit einem noch besseren Teleskop draufschauen würden, mit einem Tele-Elektronen-Mikroskop? Abgesehen von der Landung da oben, die vielleicht eines Tages möglich sein wird.»

«Im Mondstaub könnten auch Viren sein? Meinst du das?»

«Es gibt die Theorie von Haldane, einem Engländer, schon aus den zwanziger Jahren. Er meint, dass mit den Viren das Leben begonnen hat. Und nicht andersherum.»

«Adam und seine Rippe – ein Virus?»

«Es gibt keinen Beweis, aber viele Indizien dafür. Wir stehen da erst am Anfang der Forschung. Aber was wir wissen, ist, dass der Mensch aus Viren-Genen aufgebaut ist, zum Teil zumindest.»

«Das habe ich ja noch nie gehört.»

«Ja, deshalb können die Biester auch an unseren Zellen andocken und sich einflechten. Weil es da Verwandtschaften gibt.»

«Die Menschheit ist also selber nichts anderes als eine Seuche? Das würde einen guten Roman abgeben. Frage mich, warum Sartre da noch nicht draufgekommen ist. Das Gegenstück zu Camus' *Pest*. Die Krankheit – das ist der Mensch. Wir sind die Parasiten! Zum Teufel mit dem Humanismus!»

Sie lachten, und dann summte Vera «Fly Me to the Moon»

und legte wie bei einem schrillen Tanz kurz ihren Arm um seinen Nacken, und Nikos schob seinen Arm um ihre Hüfte, drückte sie ein wenig an sich und genoss für einen Moment die Nähe ihres Haars, das nach ihr selbst, Parfüm und Zigaretten duftete. Sie war zart und doch irgendwie stark. Sie hatte etwas überlebt, da war ein unglaublicher Lebensdrang zu spüren und ein wacher Kopf. Was für ein Geschöpf!

Dann machte er sich daran, schnell das Okular zu wechseln, weil er Vera so gerne noch ein paar Sternbilder zeigen wollte. Das war seine Spezialität. Unter den Jungs am Strand von Matala war das ein Sport gewesen: Wer kennt die meisten? Und wer kennt die erotischen Geschichten dahinter? War ja auch viel Geschlechtsleben am Firmament abgebildet.

«Was ist dein Sternzeichen?»

«Schütze», sagte Vera spöttisch. Wie jeder Mensch, der nicht das Geringste von Astrologie hält, brachte sie ihrem Sternzeichen doch eine gewisse Sympathie entgegen und war insgeheim überzeugt, dass an den guten Eigenschaften von Sagittarius vielleicht doch etwas dran war.

«Schütze, Moment, steht sehr tief im Süden», murmelte er. Auf dem Drehhocker sitzend, sein Knie gegen das Hartholzgestell gestützt, brachte Nikos das Teleskop in Position. Er brauchte nicht lange, dann hatte er das helle Sternbild fokussiert, erhob sich und zog Vera sanft auf den Hocker, während sein Auge am Teleskop blieb. Wange an Wange verharrten sie so.

«Denk an ein Zifferblatt. Auf etwa sechs Uhr findest du einen sehr hellen Stern. Epsilon Sagittarius. Siehst du, und dann geht es weiter nach oben, links und rechts davon. Die jeweils hellsten Sterne.»

«Ja, ich glaube, ich sehe sie.»

«Ja. Ziemlich in seiner Mitte liegt ein schwarzes Loch.»

«Was ist das denn nun wieder?»

«Keiner weiß das genau. Einstein hat sie vorhergesagt, aber niemand wollte ihm glauben, bis man dann durch immer bessere Teleskope welche entdeckt hat. Sie scheinen so schwer zu sein, dass sie sogar das Licht verschlucken.»

«Und was bist du für ein Sternbild?»

«Löwe», sagte Nikos, «aber mein Lieblingszeichen ist ein anderes. Das hat mir mein Vater einmal gezeigt, ganz am Ende, als ich ihn noch einmal im Krankenhaus besucht habe. Das dreizehnte Sternzeichen.»

«Das dreizehnte Zeichen?»

«Das hat mit allen möglichen Kalenderreformen und Kirchenstreitigkeiten zu tun. Eigentlich gibt es dreizehn Sternzeichen. Und das verlorengegangene oder unterdrückte, je nachdem, wie man es sieht, wäre im Jahreskalender dort, wo jetzt der Wassermann ist.»

Er hatte Vera auf dem Drehhocker mitsamt dem Teleskop ein wenig weitergeschoben.

«Hier müsste er sein. Voilà – ich präsentiere dir: den Schlangenträger.»

Wie er das so sagte, lief es Vera für einen Moment kalt den Rücken hinunter. Das hatte sie noch nie gehört. Klang dunkel und geheimnisvoll. Das Sternbild selbst erkannte sie zuerst nicht. Dann aber fügte sich ein Stern nach dem anderen zu einer Gestalt. Nikos erzählte die Geschichte des Schlangenträgers.

«Er hieß Asklepios und war ein Sohn des Apollo. Seine Mutter Koronis starb bei seiner Geburt, aber Hermes gelang es, den Knaben zu retten. Hermes brachte Asklepios zu dem Zentauren Cheiron, dem weisesten aller Lehrer. Er hatte den Leib eines Pferdes und einen menschlichen Oberkörper. Auch um ihn der Mörderin seiner Mutter, der weithin treffenden

Artemis, zu entziehen. Manche sagen, dein Sternbild, der Schütze, das sei Cheiron.»

«Dann ist mein Sternbild der Pferdemensch – und ich kann nicht einmal reiten.»

«Cheiron lehrte Asklepios die medizinischen Künste. Asklepios ist also unser Gott. Der Gott der Heilkunst. Die Schlange», hier flüsterte Nikos altgriechisch theatral, «die Schlange war ihm heilig. Sein Vater Apollo schließlich verwandelte Asklepios nach seinem Tod in das Sternbild des Schlangenträgers. Ophiuchos.»

Das Wort klang sehr fremd aus seinem Mund, ganz anders als die griechischen Begriffe, die man gelegentlich als Fremdwörter hörte. Vera lachte.

«Ja, ich weiß schon. Griechisch ist schwer auszusprechen ... eine fürchterliche Sprache. Ophiuchos.»

«Es ist eine sehr schöne Sprache. Ich mag es, wenn du Griechisch sprichst.»

Schließlich sah Vera Nikos zu, wie er das Teleskop mit dem dafür vorgesehenen Tuch reinigte, die beiden gebrauchten Okulare wieder verräumte, die Kappe aufsetzte und noch einmal nachwischte.

«Woher weißt du, wie man das macht?»

«Na ja, ich habe als Laborassistent gearbeitet, auch bei Professor Ruska, und mich um das Elektronenmikroskop gekümmert. Und bei Herrn Stüttgen im Labor auch. Da ist Sauberkeit elementar.»

«Was macht man denn als Hautarzt in einem Labor? Züchtet ihr ... künstliche Haut?»

«Das wäre großartig, wenn wir das könnten. Aber so weit sind wir noch lange nicht. Herr Stüttgen beschäftigt sich mit gewissen Substanzen, Histaminen. Er hat rausgefunden, dass die Haut diese Substanzen aufnimmt und darauf reagiert. Auch das Vitamin A interessiert ihn. Dermatokinetik heißt das. Eine ganz neue Fachrichtung. So, nun ist alles fertig. Das ist etwas Besonderes, hier oben, danke. Dass dein Onkel so ein Interesse an Astronomie hatte!»

Vera lächelte ihn vielsagend an. Sie war in einer wilden, fröhlichen Laune, die gerade erst Fahrt aufnahm.

«Soll ich dir ein Geheimnis verraten?»

«Wenn du möchtest.»

«Man kann von hier oben nicht nur die Sterne sehen, sondern auch – in der anderen Richtung, nach unten – zu den Wohngebieten, die rings um die Fabrik entstanden sind.»

«Aha.»

«Jetzt ist bei den meisten das Licht schon aus, aber da, siehst du. Da kannst du ein paar kleine Straßenlaternen erkennen.»

«Ja. Und?»

«Na ja, es gibt das Gerücht, dass mein Onkel den Astronomieturm gar nicht so sehr für astronomische Beobachtung genutzt hat.»

Sie zwinkerte ihn an.

«Doch nicht etwa, um den Leuten ...»

«So heißt es. Angeblich waren sogar die Bebauungspläne so ausgelegt ...»

«Nein, das glaube ich nicht. War er verrückt oder was?»

Mittlerweile standen sie wieder im Aufzug. Vera amüsierte sich darüber, Nikos so fassungslos zu sehen. Sie drehte sich noch einmal um und warf einen Blick zum Teleskop.

«Nun ja, natürlich sind das nur Gerüchte, das mit dem Teleskop und so weiter. Aber ein Schürzenjäger war er bestimmt. Es gibt ein paar Kinder von ihm im Monschauer Land. Die wurden allerdings alle diskret und notariell abgefunden. Darauf legte er den größten Wert. Deshalb hat er auch so früh eine Stiftung gegründet. Um seine geliebte Firma abzusichern.»

«Jetzt verstehe ich das besser», sagte Nikos, «er wollte nicht, dass seine sinnlichen Gelüste das Geschäft gefährden. Und jemand Ansprüche erhebt.»

Vera schloss das Gitter und drückte den Knopf, der den Aufzug ins Zwischengeschoss brachte.

«Es gibt übrigens im Keller noch einen Raum. Quasi ein Gegenstück zum Astronomieturm. Auch das kann man über den Aufzug erreichen.»

«Ein Gegenstück? Was kann das denn sein?»

«Eine Kapelle. Da ging Onkel Bernhard jeden Morgen zur Andacht hin.»

«Eine eigene kleine Kirche im Haus?»

Der Aufzug hielt, und sie stiegen aus.

«Ja, unten. Sie ist geweiht, und es brennt immer eine Kerze. Ludmilla, Frau Drachsky, kümmert sich darum. Sie bekommt dafür jeden Monat fünfzig Mark extra aus der Privat-Stiftung meines Onkels. Eine Zulage für sie. Sie ist seine Küsterin.»

«Küsterin?»

«Kirchendienerin.»

«Bei uns in Griechenland, mit unserer Kirche, da hat man auch sehr enge Beziehungen. Auf dem Land sind es meistens Klöster. Die haben viel Grundbesitz. Sind sehr reich. Und einflussreich.»

«Die gab es hier in der Eifel auch mal. Aber dann kam Napoleon, Monschau wurde ein Teil Frankreichs, und die Klöster wurden alle aufgelöst. Bis auf den letzten Mönch! Aber die Leute hier sind trotzdem sehr katholisch geblieben. Und mein Onkel war das Prachtexemplar eines durch und durch katholischen Menschen.»

«Wie meinst du das?»

«Katholiken sündigen gern. Na ja, wie fast alle anderen auch. Aber wir können danach beichten gehen. Deshalb macht der Karneval bei uns auch so viel Freude. Am Aschermittwoch wird alles verziehen und vergeben. Und spätestens an Ostern ist man wieder wie neu.»

«Ich habe davon gelesen. Der rheinische Karneval, über den hat Goethe geschrieben. Er hat gesagt: Die Prinzessin Venetia kommt mit ihrem Gefolge und schaut sich den Prinz Karneval an, mit dem sie sich verloben will. Goethe meint, dass die Rheinländer aus dem Karneval eine Kunst gemacht hätten.»

Vera wunderte sich. Venetia, sicherlich, das war der Name

der Karnevalsgesellschaft in Düsseldorf – aber was Nikos da erzählte, war ihr völlig neu. Auch dass Goethe sich mit dem Karneval beschäftigt hatte. Gab es eigentlich irgendein Thema, über das der nichts geschrieben hatte?

«Das ist jetzt auch egal, am 30. Mai geht eh die Welt unter.» Sie lachte leicht verrückt.

«Machst du einen Scherz?»

«Das ist ein Karnevalsschlager. So. Und jetzt mal zur Sache: Ich brauche jetzt einen Begleiter für den Karneval.»

«Ein Faschingsball? Jetzt, während der Epidemie? Aber für wann denn?»

«Heute Abend. Er hat schon angefangen.»

Nikos hatte mit allem Möglichen gerechnet, aber nicht damit, dass die kurze Fahrt mit dem katholischen Aufzug des geheimnisvollen Bernhard Rither diese abrupte (von Vera sehr genau geplante) Wendung nehmen würde.

Michel Behrends wartete schon vor dem Haus, und in einer guten halben Stunde seien sie dort, sagte Vera. Nikos müsse das unbedingt einmal erleben. Außerdem brauche sie den Besuch für ihren Artikel, der fröhliche Ball solle das Gegengewicht zur düsteren Lage bilden.

Nikos überlegte kurz – aber was sollte er erwidern? Vera hatte schließlich starke Absichten. Und sie wollte darüber schreiben.

«Im Kreis Monschau sind aber doch alle Karnevalsveranstaltungen abgesagt, vom Oberkreisdirektor persönlich. Sobald irgendwo jemand eine Pappnase aufsetzt, rückt die Polizei an. Für die Monschauer ist das natürlich eine echte Katastrophe. Das verzeihen sie den Pocken nie. Anders ist es im Nachbarkreis. Ich habe gehört, dass viele Monschauer zum heutigen Karnevalsabend nach Düren wollen, eine sehr große

Veranstaltung. Es wird eine Art von Dürener Pockenkarneval. Sehr spannend. Die Monschauer sind zurzeit außerhalb ja nicht gerade sehr beliebt. Andererseits freut man sich über zahlende Gäste. Auch die Polizei muss heute Abend gewarnt sein. Fahren ja viele nach Monschau zurück. Aber beim Karneval wird natürlich getrunken.»

«Aber Vera ... Das hört sich jetzt richtig gefährlich an. Da sollten wir auf keinen Fall hingehen.»

«Ich möchte aber, Nikos. Auf jeden Fall.»

Sie blickten sich an. Das war eine erste Kraftprobe. Sie ging schnell vorüber. Vera ging ein Satz absoluter Souveränität durch den Kopf, den sie gar nicht aussprechen musste ... *sonst gehe ich eben alleine!*

Nikos spürte ihre Entschlossenheit und knickte ein, bevor es so weit kam. Er konnte sie nicht alleine gehen lassen. Er wollte sie überhaupt nicht gehen lassen. Er wollte sie endlich umarmen und nicht auf einen in jedem Fall höchst unvernünftigen Karneval begleiten, wo vermutlich Dutzende Menschen aus Monschau feiern würden, das seit ein paar Tagen von der WHO zum internationalen Pocken-Infektionsgebiet erklärt worden war. Und er selbst arbeitete innerhalb des medizinischen Apparats dagegen an! Es war ein Risiko. Es kam eigentlich nicht in Frage. Aber er hatte kein Mittel zur Gegenwehr, kein Argument. Sie würde tun, was sie wollte, mit oder ohne ihn. Er konnte ihren Plänen für diesen munteren Vollmondabend keine andere Wendung mehr geben. Sie hatte ihn verpflichtet. Er musste mit. Dann würde er heute Abend wenigstens mit ihr tanzen! Er willigte ein.

Sie machten sich in ihren Wohnungen kurz frisch, Nikos zog ein anderes Hemd an, Vera schminkte sich die Lippen nach. Fünf Minuten später trafen sie sich unten.

Dreifinger-Behrends schien ausgeruht, trug bequeme dunkle Privatsachen samt einem beeindruckenden Hut, mit dem er wie aus einem französischen Gangsterfilm aussah. Er stand neben dem komfortablen englischen Wagen, den Veras Vater zuletzt gekauft hatte. War ja sein einziges Hobby gewesen, Autos sammeln. Zu etwas war diese Sammlung gut: Man hatte immer das passende Fahrzeug zur Hand. Diesen Vauxhall mit Schweizer Kennzeichen hatte in Düren noch keiner gesehen, auch die Polizei nicht.

Der Gedanke, die Verlobung der Prinzessin Venetia mit dem König Carneval zu begehen, hatte sich aller Köpfe bemächtigt, die Reiseroute der fahrenden Prinzessin war ein wichtiger Zeitungsartikel geworden, und man glaubte in der Tat zuletzt selbst an die Zauberdame.»

So hatte der alte Goethe voller Sympathie über den Kölner Karneval geschrieben. Die Phänomene kollektiver Phantasie und sozialer Autosuggestion, der sich niemand entziehen kann, erstaunten und beschäftigten den Dichter in den Jahren nach der Französischen Revolution sehr. Dass er den rheinischen Karneval, im Gegensatz zur gewaltsamen Revolution, als eine zivile, planmäßige und zeitlich begrenzte Umwälzung der Verhältnisse erlebt hatte und bemerkenswert fand und dass er zugleich die Kunstfertigkeit der Ausstattung und die künstlerische Note des Geschehens bewunderte, mag niemanden überraschen, der jemals in Köln oder in Düsseldorf, wo der Karneval in neuerer Zeit von den Mitgliedern der Kunstakademie gestaltet wurde, erlebt hat. Oder vielleicht auch, in etwas bescheidenerer Form, in Düren.

Nach kurzer Zeit glaubte Nikos tatsächlich, mit Vera Venetia auf einer geheimnisvollen unbekannten Insel gelandet zu sein, so komplett verrückt und in dieser Verrücktheit zugleich für die Ewigkeit angelegt schien dieser Ball. Nikos hatte so etwas noch nie erlebt.

Ein Schwarm von Motorrädern und Mopeds parkte vor dem

Gebäude, eine funkelnde Herde schwarzlackierter Stahlrösser. Darüber blitzten gelegentlich die Lichter an- und abfahrender Autos. Es war schon beinahe zehn, doch immer noch kamen Leute, die meisten zu Fuß. Sie strömten in den seltsamsten Kostümen herbei. Man sah die Hüte und Fransenwesten amerikanischer Cowboys, Futtersträuße und Ritterhelme. Grüne, bunte Clownsgewänder, deren Träger Nasen aufgesetzt hatten. Sie alle stellten eine Art von heiter-brutalem Humor vor, der die meisten der in der Regel jungen Frauen und Männer gleichermaßen erfasst hatte.

Dann standen Vera und Nikos vor dem Eingang des Wirtshauses, in dessen Sälen die Saturnalien gefeiert wurden. Eine große Strohpuppe hing an Stricken unter dem Kneipenschild. Als habe jemand als Scherz eine Vogelscheuche vom Feld geholt und dort platziert.

«Was ist das?», fragte Nikos.

«Das ist der Nubbel», erklärte Vera. «Alle Verfehlungen und Sünden, ach was, Schweinereien, die während des Karnevals passiert sind, schiebt man später dem Nubbel in die Schuhe. Ganz am Ende des Karnevals, am Dienstagabend, wird er losgeschnitten und in einer großen Prozession auf ein offenes Feld getragen und dort um Mitternacht verbrannt.»

«Passieren denn immer so viele ... Schweinereien beim Karneval?»

«Ach, Nikos. Hab keine Angst. Wir werden es schon überleben. Und nimm bitte das hier.»

Sie reichte ihm eine schwarze Maske, die er sich umbinden sollte.

«Du meinst das wirklich?» Nikos musste angesichts der Maske kurz an das Theater seiner Vorfahren, an Dionysos, an die kultische Entrückung eines beseelten Schauspielers denken. Nein, er wollte sich nicht verkleiden. Wollte nicht von irgendwelchen Räuschen ergriffen werden. Er war ein Neugrieche, er mochte das menschliche Antlitz. Warum sollte man dieses verhüllen? Und gerade er. Reichte es denn nicht schon, dass er die ganze Woche über in seinem Schutzanzug steckte?

Nein. Es reichte nicht. Nicht im Karneval.

«Bitte, Nikos», Vera tippte auf die schwarze Larve in seiner Hand, «zieh die über, oder wir brauchen da gar nicht reinzugehen. Irgendein Kostümzeichen muss sein. Sonst fassen sie dir ins Gesicht.»

Also standen schließlich ein großgewachsener Mann in einem grauen Tweedsakko und eine zierliche Frau mit rotblondem Bob, angetan mit einem schwarzen Rollkragenpullover und schwarzer Steghose, an der Kasse, die neben dieser – unter den ganzen Kostümierten recht schicken Kleidung – lediglich venezianisch anmutende Halbmasken trugen.

«Alaaf. Wo sedd err zwe Hübschen da herr?», fragte der Kassier, dessen Tisch die Schranke zum frohen Treiben bildete, und beäugte das auffällige Paar ehrlich interessiert, da er sich sicher war, diese beiden noch nie in Düren gesehen zu haben. Er war als Glöckner kostümiert.

«Aus Düsseldorf», sagte Vera, bezahlte den Eintritt für sie beide, lächelte den Kassier an und zog ihren Begleiter mit sich.

«Wieso hast du das gesagt?», flüsterte Nikos besorgt, dem aufgefallen war, dass hinter dem Kassier große Kerle mit mächtigen Oberarmen standen, die die schon sehr erheiterte Menge in dem hohen Saal im Auge behielten, ohne selbst Anstalten zum Mitfeiern zu machen. Dass diese Männer in überdimensionierte Schuluniformen samt kurzen Hosen und Pennäler-Kappen gekleidet waren, ließ sie umso bedrohlicher wirken. Das waren gewiss die Ordnungskräfte, die für den

Wirt aufräumten, nachher, wenn die Schlägereien losgingen. War in solchen Schwemmen ja immer dasselbe.

«Warum denn nicht», erwiderte Vera ungerührt, «du bist doch aus Düsseldorf.»

«Ja, aber ...», setzte Nikos an, aber da kam ihnen schon ein Hallo mit gefülltem Holzgestell entgegen, dem Vera zwei Kölsch entnahm. Er wollte kassieren, aber Vera gab ihm bloß einen gerollten Zwanziger. Er solle sich wieder melden, wenn diese Vorauszahlung aufgebraucht sei. Er verstand sofort, das Mädchen mit der guten Figur wollte einen Deckel. Bekam sie. Er persönlich würde sich um sie kümmern, sie solle den anderen Kellnern nur sagen, sie rechne mit dem Jupp ab. So gefiel das Vera Rither.

Sie tranken die beiden Kölsch auf einen Zug, Nikos, ein durchaus ungeübter Trinker, war überrascht, wie leicht das Gebräu die Kehle hinunterrann. Die leeren Gläser verschwanden, neue kamen, und bald wurden sie von der gewaltigen Masse an jugendlichen und nicht mehr ganz so jungen Karnevalisten geschluckt. Für Nikos, den Bekämpfer der tödlichen Pockenepidemie, der in den letzten Wochen andere Menschen – von Dreifinger-Behrends und zuletzt Vera abgesehen – immer nur aus dem einsamen Inneren des Schutzanzugs heraus erlebt hatte, ohne Berührungen, Händeschütteln, ohne richtiges Gespräch, der seine Tage isoliert im Anzug und nur vom Geräusch seines eigenen Atems und Herzschlags begleitet verbrachte, war das Betreten der Tanzfläche ein Schock. Die vielen trinkenden, rauchenden, schwitzenden Menschen fügten sich zu einer dichten Masse, die nun über ihm zusammenschlug wie eine Meereswelle, wie eine Woge aus schnaufenden, prustenden, vor Vergnügen brüllenden Tänzern, Trinkenden, Lachenden; man stand und wippte und redete Rücken an Rücken, drängte sich aneinander und rieb sich, hieb sich die

Ellbogen in die Seiten. Dazu gischteten immer wieder nicht zu verachtende Spritzer Kölsch über die Menge, was niemanden groß zu stören schien. Bald standen Vera und Nikos mittendrin, wo es intensiv nach Tabakqualm, nicht allzu teurem Parfüm und Haarspray roch, sodass Nikos es als wahre Erlösung empfand, als Vera seine Hände nahm und sich an ihn schmiegte. In ihrem Duft konnte er Zuflucht nehmen.

Auch Vera fand, dass Nikos gut roch. Wie um den beiden einen Willkommensgruß zu bereiten, wechselte die Kapelle, die gerade noch einen krachenden Faschingsschlager gespielt hatte, die musikalische Stimmung und spielte «Cabin in the Sky» von Louis Armstrong.

«Wie kann das sein?», fragte Nikos mit einem Mal vergnügt und mit allen Umständen versöhnt, als er sie nun endlich ganz und gar in den Armen halten durfte und sie zusammen tanzten: zu einem Stück wie aus Veras Sammlung, einem Klassiker, den die Band mit einem guten Schwung hinlegte. Aber da war noch etwas: «Cabin in the Sky», das war die Musik, die sie auch in Griechenland gespielt hatten, als der Zweite Weltkrieg zu Ende gewesen war. Die Himmelsmusik!

«Was meinst du?», flüsterte Vera ihm ins Ohr, mit einem Ton, der signalisierte, dass ihr jede Antwort recht sei.

«Ach nichts», rief Nikos, der sich, von derart wunderbaren Gefühlen bestürmt, nun im ozeanischen Karnevalstumult heimisch zu fühlen begann.

«Ich wollte einfach sagen: Es gefällt mir hier sehr!»

«Nicht wahr?», rief Vera und packte ihn, inmitten der wogenden Menge, am Kragen.

Sie tanzten die nächsten Nummern durch, bald gab es Rock 'n' Roll, «Go Johnny Go». Dann spielte die Kapelle den «Peppermint Twist», und die Burgfräuleins, Indianer und alle anderen paarweise Tanzenden lösten sich von ihren Partnern und standen sich sogleich mit rotierenden Hüften gegenüber. Nikos, der in Athen nur auf Drängen seiner Mutter eine Zeitlang zur Tanzstunde gegangen war, hatte so ein frivoles Wackeln noch nicht gesehen. Vera brachte es ihm schnell bei. In Paris grassierten nicht nur die Bomben der OAS, sondern seit Monaten auch das aus New York herübergeschwappte Twist-Fieber. Ein Tanz, bei dem man auf der Stelle stand, nur die Arme und den Hintern bewegte und sein Gegenüber mehr mit den Augen antanzte. Nikos wurde bald lockerer, und Vera amüsierte sich anfangs noch über seine Bewegungen, die von Minute zu Minute von ihrer hölzernen Steifheit verloren. Er strahlte Vera an. Der Schnitt ihrer venezianischen Maske verlieh ihr etwas Katzenhaftes.

Die Kapelle wechselte wieder den Stil und gab nun einen äußerst populären Karnevalsschlager zum Besten, der auf der Stelle eine Art biochemischer Reaktion auslöste: Alles sang

> «Schnaps, das war sein letztes Wort,
> dann trugen ihn die Englein fort».

Und alles drängte dabei fast gleichzeitig zur Bar oder versuchte, einen der herumeilenden Hallos zu erwischen, um dem Lied zu entsprechen, denn wie bestellt waren die Kellner nun mit winzigen Fläschchen harten Alkohols unterwegs, die Nikos eher aus der Bahnhofsgegend von Düsseldorf bekannt vorkamen. Aber dies war der Karneval in Düren, und er hatte gerade angefangen, eine nächste Stufe der Enthemmung zu nehmen.

Düren war ein besonderer Ort. Es hielt knapp einen traurigen Rekord – die im Krieg am stärksten zerstörte Stadt Deutschlands zu sein. Düren war das operative Zentrum des Bombenangriffs vom 16. November 1944 gewesen, «Operation Queen». Kurz nach der zweiten verlorenen Schlacht im Hürtgenwald, der Allerseelenschlacht, hatte die US-Führung mit dem massiven Luftangriff auf das wohlhabende Düren, ein Zentrum der Papier- und Maschinenbauindustrie, ein Zeichen der Entschlossenheit setzen wollen. Das Ergebnis war, dass der Stadtrat danach über eine neu zu bebauende Fläche von neunundachtzig Prozent des Stadtgebiets verfügen konnte. Die jungen Leute in ihren Zwanzigern, die Twens von Düren, die hier groß geworden waren, hatten da eine eigene Art robusten Humors entwickeln müssen. Und dazu eine grimmige Lust auf das Leben. Nikos beobachtete staunend, wie viele Pärchen in inniger Umarmung und knutschend am Rand des Saals und in Ecken standen, und ihre Leidenschaft verriet jene Gier, die besonders groß ist, wenn man sich gerade erst kennengelernt hat.

Während das Schnapskippen noch in vollem Gange war, hatte Vera Nikos mit sich gezogen, weil ihr drei am langen Tresen lehnende Krankenschwestern aufgefallen waren: Kerle in weißer Tracht, mit hellblauer Bluse, Häubchen mit Rot-Kreuz-Symbol, und sogar der in Monschau für Helferinnen und Ärzte obligatorische Mundschutz ergänzte ihr Kostüm, den sie freilich herabhängen ließen oder gar auf der Stirn trugen – Trinken mit Mundschutz war ja kaum möglich, und zum Trinken waren sie schließlich da.

«Komm, Nikos, mit den lustigen Schwestern da unterhalten wir uns», rief sie ihrem Kavalier zu, der durch den Anblick der drei elektrisiert und sofort aufgewühlt war. Dass sein Alltag ihn auf diese Weise einholte, hatte er nicht erwartet. Sie arbeiteten sich durch die Menge. Nikos war sich nicht sicher, wie er Veras offensive Bekanntschaftspolitik finden sollte. Auch hatte er sich noch nicht daran gewöhnt, dass es im Karneval normal schien, dass Männer Nonnengewänder oder Rot-Kreuz-Schwestern-Trachten samt Röcken und Blüschen trugen. Er hatte sich nie für prüde gehalten, schließlich gehörten zur Dermatologie auch die Geschlechtskrankheiten, aber diese und einige weitere offenkundig erotischen wie provokanten Aspekte des Karnevals verunsicherten ihn doch.

«Alaaf, Schwestern», begrüßte Vera die drei, die den Gruß fröhlich erwiderten. Dann, zu Nikos gewandt, dem sie zugleich die Hand auf die Schulter legte, um jede Spekulation darüber zu zerstreuen, ob sie vielleicht alleine da war: «Wollen wir einen ausgeben, Herr Doktor?»

Warum hat sie das gesagt, fragte sich Nikos. Aber dann wurde ihm schnell klar, dass er sich keine Gedanken machen musste. Die drei Kerle waren schon so angetrunken, dass sie die Anrede als Doktor nur als passenden Scherz begriffen. Einen Schnaps weiter stellte sich heraus, dass die drei tatsächlich aus dem Kreis Monschau kamen. Und damit also das für sie geltende Karnevalsverbot nach allen Regeln der Kunst umgingen. Und sie waren von der Situation viel mehr betroffen, als Vera je gedacht hätte: Als Krankenschwestern hatten sie sich nämlich deshalb verkleidet, weil sie ihre Freundinnen vermissten, die alle drei als freiwillige Krankenschwestern in Quarantänestationen eingesetzt und damit unerreichbar waren. Sie konnten nicht einmal telefonieren. Aber trotzdem, man musste doch zum Karneval gehen! Ihre Kostüme waren also Zeichen ihrer Sorge wie ihrer Lebensfreude. Widersprüchlich und vollkommen albern. Das war der Karneval. Ein humoristisches Labyrinth aus kristallscharfen Spiegeln. Nikos war ganz verwirrt, da er zwar nicht alles, aber doch ein paar Brocken von dem Monschauer Platt verstand, das sie geredet hatten.

Und nicht nur er. Auch ein paar andere um sie herum. So

gab ein Wort das nächste. Und Vera musste trotz ihrer schon ausgelassenen Stimmung ein wenig mit sich kämpfen, um die Fassung zu wahren, als es immer klarer wurde: dass sich die seit jüngst hier in Düren so verfemten Monschauer zahlreich unter den Gästen befanden und sich auch noch über die Situation lustig machten. Eine junge Frau hatte sich, recht provokant, nur mit sehr wenig Kostüm als indisches Haremsmädchen verkleidet und dazu einen dicken schwarzen Pockenpickel auf ihre Stirn geschminkt.

Mit der geschickt eingefädelten Recherche, dem Schnaps für die Schwestern, hatte Vera selbst die Erkenntnis losgetreten, die sich nun im Saal breitmachte. Nachdem sich die karnevalistischen Pockenflüchtlinge aus Monschau erst diskret verhalten und auch ihre Herkunft lieber verschleiert hatten, legten sie mit fortgerückter Stunde und dem entsprechenden Alkoholpegel ihre Zurückhaltung ab. Sie fanden zueinander und entlarvten sich auch noch gegenseitig. Hinter den Masken der Clowns, der Märchenfiguren wie Rotkäppchen und Dornröschen, den Indianern, Piraten und Zirkusdirektoren mit Raubtierpeitsche gaben sie sich als Monschauer zu verstehen, und mancher erkannte wirklich den Nachbarn oder Bekannten. Es waren Leute aus kleinen Dörfern, aus dem Venn und aus der Stadt Monschau selbst, und alle freuten sie sich diebisch darüber, dass sie dem Oberkreisdirektor und überhaupt dem ganzen karnevalsfeindlichen Pockenregime ein Schnippchen geschlagen hatten.

Von einer der mittlerweile ziemlich blauen Krankenschwestern schnappte sich Vera nun das Schwesternhäubchen mit dem Roten Kreuz, setzte es sich auf den Kopf und wand sich einem französischen Musketier zu, der Nikos' Gang zum Klo genutzt hatte, um die nun venezianisch-hospitalisch changierende Schönheit anzusprechen und zum Tanz aufzufordern. Was sie ihm gar nicht abschlagen wollte und auch nicht konnte, zumal die Kapelle jetzt die gar nicht so heimliche wahre Hymne dieser Tage anstimmte, die auch die letzten Tanzmuffel von Stehtischen und Tresen weg auf die Tanzfläche trieb. Und alle stimmten mit ein und grölten mit Hingabe, dass das Leben auf der bunten Welt erträglich sei, weil man ja jederzeit einen heben könne, was man auch unbedingt tun solle, denn:

«Am dreißigsten Mai ist der Weltuntergang,
wir leben nicht mehr lang,
wir leben nicht mehr lang.»

Nikos, zurück im Saal, sah Vera nicht. Bei den Krankenschwestern, die mitsangen, stand sie nicht mehr; er drehte sich hin und her, um sie zu entdecken, und geriet dabei einer molligen Indianersquaw in die weichen Arme, die sie um seine Hüften legte, während sie sich mit ihrem fransenbewehrten Dekolleté an ihn presste, was ihn gehörig verwirrte. Sie roch süßlich nach der Schminke, mit der sie ihre helle Haut rötlich-dunkel getönt hatte. Ihr schwarzes Haar hatte sie zu lustig schlackernden Zöpfen geflochten, in die Federn gesteckt waren.

Sie packte Nikos energisch und schob ihn ins Gedränge der Tanzfläche, was ihr auch deshalb gelang, weil Nikos dort nach der entschwundenen Vera Ausschau halten wollte. Schließlich sah er das Schwesternhäubchen weit entfernt in der Menge der Tanzenden sich wie ein Schifflein auf den Wellen auf und ab heben. Er ließ die Squaw kurzerhand enttäuscht stehen und bewegte sich, mit den Armen das orgiastische Meer durchkraulend, langsam an seine Dame heran.

Währenddessen lief das Lied, das stellenweise wie ein deutscher Marsch klang. Der Refrain war im Gegröle kaum noch zu verstehen. Nikos fand es verblüffend, wie fröhlich man sich im rheinischen Karneval dem bevorstehenden Ende widmen konnte. Und die Pocken machten das alles noch unheimlicher und grotesker, aber wohl genau deshalb ein wenig magisch. Zudem, stellte Nikos fest, unterschied sich der Schlager am Ende gar nicht so sehr von den Märschen der kretischen Bauern, auch wenn der Rhythmus ganz anders war – in beiden diese Entschlossenheit, dem unvermeidlichen eigenen Tod entgegenzusehen und dabei noch eine grimmige Freude zu empfinden.

Der Hit des Eifler Pockenkarnevals schnurrte Strophe für Strophe ab, alles schrie das erlösende «vielleicht sind wir noch lange hier, und darauf trinken wir!» mit, um dann nach einem tiefen Schluck doch wieder festzustellen, dass alles, alles vergebens war, denn «am dreißigsten Mai ...».

Mitten in der Menge der die Apokalypse besingenden Twens fanden die beiden Venezianer sich schließlich wieder. Der Musketier wich vor Nikos' trotz Maske humorloser Erscheinung zurück, und Vera freute sich sehr, ihren eigentlichen Kavalier wieder in die Arme schließen zu können. In der Menge der anderen Karnevalisten waren sie einander so nah, miteinander fliegend, schwebend und inmitten der Menschen in einer herrlichen Intimität verschlossen, dass es dann auch geschah. Sie sahen sich in die Augen, im selben Moment ging die Karnevals-Hymne vom Weltuntergang zu Ende, die Kapelle pausierte, die wandelnden Schankkellner quetschten sich mit gefüllten Bierkränzen durch die Enthusiasmierten, und man nahm dem Wirt das Kölsch in saturnalischen Mengen ab. Inmitten der allgemeinen Begeisterung und des Tumults gab es diesen köstlichen Moment, in dem sich die zwei fanden wie in einer Blase, in welcher sie eine Weile schwebten, nur sie beide, als wären sie allein auf der Welt. Lange hatten sich beide vorgestellt, jeder für sich, wie es wäre, den anderen zu küssen. Und nun war es noch viel schöner. Und beide wussten, dass der andere genauso fühlte, und dieses Wissen verband sie, ließ sie im dichter werdenden Dschungel ihrer Zuneigung zu Entdeckern und Indigenen zugleich werden.

Doch das wohlige Gleichgewicht, das die beiden hier mit sich erlebten, änderte sich um sie herum, ohne dass sie es zunächst bemerkten. Der fröhliche Tumult hatte ein kritisches Stadium erreicht. Jetzt, wo so ausgiebig das Ende der Welt besungen und noch ausgiebiger gezecht worden war, passierte das, was im Karneval jederzeit passieren kann, vielleicht passieren soll. Die Leute wurden jeck. Jeck einfach mit verrückt zu übersetzen, greift zu kurz. Jeck zu sein heißt, alle Gemütlichkeit und jedes distanzierende Bewusstsein über die eigene Verkleidung abzulegen und der Larve die Macht über das eigene Wesen zuzugestehen. Als ob eine Traumgestalt sich aus der nächtlichen Innerlichkeit hervorarbeiten würde, um wirklich in die Welt zu treten und tatenvoll zu wirken – auf durchgedrehte Art und Weise.

Es fing damit an, dass sich die halblustigen, halbtraurigen Monschauer Rot-Kreuz-Schwestern mit einem Mal in einem zündeligen Gespräch mit fünf Kerlen wiederfanden, mit nichts weiter als roten Clownsnasen eher dürftig maskiert, die nun anfingen, sich gegen die Monschauer zu ereifern. Der von Vera in Gang gesetzte Gärungsprozess war hiermit zur Reife gelangt – Eruptionsgefahr lag in der rauchgeschwängerten und nach Bier und Schweiß riechenden Luft.

«Was wollt ihr denn hier, ihr Virenschleudern aus Monschau?», rief einer der Halbclowns, zufrieden damit, dass es ihm sofort gelungen war, ohne große und umständliche einleitende Beleidigungen auf den Punkt dessen zu kommen, was sie, betrunken wie sie waren, zu fröhlicher Wut kitzelte.

«Ihr wollt uns wohl alle mit eurer Seuche anstecken, was? Geschieht euch schon ganz recht, dass euer Karneval dieses Jahr flachfällt.»

«Hör doch mal, Dicker», verteidigte sich eine der Krankenschwestern, ein weicher Junge, der einem angriffslustigen Schläger nicht widersprechen wollte, der wohl in Erwartung eines Krawalls gekommen war. Der gar nicht tanzen und feiern wollte, sondern nur hier war, weil er und seine Kumpane sich schlägern wollten. Wozu sonst gab es den Karneval, wenn nicht, um ein paar Vollidioten zu vermöbeln? Gründe fanden sich. Dieses Jahr war es eben Variola.

«Was heißt denn hier Dicker? Habt ihr das gehört?», rief der gedrungene Mann und breitete seine mächtigen Arme aus, als müsse er gleich eine Predigt halten. Gerade in der Musikpause den Streit anzuzetteln, zeugte von Gespür dafür, dass man einen Konflikt anheizen konnte wie eine Glut, aus der ein richtiges Feuer werden soll. Es war auf einmal ganz still. Jeder hörte zu. Viele in erfreuter Spannung. Endlich ging es los!

«Habt ihr das gehört? Hier sind welche aus dem Pockenkreis Monschau ...», erstes Grummeln war zu vernehmen. Den meisten Gästen war auch bisher schon keineswegs entgangen, dass Monschauer im Saal waren, aber jetzt brachte es einer auf den Punkt:

«Lasst das mal amtlich werden. Dann ist der Karneval in Düren auch tot.»

So hatte man das noch gar nicht betrachtet! Das alles war also ein Anschlag auf die noch gut vierzehn Tage dauernde und gerade ihrem Höhepunkt entgegeneilende Regentschaft von König Karneval. Der Besuch aus Monschau – ein Terrorakt gegen die so dringlich nötige, so sehnlich erhoffte Fröhlichkeit, auf die man seit der letzten Saison wartete! Die Monschauer Seuchenvögel würden noch vor Aschermittwoch alles ruinieren!

«Ihr seid doch das Letzte», rief der streitsuchende Clown, «besser wär es gewesen, man hätte euch damals schon plattgemacht, wie Hitler das gewollt hat.»

Dass es eine Ungeheuerlichkeit war, die er gerade gehört hatte, verstand Nikos, aber nicht, was damit gemeint war. Hatte der gerade von Hitler gesprochen?

«Wie kann man so was sagen! Du hast ja nicht mehr alle Tassen im Schrank», rief Vera, die wie die anderen Monschauer genau wusste, worauf der Clown anspielte. Ganz am Ende des Krieges nämlich hatte Hitler den ausdrücklichen, irren Befehl gegeben, Monschau mitsamt allen Gebäuden und ohne Rücksicht auf die Bewohner zu zerstören, um eine Aufmarschbasis für seine Ardennenoffensive zu schaffen. Ein gewisser General von Gersdorff hatte das im letzten Moment zu verhindern gewusst. Als diese Pläne in Monschau bekannt geworden waren, hatte man der Ankunft der Amerikaner mit Sehnsucht entgegengesehen, zum Durchhaltewillen oder zur Beliebtheit Hitlers in der Stadt hatten diese Ideen nicht mehr viel beigetragen.

«Was mischt sich denn die hässliche Säge ein», höhnte der Wortführer der Clowns. «Gut, dass die 'ne Maske auf ihrem Gesicht hat. Würde man ja sonst umfallen, so hässlich ist die.»

«Das nimmst du zurück», fauchte Nikos, der bisher gespannt und friedlich alles verfolgt hatte, sich jetzt aber vor Vera aufbaute und bereit zu jeder Art von Eskalation schien.

«Lass, Nikos. Wir gehen.»

«Nikos? Wat ist dat denn für ein Name?»

«Lass uns gehen», sagte Vera noch mal, nun etwas besorgt, da Nikos die Schultern straffte, den Clown fixierte und einen

Schritt auf ihn zumachte. Er hatte in den letzten Wochen viele Stunden im Stahlarbeiteranzug zugebracht. Die Mühe, sich darin zu bewegen, hatte ihn wortwörtlich gestählt. Jetzt trug er nur sein Tweedsakko und eine Maske aus Pappmaché, die ihn bei einem Faustkampf vielleicht schützen konnte. Er war zudem, was bisher kaum je vorgekommen war, einigermaßen betrunken. Er würde keinen Zentimeter zurückweichen.

«Mein Name ist Nikolaos, und ich komme von der Insel Kreta. Das gehört zu Griechenland, wenn du das nicht weißt.» Er starrte dem anderen ins Gesicht.

Der Kontrahent schluckte. Eine so offensive Erwiderung hatte er nicht erwartet. Aber da er seine vier Schlägerfreunde hinter sich wusste und sich von daher sowohl gedeckt wie unter einer Probe stehend fühlte, durfte er sich nicht zu beeindruckt zeigen. Er musste sich beweisen.

«Ein Grieche aus Monschau? Hab nicht gewusst, dass die da schon Gastarbeiter haben. Oder schuftest du in der Dürener Maschinenfabrik?»

«Nein, ich bin aus Monschau.»

Bei diesen Worten drehte er sich zu Vera, die von den trotz des Alkohols etwas bleich gewordenen Krankenschwestern umringt war. Nikos sprach aus, woher er kam. Aus Kreta, dort war er geboren und aufgewachsen. Und aus Monschau, dort wohnte und arbeitete er, und dort war Vera. Er hätte besser geschwiegen. Er saß ja doppelt in der Bredouille: Nicht nur als einer, der gegen das Karnevalsverbot verstieß, sondern noch viel mehr als Arzt, von dessen Zunft die Regeln ja ausgegangen waren. Gerade er hätte es am besten wissen müssen. Nikos hätte sich bedeckt halten sollen. Aber er konnte nicht.

«Und wo kommst du her?», fragte er mit der größten Selbstverständlichkeit, als habe er ein Hausrecht.

Die Clowns waren um die Antwort nicht verlegen. Sie waren mit ihren Mopeds nach Düren gekommen, aus einem Dorf, das hoch über der Rurtalsperre lag.

«Schmidt», sagte der Clown.

Nikos sah ihn fragend an. Dass der sich jetzt vorstellte?

«Das ist nicht mein Name.» Der andere lachte. «So heißt der Ort. Und den kannst du dir merken. Schmidt. Und merk dir auch diese Zahl: zwölf.»

«Zwölf was? Zwölf Einwohner?»

Der andere wechselte die Gesichtsfarbe und wurde beinah weiß vor Wut, was die Clownsvisage noch grässlicher machte.

«Zwölf Mal hat der Ami versucht, Schmidt zu erobern. Und zwölf Mal haben wir Schmidt zurückerobert. Das ist Schmidt.»

«Wer hat Schmidt zurückerobert, du und deine Freunde da? Eine Kinderarmee?»

«Die deutsche Wehrmacht.» Beben in der Stimme. Hatte er ja noch nie erlebt. Kinderarmee! Nikos spürte, wie der andere vor Wut zu zittern begann, wie die Spannung stieg, die Bereitschaft, endlich die Fäuste sprechen zu lassen. Aber Nikos fürchtete sich nicht, im Gegenteil. Er war ganz ruhig.

«Ah, die Wehrmacht. Eine harte Armee, und das hat sie in Schmidt gezeigt. Oder was willst du sagen, Mann aus Schmidt?»

«Ganz genau, Grieche.» Des Schmidters Stimme war nahe am Versagen.

Der Grieche antwortete nun:

«Weißt du, wenn du eine Geschichte aus dem Krieg über harte Kerle und die Wehrmacht hören willst, dann kann ich dir eine erzählen.»

Als würde er über ein Sonntagsvergnügen am Strand berichten, erzählte Nikos nun, was sich in dem kretischen Ort Kondomari zugetragen hatte, im Mai 1941. «Das Schlachtfest von Kondomari», wie man in seiner Heimat sagte. Und nicht nur die rauflustigen Schmidter, sondern alle Umstehenden folgten der Geschichte:

Die deutschen Fallschirmspringer, die schon in der Luft große Verluste erlitten hatten, waren dort auf eine kleine Einheit von Maori gestoßen. Außergewöhnliche Soldaten der neuseeländischen Armee, mit über und über tätowierten Körpern und zahllosen in Hautfalten steckenden Holzstücken und Ringen geschmückt. Auf Kreta wurden sie sofort zur Legende.

«Du bist ja ’n totaler Spinner. Neuseeländische Indianer, oder was?» Ungläubig versuchte der Schmidter, alles abzutun. Aber die Verunsicherung hatte sich schon in ihm breitgemacht. Er ahnte, dass dieser seltsame Grieche ihm jetzt keine Märchen erzählen würde.

«Es waren viele Australier und Neuseeländer auf Kreta. Aber die härtesten Soldaten, die im Krieg dort gekämpft haben, waren die Maori. Sie kämpften mit Messer und Bajonett und griffen aus dem Hinterhalt an. Neunhundert Deutsche wurden in Kondomari von Maori getötet. Und dann haben sie den Soldaten der Wehrmacht die Säcke abgeschnitten.»

«Was sagst du da?»

«Du hast schon richtig gehört», sagte Nikos mit seiner sanftesten Stimme.

«Als die Maori die Insel schließlich verließen, trugen sie Halsketten, auf denen sie die in der Sonne getrockneten Hoden der deutschen Landser aufgefädelt hatten. Die Maori auf Kreta, das waren harte Kämpfer.»

Nikos hätte über einen Wein sprechen können. Oder einen Honig. Seine Stimme war so mild und fast schon nachschmeckend, als wäre es ein gutes Essen, über das er hier berichtete. Den Schmidter Schlägern fiel fürs Erste nichts mehr ein.

Richard Seuss hatte einiges in seinem Leben erlebt, durchaus Unschönes und Anstrengendes, aber die Qualen, denen er sich während der letzten zwei Tage in Bad Mondorf ausgesetzt gesehen hatte, übertrafen das meiste davon. Es war ein maßgeschneiderter, furchtbarer Arbeitsaufenthalt gewesen, maßgeschneidert wie seine Lodenanzüge, alle nach dem Urmodell jenes Anzuges geschnitten, mit dem er damals in die Eifel gezogen war.

Fünfundzwanzig war er gewesen, so alt wie das Jahrhundert, und der gleichaltrige Bernhard Rither hatte ihn eingestellt, weil er einen tüchtigen Kaufmann brauchte. Da er einen Ortsfremden hatte haben wollen, keinen Monschauer, auch keinen Aachener oder Kölner, hatte er sich für den unternehmungslustigen und begabten Bergbauernsohn aus Garmisch entschieden, der sein Studium der Betriebswirtschaft an der Universität München gerade hervorragend abgeschlossen hatte. Der junge Richard Seuss hatte die Anzeige in der *München-Augsburger Abendzeitung* gesehen. Noch heute dachte er manchmal an die nicht allzu große, schlicht gesetzte Annonce:

Neugegründetes Industrie-Unternehmen (Nähe Aachen) mit eigenen Patenten sucht strebsamen jungen Kaufmann – diese Zeilen hatten sein Leben verändert. Radikaler, als er sich je vorgestellt hätte. Es waren nun die frühen Morgenstunden irgendwo noch in Luxemburg, die Straßen befanden sich in kaum besserem Zustand als zum Kriegsende, als die Amerikaner anrückten, sie waren voller Schlaglöcher und so schmal, dass einem angst werden konnte, aber Max Lembke steuerte den dunkelblauen Barockengel so sicher und gelassen wie stets durch die Nacht. Seuss, der keine Stunde länger im Palace Hotel hatte zubringen wollen, war auf dem bequemen Rücksitz eingedöst, die Hose aufgeknöpft, deren Bund schmerzend in sein Bauchfleisch schnitt. Ein motorisierter Albtraum sich jagender Szenen und Erinnerungsfetzen aus den letzten zwei Tagen plagte ihn, sein Schlaf war keineswegs ein erholsames Dämmern, sondern giftig aufwühlend. Und nun überkam den Direktor ein mächtiges Unwohlsein, das ihn plötzlich hochschrecken ließ. Wie eine Sturmflut schlechten Nachgeschmacks und ungesunder Mischungen, denen er sich hingegeben hatte, machte modrige Übelkeit sich in ihm breit, die den ganzen massigen Körper erfasste und seine Eingeweide quetschend peinigte. Schweiß stand ihm auf der Stirn.

Die Völle nach übermäßigem Essen war er gewohnt, und er hatte während des Besuchs bei der Alten Dame Luxemburg die ganze Zeit gegessen, natürlich; die einen soffen, die anderen fraßen. Bei der Luxemburg gab es Braten. Törtchen. Schwere Kost. Dass ihm jetzt übel sein würde, hatte er vorher schon gewusst.

Das viele Essen war das eine, aber dann gab es da ja auch noch die grauenvolle Gesellschaft, in der er seine Zeit hatte zubringen müssen. Die Dame Luxemburg und ihr Hofstaat, ihre Spielgefährten, ihre augenblicklichen Günstlinge und ihr Schlachtvieh. Er wusste manchmal selber nicht, in welche Kategorie er gehörte, wahrscheinlich ein wenig in jede davon.

Das im Körper wandernde Unwohlsein wurde jetzt langsam von genauer bestimmbaren Schmerzen abgelöst, was er als wohltuend empfand, weil es die Dinge zumindest ordnete. Und wenn er den jeweiligen bestimmten Schmerz nicht mehr aushalten wollte, wusste er sich zu behelfen. Auch heute Nacht. Der Gegenschlagkoffer lag neben ihm.

Leicht ächzend richtete er sich auf, wischte mit dem Taschentuch über seine essigsaure Stirn, knipste das Leselicht an. Er sah, wie der Fahrer aufmerkte.

«Mir ist nicht gut, Lembke», presste er hervor. «Bitte halten S' gleich mal irgendwo an, wo man gut aussteigen kann.»

«Sofort, Herr Direktor.»

So, dann wollen wir mal sehen, dachte Seuss, trotz seines Elends ganz zuversichtlich, eigentlich sogar wegen seines Elends. Er und sein Körper, das war wie ein Feldherr und sein Heer, das dauernd die Revolte probte. Ein ewiger Kampf gegen einen Gegner, der einem meist gehorchte und sich dann doch wieder erhob. Wer würde diesmal obsiegen? Geist oder Physis?

Seuss war ein Mann der Zwischenwelt. Er hatte das Gute und das Schlechte von beiden Extremen, von oben und unten, von Armut und Besitz kennengelernt, beides hatte Wirkung in ihm entfalten können. Er hatte seine Aufgabe und seine Freude darin gefunden zu dirigieren. Klar, dass er nicht den Weg eines Kommunisten genommen hatte, nicht in Deutschland 1926, wo er sich daranmachte, einen Marktführer mitaufzubauen, um ihn dann durch die schweren Zeiten der Weltwirtschaftskrise und bald schon des nächsten Krieges zu bringen – eines Krieges, der aus Sicht der Industrie und ihrer Forschungsinstitute für das Deutsche Reich schon an Weihnachten 1941 als verloren galt. Was auch Seuss sehr genau gewusst hatte. Bereits seit diesem Jahr plante man die Nachkriegswirtschaft.

Der maßgebliche Ansatz dazu war die Denkschrift eines

Unterstaatssekretärs namens Ludwig Erhard gewesen, der seine Bemühungen, Analysen und Prognosen sehr geschickt verpackt hatte, sodass niemandem auffiel, wie ernst es ihm war. 1944 kam dann sein Leitfaden mit dem Titel «Kriegsfinanzierung und Schuldenkonsolidierung» heraus. Schon der Titel verriet indirekt ein Eingeständnis der Überzeugung, dass Deutschland verlieren würde. Denn wie hätte ein siegreiches Nazi-Deutschland bei irgendjemandem Schulden haben können?

Erhards genialem Plan waren die Chefs und Direktoren dann alle gefolgt. Vorher hatten sie versucht, die gigantische, durch Schulden, Raub und Volksenteignung finanzierte Industrieproduktionswelle, denn nichts anderes war der Zweite Weltkrieg für die deutsche Industrie gewesen, voll zu nutzen, jeden Effekt mitzunehmen. Weil alles andere dem eigenen Unternehmen, der eigenen Mannschaft geschadet hätte. Also nahm man, was man bekommen konnte, und versuchte zugleich, ein Know-how zu entwickeln, das nach dem Krieg gefragt sein würde. Das alles war absolut aufgegangen.

Seuss war einmal ein amerikanisches Magazin in die Hände gefallen, und darin sah er den Präsidenten Kennedy im vertrauten, inniglichen Gespräch mit seinem Mitarbeiter des Jahres, Wernher von Braun. Von Braun war ein alter Kunde. Brauns Werkstätten, Labore und Teile der Produktionsanlagen waren mit Rither-Öfen ausgestattet. Auch die Produzenten bestimmter Panzerbaureihen hatten in Monschau-Lammerath eingekauft: *Kein Panther ohne Rither* – das war in deutschen Industriellenkreisen ein geflügeltes Wort geworden. Hätte man gewonnen, hätte sich Seuss vorstellen können, den *Panther* zum Wappentier der Rither-Werke zu machen. Die Entwürfe dazu hatte er längst, von einer Agentur in Zürich, mit der er häufig zusammenarbeitete, da die Rithers auch einiges Privatvermögen in der Schweiz besaßen. Es kam anders. Der *Panther* blieb zwar der beste bis dahin gebaute Kampfpanzer, Sieger des Krieges wurde er nicht. Gut, dann eben kein heraldisches Logo wie der Wolf, der auf jedem Volkswagen prangte, gebaut in der Firma, die von Hitlers Lieblingsingenieur Porsche und dessen Schwiegersohn Piëch begründet worden war. Und auch Seuss hätte sich selbst die Leitung eines noch viel größeren Unternehmens vorstellen können, und einmal war er auch nahe dran gewesen.

Aber wenn man schon den von Brauns oder Porsches dieser Welt nicht das Wasser würde reichen können, dann hatte man wenigstens den Ansporn, das eigene Spiel in der Hand zu behalten. Seuss war seit 1. Januar 1926 dabei. Und jetzt war ihm mal wieder so richtig schlecht.

Für einen gar nicht so kurzen Moment ließ er sich auf die Übelkeit ein, das war wichtig, hatte ihm sein Hausarzt erklärt. Der Doktor hatte in Russland gekämpft und war wahnsinnig gut darin, Spritzen zu setzen. «Lass ma sehn, dit Äderchen ...», sagte er, schwer berlinernd, und dann saß die Nadel schon, und der Doktor drückte. Ein guter Arzt. Er hatte ihm erklärt, dass ein guter Patient den jeweiligen Schmerz für sich analysieren und sich genau an ihn erinnern müsse – das half später dem Arzt, das richtige pharmazeutische Produkt zu verschreiben oder zu verabreichen.

Als Seuss das Drück-Ziehen in seinem Leib nun ausreichend analysiert und sich eingeprägt hatte – es waberte mürrisch, dennoch zunehmend aggressiv –, öffnete er den Gegenschlagkoffer. Die etwa vierzig beinahe identischen, nur in der Farbe unterschiedlichen Fläschchen strahlten ihm entgegen, sicher verwahrt im Filzbett des Koffers. Was sich Seuss jetzt verordnete, war ein klassisches Mittel. Eines aus der Familie der Vitriole würde ihm Erleichterung verschaffen. Das blaue Vitriol, chemisch Cu2+- und SO42−-Ionen: Kupfersulfat.

Die Alten hatten es Kupfervitriol getauft, und als solches zählte es zu den wichtigen Grundsubstanzen, die ein fahrender Alchimist bei sich zu führen pflegte. Alle diversen Vitriole waren nützlich, aber das Kupfervitriol war schon für jeden mittelalterlichen Arzt, Wunddoktor oder Pharmazeuten essenziell gewesen. Das wirksamste Emetikum, das es gab. Lebensrettend, wenn man sich mal wieder versehentlich vergiftet hatte.

«Ist Ihnen da vorne recht, Herr Direktor?»

«Ja.»

Seuss steckte das Fläschchen ein und verschloss den Koffer sorgfältig.

Es war eine kleine Straße, die sanft bergan in Richtung eines entfernt liegenden Dorfes führte. Altenlinster 4 km, sagte ein Schild. An dem breiten Feldrain konnte Lembke gut halten. Das Licht blieb an. Der humpelnde Lembke war wie nichts draußen und öffnete Seuss die Tür. Der stieg aus, entledigte sich des Sakkos und warf es in den Wagen, löste die oberen Knöpfe seines Hemds und krempelte die Ärmel auf.

Lembke öffnete den Kofferraum. In der Kühlkiste waren Sprudel und Münchener Bier. Seuss reichte Lembke das Fläschchen Kupfervitriol.

«Zwei Messerspitzen in ein Glas Wasser bitte.»

Es dauerte keine fünf Minuten, bis die Wirkung eintrat. Seuss erwartete sie in der bestmöglichen Körperhaltung und gelassen wie der Zen-Meister den ihm entgegenfliegenden Pfeil. Komm nur, dachte er, schlag zu, geschätzter Geist des blauen Vitriols. Corpus Hermeticum. Kleiner Tod, stülp dich aus. Hilf mir, für eine Sekunde Ozean zu sein, abzureihern, als würde ich ein All aus meinem Inneren schleudern. Alles loswerden und neu beginnen …

Lembke wartete diskret auf dem Fahrersitz des Barockengels, bis sein Chef nach ein paar Minuten das Gröbste hinter sich hatte. Lembke verband mit Seuss ein fragloses Vertrauensverhältnis, auch wenn ihm durchaus klar war, dass dieser ihm nur einen Bruchteil der Dinge anvertraute, die ihn beschäftigten. So hatte er Seuss in einer gewissen Regelmäßigkeit zur Alten Dame Luxemburg gefahren, die wie eine mittelalterliche Reisekaiserin an immer wieder anderen Orten ihres die augenblicklichen Staatsgrenzen überschreitenden Reichs Hof zu halten pflegte, einen Raum, den man irgendwann Benelux getauft hatte. Die Alte Dame hatte offenbar, so hätte der Chauffeur Lembke das beschrieben, den größten Einfluss auf Direktor Seuss, mehr als irgendjemand sonst. Er war jedes Mal ganz mitgenommen und ein wenig verändert, nachdem er bei ihr gewesen war. Wie groß dieser Einfluss allerdings tatsächlich ausfiel, das wusste nur der Direktor selbst. Manchmal, wenn er darüber nachsann, konnte er nicht mehr sagen, ob sie ihn, Seuss, oder umgekehrt er sie erschaffen hatte. Beides war denkbar und wohl auch richtig, sodass man hätte sagen können, die Alte Dame und Seuss waren die letzten fünfzehn Jahre einträchtig miteinander marschiert, verband sie doch ein gemeinsames Ziel, welches in nichts anderem bestand als der Schaffung eines neuen europäischen Maschinenbau- und Stahlkonzerns, in welchem belgische Kohleminen, niederländisches Kapital, deutsche Technik und luxemburgische Vermittlung zusammenspielen sollten. Dass die so nahe der

Grenze gelegenen Rither-Werke in Monschau-Lammerath, in jener deutschen Ausbuchtung, auf die Belgien im Laufe der Geschichte immer wieder seine Hand zu legen versucht hatte, das Herzstück dieses Plans waren, konnte nicht überraschen. Rither belieferte schließlich schon die halbe Welt und pflegte in viele Länder gute Kontakte. Seuss hatte dieses Netzwerk aufgebaut, mit massiver Unterstützung der Alten Dame. Dass er die Rither-Werke miteinbringen konnte, obwohl die ihm ja nicht gehörten, war seine Trumpfkarte. Der Vorstandsvorsitz des neuen Konzerns wäre ihm nicht zu nehmen.

Wer aber war die Alte Dame Luxemburg? Sagt nicht eine Lëtzebuergesche Redensart, dass eine Frau das Alter hat, das sie sich gibt? Nun, sie war eine Person aus alter Luxemburger Familie, eine Beobachterin der Politik des grauenvollen zwanzigsten Jahrhunderts und der langen Zeit vorher, die die Erfahrungen ihres kleinen Heimatlandes tief geprägt hatten, das so vieles mit seinen Nachbarn teilte, von den Sprachen angefangen bis hin zu den Schrecken der Kriege, die die Nachbarn miteinander ausgefochten hatten. Und das seit langer Zeit. Die Alte Dame Luxemburg hatte Jahrhunderte der brutalsten mitteleuropäischen Erfahrung in sich aufgesogen.

Seit der Teilung des Karolingischen Reiches in Ostfrankenland und Westreich hatte zwischen den wechselnden Herrschaften und Mächten in Europa beständiger Zwist geherrscht. Die verschiedenen beteiligten Staaten plünderten ihre Kassen für Kriege, Waffen und Rüstungen. Im Zuge dessen hatte man miteinander und gegeneinander ungeheure Fertigkeiten in der Verarbeitung von Eisen und Stahl erworben, auch in der Chemie, wo es Sprengstoffe und anderes zu entwickeln galt, sowie in der Medizin und der Chirurgie – weil dort, wo Heere aufeinanderschlagen, immer auch für einen Feldscher Arbeit zuhauf und damit Geld zu finden ist. Kriege führen, das übten die Europäer zunächst untereinander und entwickelten dabei die besten Waffen und härtesten Panzerungen, die sie schließlich zu den Herren fast der ganzen Welt machen sollten. Der Zweite Weltkrieg brachte den Kipppunkt, mit ihm wurden die europäischen Imperien gelöscht und machten Platz für den Konflikt zwischen den Supermächten.

Das alles verstanden die Schweizer, die Liechtensteiner und eben auch die Luxemburger. Sie waren zu klein, um selbst ganz groß beim geopolitischen Spiel mitzumischen (und die dafür notwendigen Küsten und Häfen hatten sie auch nicht), aber sie bekamen viel Einsicht in die Dinge der anderen Länder, weil sie vertrauenswürdig waren. Sie waren gewiefte Banker, die notfalls auch zur Gnadenlosigkeit neigten. Sie hatten ihren eigenen Nachrichtendienst. Und ihren Kodex. Überleben galt ihnen alles. Auch die Alte Dame war eine solche Bankerin.

Man könnte sie auch die Kalte Dame nennen, bei all dem, was sie schon erlebt und mitangesehen und kühl zu nutzen verstanden hatte. Ihrem Einstieg ins Geschäft war in den unübersichtlichen frühen vierziger Jahren eine gründliche Analyse vorausgegangen. Jedem neutralen Beobachter, der ein wenig Überblick hatte, was zu jener Zeit zugegeben nicht ganz einfach war, musste klar werden, dass der Weltkrieg auf eine wirklich paradoxe Situation hinauslaufen würde: Die verlierende Seite, und das waren am Schluss allein die Deutschen, würde aus dem Krieg mit der stärksten europäischen Wirtschaft hervorgehen.

Während die deutschen Männer an den diversen Fronten kämpften, hielten Millionen von Zwangsarbeitern die Wirtschaft am Laufen. Dort aber, wo die Deutschen einmarschierten, ruinierten sie, von ihren anderen Untaten ganz abgesehen, die örtliche Wirtschaft. Die enormen öffentlichen Gelder

(Raubgeld und Zwangs-Staatsanleihen), die die deutsche Industrie in den vierziger Jahren damit einsackte, das Material für diesen Eroberungs- und Vernichtungskrieg herzustellen, legte sie gut an. In Schweizer Franken, Gold oder durch Grunderwerb in bislang landwirtschaftlich geprägten deutschen Staaten wie Bayern. 1943 etwa begann die Siemens AG, große Flächen in München zu erwerben. Man plante damals bereits den Umzug nach dem Krieg. Und auch die Rückkehr auf den Weltmarkt.

Die Größe, die Erhard später seinem ökonomischen Ansatz zugrunde legte, mit dem Deutschland nach 1945 auf den Weltmarkt zurückzukehren plante, war eine Wärmeeinheit: 2000 Kalorien pro Einwohner am Tag. Diese kleine, helle Wärmelampe für jeden Deutschen, so bat man die Welt, wolle man zu Hause und auf den Weltmärkten erarbeiten, mehr nicht.

Als Bankerin hatte die Alte Dame zu einem Zeitpunkt, an dem andere an einen goldenen Ruhestand dachten, noch einmal neu angefangen. Sie interessierte sich nicht für einzelne Unternehmen. Sie plante ganze Industrien. Und damit verfolgte sie einen Zweck – Europa friedlich zu vereinen, um weiteres Blutvergießen zu vermeiden.

Wenn Europa gegen Europa kämpft, wie sollte dann Europa nicht die Siegerin sein?, war das Credo vergangener Jahrhunderte gewesen. Aber hier kam der große Haken: Wenn die gegenseitige Feindschaft die europäische Industrie beflügelt hatte – was wurde dann aus einer zukünftigen Industrieproduktion, wenn man sich friedlich einigte? Wie sollte man ohne die nahe Konkurrenz weiter so produktiv wie eh und je bleiben? Wie ließen sich kontinuierliche Stärke und nachbarschaftlicher Frieden gleichzeitig erreichen?

Schon als Seuss der Alten Dame am frühen Abend gleich

nach der Ankunft in Bad Mondorf seinen Lagebericht geben musste, hatte er gespürt, dass dunkle Wolken aufzogen. Sie klingelte alle fünf Minuten nach ihrer Sekretärin Gabriela und bestellte etwas für ihren Gast, eine Kleinigkeit zu Essen, Kaffee. Sie selbst nahm immer nur ein Gäbelchen. Aber über Seuss' Bericht vergaß sie sogar das.

Die Pocken verursachten den Rither-Werken erhebliche Produktionsschwierigkeiten. Die vertraglich vereinbarte Lieferung neuester Öfen, die für den Kongo bestimmt waren und über Luxemburg abgewickelt wurden, würden sie nicht einhalten können.

«Aber Monsieur Richard – stellen Sie das Vögelschen hier ab, danke –, wir haben doch ausführlich darüber gesprochen, dass wir auf hohe Hygiene achten müssen, wenn Sie weiterhin in Afrika und Asien Öfen montieren wollen. Und nun die Pocken. Weiß man, wie das passiert ist?»

«Der Monteur hat erzählt, eine Air-India-Stewardess, die ihn auf dem Rückflug bedient hat, habe so merkwürdige Pickel auf der Stirn gehabt. Aber offen gesagt: Ich glaube, dass er sich beim Umsteigen in Karachi angesteckt hat. Also, gerade nicht beim Umsteigen, sondern beim Warten, sozusagen. Wird ihm langweilig geworden sein. Sein Flug ging nicht, wie geplant, gleich weiter. Er musste im Hotel übernachten. Und na ja. Was weiß ich, wo der sich rumgetrieben hat. Zu der Zeit gab es in Karachi einen von der WHO dokumentierten Pockenausbruch.»

Ohne jede Erwähnung der Fehler von Seiten der Firma aus Gründen von Milde und Weihnachtszeit nach der Rückkehr des Mannes schilderte Seuss die Zahl der mittlerweile in Quarantäne befindlichen oder krankgeschriebenen Mitarbeiter. Er habe schlicht keine Leute mehr, um die Lücken zu schließen.

Dieses Stichwort reizte die Alte Dame.

«Monsieur Seuss, was faselst du so geschtrig? Die Nachkriegszeit ist vorbei. Der Handel hat es möglich gemacht. Deutschland braucht Arbeitskräfte, das wissen wir doch schon lange. Wie vor zwanzig Jahren auch. Du hast da doch deine Erfahrungen, Richard. Damals nannte man diese Leud bei euch Fremdarbeiter oder Ostarbeiter, aber das klang so bös und schäbig. Gastarbeiter sind das heute.»

«Ich weiß», sagte Seuss beleidigt.

«Wie weit bist du damit? Wann kommen sie denn, eure Gastarbeiter?»

«Wir haben einen griechischen Betriebsarzt», fiel Seuss nach einem ratlosen Moment ein. Er war selber erstaunt, sich das sagen zu hören. Die Erwähnung von Spyridakis verschaffte ihm eine kleine Verschnaufpause. Doch musste er ihr anschließend gestehen, dass er abgesehen von dem jungen Arzt, um den er sich ja nicht einmal selbst gekümmert hatte, in diesem Punkt noch nicht weit gekommen war. Monschau läge doch sehr einsam und dazu in einer kühlen Gegend, im Augenblick suchten viele westdeutsche Firmen, die klimatisch günstiger angesiedelt waren, nach Arbeitsgästen aus dem Süden, für die die spröde Eifel folglich nicht die erste Wahl war. Er habe bislang jedenfalls noch keine Vereinbarung mit der Türkei schließen können.

«Hab ich mir schon gedacht. Gut, zurück zum eigentliche Gedriff: Die Lieferung verzögert sich, sagst du. Du weißt, dass wir da eine sehr hohe Konventionalstrafe mit dem Kunden vereinbart haben?»

«Natürlich. Aber da muss man doch was raushandeln können. Ein Vierteljahr hin oder her?»

«Die Kunden im Kongo sind sehr vertragstreu. Bringt uns in Schwierigkeiten. Diskreter Handel muss akkurat sein.»

«Na gut, wie viel wird es uns kosten, die Konventionalstrafe zu vermeiden?»

«Vierzig Prozent der vereinbarten Summe.»

Zu diesem Zeitpunkt fühlte sich Seuss schon so unter Beschuss von ihrer Seite, dass er beschloss, die noch viel schlimmere Geschichte mit Veras Stiftungsplänen vorerst nicht zu erwähnen. Und die war ja auch längst noch nicht beschlossene Sache. Zunächst einmal, dachte der alte Taktiker, sollten sie den Abend mit dem neuen Kunden bestehen. Sehr interessanter Kunde. Und auch ein heikler.

Karim Mekhloufi, von zwei persönlichen Mitarbeitern begleitet, traf am späten Nachmittag im Palace Hotel ein. Die Herren kamen unauffällig mit Taxen, waren aus Frankreich angereist. Seuss hatte sich hingelegt, um ein Schläfchen zu machen, aber so mitten am Tage war das ein vergebliches Ansinnen. Jetzt auf eines seiner Schlafmittel zurückzugreifen, wäre aber auch fatal gewesen, das hätte ihn für den Rest des Tages erledigt. Also hatte er wachliegend die Ankunft der Algerier gehört und von seinem Balkon aus einen ersten Blick auf Mekhloufi geworfen. Ein schneidiger junger Mann mit Sonnenbrille und dezentem dunklem Anzug. Und etwas war sogar vom fernen Hotelbalkon im Nachmittagslicht der gerade untergehenden Februarsonne zu erkennen – Mekhloufi hatte ein völlig vernarbtes Gesicht, seine knochigen Wangen waren zerfurcht und zergraben. Eine mehr als markante Erscheinung.

Als man sich wenig später zu einem frühen Abendessen traf, musste Seuss sich beherrschen, die Narben des Algeriers nicht allzu sehr anzustarren. Das zerklüftete Gesicht erschien ihm wie eine grelle Provokation: das Antlitz von Variola.

Karim Mekhloufi hatte nicht nur in Paris studiert, sondern auch einige Semester an der London School of Economics hinter sich gebracht. Er war einer der Schöpfer der kommenden Industriepolitik des bald unabhängigen Algeriens. Wie beinahe jedes von den westlichen Kolonialimperien unabhängig werdende Land Afrikas war Algerien darauf erpicht, sich selbst zu entwickeln und eine eigene Industrie aufzubauen – samt eigener Kontakte zu Geschäftspartnern in Europa.

Die alte Luxemburg, die noch ihre Sekretärin an den Tisch im Restaurant des Palace Hotels gebeten hatte, machte alle miteinander bekannt, und dann verfolgte sie mit dem größten Vergnügen, wie ein Gang nach dem anderen an ihr vorübergetragen wurde. Noch mehr, als selber zu speisen, genoss sie es, anderen beim Essen zuzuschauen. Mekhloufi allerdings redete lieber, als zu essen, er war mager wie ein Asket.

Die algerische Unabhängigkeitsbewegung FLN, die nun nach vielen Jahren des Kampfes, auch gegen andere algerische Organisationen, endlich kurz davorstand, die Regierung zu übernehmen, war eine sich links verstehende, dabei aber stark nationalistische Organisation. Sie hatte wenig mit dem Nasserismus Ägyptens gemein, der die Vereinigung aller arabischen Länder und einen stark antiisraelischen Kurs propagierte. Die FLN war intellektuell geprägt und schien eine stabile Basis in der Bevölkerung zu haben. Sie sah sich sehr genau nach möglichen Partnern in der Welt um und suchte nach ihren Chancen und Anknüpfungspunkten.

Und so dauerte es nicht lang, und Seuss sah sich von dem blatternarbigen Industriepolitiker mit einer begeisterten Lobrede auf diejenige deutsche Partei konfrontiert, von der der Direktor noch nie irgendwas gehalten hatte, die aber in den letzten Jahren des Exportbooms eine beinahe unheimliche Rolle zu spielen begonnen hatte: die Sozialdemokraten. Die Sozen! Ausgerechnet.

«Ich gratuliere Deutschland zu so einer fortschrittlichen

Partei», sagte Mekhloufi mit seinem Bassbariton in kehligem, aber sehr eingängigem Französisch, dem Seuss gut folgen konnte. Seuss riss mit gespielter Begeisterung die Augenbrauen hoch. Aber es schockierte ihn, mit welch tiefer Leidenschaft der algerische Freiheitskämpfer die Lage beschrieb.

«Es ist bekannt», erklärte Mekhloufi seinen Tischgenossen die strategische Lage, «dass die deutsche Regierung unter diesem alten Mann ...»

«Adenauer», ergänzte einer seiner Begleiter leise.

«Ja, danke ...» Mekhloufi setzte seine Analyse fort, die lautete, dass ebendiese Regierung Adenauer sich sehnlichst erhoffe, an einer zukünftigen französischen Atombombe teilhaben zu können, wenn diese denn demnächst einsatzfähig sei. Das sei der Grund, warum man von der Bonner Regierung keinen Kommentar zu Algerien höre, kein kritisches Wort. Man stehe fest an der Seite des Nachbarn.

Der Freiheitskämpfer, ein Bewunderer des legendären Abdelkadirs, kratzte sich nachdenklich die tiefen Pockennarben auf seinen Wangen und blickte auf den raffinierten Zwischengang, bei dem irgendwelche kleinen Vögel in Blätterteig gebacken waren.

«Aber wer in Deutschland hält Reden für uns? Wer unterstützt den Freiheitskampf des algerischen Volkes?»

Kruzifix, du Arschloch, du blödes, dachte Seuss. Die Heilsarmee? Die Frage war rein rhetorisch, er hasste das. Half aber nichts, die Spielchen möglicher künftiger Industrieminister musste man mitspielen.

«Sie meinen wohl die SPD, Monsieur Mekhloufi?»

«Genau. Haben Sie gute Beziehungen zur SPD?»

«Wir spenden ihr regelmäßig hohe Summen. Ihre Abgeordneten aus unserer Region kenne ich sehr gut», log Seuss mit der absolut glaubhaften Seriosität, die er sich in über dreißig

Jahren bei Rither angeeignet hatte. Und irgendwo, oder besser irgendwann, bald schon, war es ja die Wahrheit: Es führte wohl kein Weg mehr daran vorbei, in Zukunft auch die Sozen zu bedenken.

«Kennen Sie Wischnewski?»

«Äh, jaja, natürlich ...»

«Wischnewski war in Tunis, eine Reise, die von uns organisiert worden ist. Er hat einen außergewöhnlichen Artikel darüber geschrieben. Das wird in Algerien viel gelesen und diskutiert.»

«Na sicher. Einer der kommenden Männer bei der SPD, was man so hört. Überhaupt ist die Partei im Aufwind», schwadronierte Seuss, ohne mit der Wimper zu zucken.

Wie er diese Typen hasste, Ex-Kommunisten allesamt, Wehner und vor allem diesen unehelich geborenen Bürgermeister von Berlin, diesen widerlichen Brandt. Wenn es so weiterginge, würde der noch Bundeskanzler, ein Albtraum.

Aber Mekhloufi schien zufrieden. Nichts war beschlossen oder unterschrieben, doch Seuss wusste aus Erfahrung, dass solche Treffen früher oder später zu größeren Geschäften führten. Wenn keine Gegenrevolte dazwischenkam.

«Es lebe die internationale Solidarität!», rief er mit Pathos.

«Dann wolle mer mal anstoße», fasste die Alte Dame zusammen, ließ den letzten Gang abräumen und orderte eine Flasche Champagner. Mekhloufi wollte später noch in das Spiel-Casino, das einzige Luxemburgs, es lag in einem mit griechischen Säulen geschmückten Nebengebäude des Hotels, und sich ein wenig amüsieren. Taschengeld hatten sie genug dabei.

Das bedeutete, nachdem nun der wichtigste Termin dieses Treffens erfolgreich abgehakt war, dass Seuss jetzt allein und für die ganze Nacht der Alten Dame gehörte. Erst besuchten sie ein Konzert mit Kammermusik im Kursaal. Sie trafen Bekannte der Alten Dame, die Neuigkeiten aus der Welt der Versicherungen hatten, die Schadensregulierungen in Hamburg nach der Sturmflut betreffend, und damit nahm der Abend seinen Auftakt.

Nachdem das brave Kupfervitriol ihn gereinigt hatte, auf der Straße zu dem kleinen luxemburgischen Schafzüchterdorf Altlinster, schnaufte Seuss einige Male durch, erfreute sich an der frischen Luft, zog sich das Hemd aus und wischte sich damit über Gesicht und Nacken, spülte sich den Mund mit Wasser, und danach, im Unterhemd im warmen BMW 3200 S sitzend, gab er sich eine Mineralstoff-Spülung mittels einer Flasche Augustiner-Bier. Er ließ es sich etwas kosten, immer einige Träger davon im Keller des Tuchmacherpalais und etliche Flaschen im Auto vorrätig zu haben.

Der tiefere Grund, warum es ihm heute so schlechtgegangen war, dass er sich unbedingt hatte erleichtern müssen, lag nicht nur an der Dauer seines Luxemburger Aufenthaltes mit der stündlich steigenden, immer bizarrer werdenden Abfolge an Speisen und Getränken, sondern an dem, was er danach zu sehen bekommen hatte, nachdem sie beinahe die halbe Nacht und den halben nächsten Tag zusammen verbracht hatten und dabei ein veritabler Menschenzirkus durch die Präsidenten-Suite der Alten Dame geschleust worden war. Schließlich waren sie allein zurückgeblieben, so wie sie es immer hielten, seit sie sich damals in den Vierzigern in Zürich kennengelernt hatten.

Seuss hatte von sich aus das leidigste Thema – Vera und ihre absurden Träume, die Firma zu stiften – immer noch nicht angesprochen, als die Alte Dame dem Gespräch eine unerwartete Wendung gab:

«Hier, mein Lieber», sagte sie. «Frage mich, wieso ich diese Bilder habe. Und nicht du, wo sie doch in deiner Stadt gemacht worden sind.»

Sie legte ihm eine Reihe von großformatig abgezogenen, gestochen scharfen Fotos vor: Monschau, die Sonnenterrasse des Hotels zum Goldenen Löwen. An einem der kleinen Bistrotische saß ein Mann mit dicker Hornbrille, elegantem Anzug im neuesten Schnitt, der eine Pfeife rauchte und an einer Reiseschreibmaschine saß: gut erkennbar grinsend und beidhändig tippend.

«Na ja. Irgendein Gast beim Löwen? Was soll mir das sagen? Wer ist der Mann?»

«Eingeschrieben beim Concierge hat er sich als, wie war es, so ein Stadtteil in München ... Grünwald.»

«Grünwald? Muss mir der bekannt sein?»

«Nun ja, er gibt offen zu, dass er für diese Illustrierte *Quick* in eurem Städtchen recherchiert.»

«Ach so, dann ist das einer von den Reportern, die sich was vom Pockenkuchen holen wollen. Aasgeier, alle sind's ja da. *Stern*, *Spiegel*. Die ganzen Schmierblätter», sagte Seuss mit Freude am ehrlichen Abscheu, den er empfand. Und das, obwohl Papierfabriken weltweit zu seinen besten Kunden gehörten.

«Ja, unangenehm genug. Aber weißt du, was komisch ist, *mon cher Monsieur*?»

«Nein?»

«Ich habe gehört, dass die Pocken nur zufällig gleichzeitig mit dem Herrn da in Monschau sind. Er ist hinter etwas anderem her. Und er heißt auch nicht Grünwald.»

Sie legte ihm ein weiteres, kleines Foto hin, das einen Führerschein zeigte, ein nicht ganz unbekannter Name war darauf zu lesen.

«Der? Ist das nicht der mit dem Kaviar?»

«Ganz genau. Es scheint, als habe er gerade eine Entziehungskur hinter sich. Sagen mir Jack und Johnny, die ihn kennen. Nun scheint er wieder einer Geschichte auf der Spur zu sein.»

«Da schau her. Und was will er dann bei uns, wenn die Pocken nur ein Zufall sind?»

«Er interessiert sich für dich, Richard.»

Als Seuss aus dem Badezimmer zurückkam, wo er sich erst einmal hatte frischmachen müssen, saß sie breit und mit wogendem Busen im Sessel. Sie sah ihren alten Seuss an, den temperamentvollen Bayern. Es machte sie ein wenig traurig, dass sie ihm nun doch diese Frage stellen musste, nach so vielen Jahren vertrauensvoller Zusammenarbeit. Aber sie hatte schon die ganze Zeit das Gefühl, dass er ihr etwas verheimlicht hatte. Schade eigentlich.

«Richard? Musst du mir was beichten?»

«Hör auf damit, bitte! Keine Ahnung, was der will.» Das war nicht direkt geschwindelt. Aber natürlich hatte Seuss eine gewisse Ahnung, man kannte ja diese Art von Enthüllungsreportern *à l'américaine*, die davon lebten, sich im Sex-und-Nazi-Schmutz zu suhlen und diesen für ihre Leser schamlos auszubreiten.

«Na gut. Erschrick bitte nicht, wenn ich dir dieses Foto auch noch zeige.» Sie legte ihm eine letzte Fotografie hin.

Man sah den Reporter, wieder auf der Terrasse des Löwen – nun mit Vera! Die beiden schienen intensiv miteinander zu diskutieren.

Seuss' Getriebe stand für einen Moment ganz still. Er fürchtete sich. Um ihn war eine Bergeseinsamkeit, ein schneidend kalter Wind wehte, als wäre er daheim in Garmisch ins Hochgebirge hinaufgestiegen und hätte sich verschätzt. Ganz ausgesetzt und allein fühlte er sich. Wie geschlagen.

Nach diesem letzten Foto öffnete Seuss ein Röhrchen, das er Stunden zuvor dem Gegenschlagkoffer entnommen und in seine Anzugtasche gesteckt hatte. Er musste sich vom Schock erholen. Und ließ nun besondere Geister frei, die eben auch in dem Koffer wohnten. Unter den vierzig Fläschchen seiner Sammlung waren viele Substanzen, die eher Drogen glichen als Medikamenten. Er wählte ein Aufputschmittel, das psychoaktive Wirkungen hatte. Gutes altes Pervitin. Krieg und Industrie sprechen dieselbe Sprache. Pharmazie schafft es, den Menschen vollends zu einem Anhängsel der Maschine zu machen. So war es immer gewesen. Also runter damit! Danach hätte man ihn am Herzen operieren können, so haute das Zeug rein. Er gestand der Alten Dame, dass Vera beschlossen habe, das Erbe nicht anzutreten.

«Wenn die Kleine stirbt, dann müsste sie dich vorher adoptieren.»

Der Satz ging ihm jetzt, auf dem Rücksitz des Wagens, noch einmal durch den Kopf. Wer immer das gesagt oder gedacht hatte, wäre auch einen Pakt mit dem Teufel eingegangen, um diesen Stahlkonzern zu bauen.

Die realistischen Maßnahmen, die der Alten Dame und ihm dann beim Mittagessen eingefallen waren, klangen eher ernüchternd. Als letztes und einziges Mittel kamen sie immer wieder nur auf eins: Es musste eine Situation entstehen, bei der die Technische Hochschule Aachen die Annahme der Stiftung verweigerte.

«Die Rither-Werke brauchen einen Skandal, *mon cher*. Maßlos hohe Schadenersatzansprüche. Vertragsstrafen, Regressforderungen, aus dem Ruder gelaufene Schulden.»

«Damit ist unser Name dann ruiniert.»

«Die andere Möglichkeit ist freilich riskanter ...»

Sie wussten beide, was gemeint war. Ein Skandal anderer Art. Ein Todesfall. Mord. Chaos. Irgendetwas, das Seuss Zeit geben würde, Vera – der dabei natürlich nicht das Geringste zustoßen durfte, denn dann wäre der Stiftungsfall ja von ganz alleine eingetreten – davon abzuhalten, ihren Willen durchzusetzen. Über diese Erkenntnis sinnierte Seuss nun weiter nach, als er sich so weit wiederhergestellt fühlte, dass er Lembke den Barockengel starten ließ, um nach dem Zwischenstopp endlich nach Hause zu fahren.

Das Speien lag lange hinter ihnen. Jetzt waren sie schon in Belgien, und irgendwann passierten sie das Hohe Venn, ein uraltes Hochmoor. Ganz leicht und schleierig lag Nebel in der Luft, doch im Osten, fern vor Lembkes linker Schulter, konnte Seuss trotz des Nebels über dem weit hingestreckten Moor, das teilweise noch eisbedeckt, teilweise schorfig braun dalag, die Sonne aufgehen sehen. Wie auf den Wellen eines Ozeans brachen sich die Strahlen des Gestirns auf der feucht-gleißenden Heide, und nun ging es schnell, die Sonne war mit einem Mal da, und es schien, als würde das Venn tatsächlich flutend wogen, wie es das in dieser Gegend vor fünftausend Jahren schon gegeben hatte.

Veras Wille! Der war nun schon eine besondere Angelegenheit, hatte es doch Zeiten in ihrem Leben gegeben, zu denen sie aus beinah nichts anderem mehr bestanden hatte, sonst nur ein knochiges Gespenst mit rotblonden Haaren und einer wie durch ein Wunder makellos gebliebenen Haut. Und in diesem immer noch schönen, aber gebeutelten Körper pochte der Wille zu überleben, durchzukommen, es auszuhalten. Frei zu sein. Sie hatte das große Glück gehabt, dass ihre Polio-Erkrankung damals glimpflich verlaufen war, aber sie verdankte es ihrem Willen, dass das Glück auch hatte fruchten können.

Und nun, heute Morgen, war Veras Wille wiedererwacht. Sie selbst fühlte sich noch ein bisschen jeck, sektlaunig gleichsam, und nach viel zu wenigen Stunden Schlaf schon wieder frisch. Sie öffnete die Augen, und mit dem Licht dieses strahlenden Tages strömte sogleich etwas ganz Unvorhergesehenes in sie ein, ein Gefühl, das sie noch niemals zuvor so intensiv erlebt hatte: Sie war verliebt.

Wie eine Dichterin, die zerquält nach dem treffenden Bild sucht und die in dem Augenblick, in welchem ihr plötzlich die Sprache aufgeht und die richtigen Wörter heranfliegen, den Stift hinwerfen, die Schreibmaschine verlassen muss, weil das formende Finden sie so aufwühlt und freudig erregt, dass sie es nicht länger aushalten kann und hinausläuft, um einen Spaziergang zu machen und das verwirrende Glück des Findens noch ein wenig zu verlängern, bevor sie es durch das Niederschreiben schließlich zu Ende bringt, so ging es Vera an diesem Morgen, an dem alles ihr bestätigte, dass es nun so war: Sie war verliebt! Und sie hatte es selbst gewollt, herbeigeführt und dabei geradezu mutwillig alles missachtet, worauf ihr Leben als freie junge Frau bisher glücklich begründet war – jetzt war sie es: verliebt. Vielleicht ein Fehler, am Ende womöglich eine Katastrophe, aber eine Tatsache jedenfalls, sodass sie es nach dem Aufwachen keine zehn Sekunden im Bett aushielt, ins Badezimmer lief, duschte und sich währenddessen einredete, dass der Plan, den sie beim Aufwachen in ihrem Kopf gehabt hatte, nicht auf völliger Verwirrung beruhte und keine Flucht vor dem jungen Mann in ihrem Bett war, sondern ein vernünftiges Ziel hatte: Das musste sie jetzt auf sich nehmen, redete sie sich ein, diesen Ort noch einmal aufsuchen, dieses eine Gespräch noch führen, um endlich ihre große Reportage zu schreiben: «Monschau – Wie es ist, wenn deine Heimatstadt unter Quarantäne steht.»

Sie zog eine beigefarbene, wollene Strumpfhose an, fand einen hellen, langen Rock, den sie vor ein paar Jahren das letzte Mal getragen hatte, dazu weiße Bluse und cremefarbene Strickweste. Alles ganz dezent.

Als Vera und Nikos spätnachts nach Hause gekommen waren, hatten sie sich beherrscht von Behrends verabschiedet. Der ahnte gewiss, dass da ein Funken übergesprungen war, aber offen zeigen konnte man das deshalb noch lange nicht. Im Treppenhaus hatten sie sich dann umarmt und gewusst, dass sie heute nicht voneinander loskommen würden. Verwirrt und froh, aber auch sehr müde vom Ball, der gerade noch abgewendeten Schlägerei und dem Bier, waren sie in die große Wohnung getreten und irgendwann nebeneinander eingeschlafen. Glücklich, beieinander zu sein, zu scheu und züchtig, um weiterzugehen.

Vera wusste, sie würde es nicht ertragen, Nikos noch einmal anzusehen, würde auf keinen Fall zu ihm gehen und ihm irgendwelchen Unsinn ins Ohr flüstern, um eine Verabredung zum Mittagessen zu treffen, obwohl sie das eigentlich wollte. Aber da sie verliebt war, war sie auch verdreht. Ihre Willenskraft hatte eine andere Frequenz angenommen, nun setzte sie ihren ganzen Willen gerade daran, nicht das zu tun, was sie wollte. Ihr Wollen würde schon sehen, wo es bliebe, wenn erst der Wille kam. Also warf sie keinen Blick auf den Schlafenden, sondern schrieb nur einen Zettel.

Lieber Nikos, bin kurz in der Stadt.
Wollen wir uns später sehen? Klingel doch bei mir.
Ich freue mich. Bisous: V

An der Garderobe setzte sie das Rot-Kreuz-Schwestern-Häubchen auf, das sie als Souvenir vom Karneval in Düren mitgebracht hatten. Ein glücklicher Zufall. Dazu zog sie einen braven dunklen Mantel an, und fertig war die perfekte freiwillige Krankenschwester.

Handtasche, Handschuhe, Hausschlüssel.

Sie nahm den Aufzug in die Tiefgarage und entschied sich für den roten Fiat Nuova 500, den ihr Vater sofort gekauft hatte, als er auf den Markt gekommen war. Das Garagentor ging auf wie immer – langsam und mit merkwürdigen, von der Öffnungsmechanik verursachten Stockungen, als Kind hatte sie angesichts der vor sich hin zockelnden Garagentorflügel an vertrottelte alte Gespenster-Diener denken müssen. Als sie losgefahren war, brach die Sonne sich Bahn und ließ die krustig aufgehäuften Schneeberge aufglänzen. Es war ein wunderbarer Morgen.

Zehn Minuten fuhr sie über die von Schmelzwasserzungen

angeleckten Straßen Richtung Krankenhaus. Um ihre Nervosität zu überspielen und sich abzulenken, sagte sie sich noch einmal vor, was sie glaubte, was eine Hilfskrankenschwester über Variola wissen musste. Schließlich kam sie zu den vier Stadien. Die ersten drei samt ihren Symptomen hatte sie durch, aber mit dem vierten, das die Ausheilungsphase bezeichnet, hatte sie sich zu kurz beschäftigt. Wie war das noch? Eintrocknen der Pusteln, etwa am zwölften Tag. Bräunlicher Schorf. Fieber fällt. Augenlider schwellen ab. Die Gesichtszüge des Kranken werden wieder erkenntlich.

Die Krankheit zieht aus dem Körper aus, dachte sie. Trocknet aus. Aus, ex, ja, irgendwas mit ex-, so hieß das Wort. Sie parkte den Mini-Fiat auf dem Personalparkplatz des Krankenhauses. Als sie klopfenden Herzens auf den Personaleingang zuging, fiel es ihr glücklicherweise doch noch ein: Exsikkationsstadium.

VERRAT

UND

VERGELTUNG

Monschau. Ursprünglich eine Festung, dort wo Rheinisch-Platt, Niederdeutsch, Flämisch, Lëtzebuergesch und Französisch von jeher ineinander verflochten waren, ähnlich wie die Herrschaften, die regelmäßig wechselten. Jülich und sogar Pfalz-Neuburg hatten hier regiert. Doch schien all dies der Stadt nicht weiter ungewöhnlich. Sie lag unweit von Aachen, der Residenz Kaiser Karls des Großen im ersten Reich deutsch-fränkischer Nation, und hier wurden ohnehin diese Sprachen alle gesprochen, und keine schien damals zunächst vorrangig – wer Amtliches bezweckte, gebrauchte Latein. Und so war es über Jahrhunderte auch keineswegs ausgemacht, wie der wohlbefestige Ort genau hieß. Alle wussten, dass er am Austritt der schnell bewegten, aufrührigen, beinahe reißenden Rur hoch am Berg lag. *Mons loci* hatten die Römer die Stelle genannt. Was nichts weiter heißt als «der Berg vor Ort».

Doch was es mit oder an diesem Berg so auf sich habe, darüber wusste man lange nichts Genaueres. Etwa ein Jahrhundert nach der frühesten Erwähnung hieß der Ort Munioy, ein Jahr später Monjoje. Dann Monsyoge. De Muns Yoia. Bald findet man De Munzoyge. Muynzie, und dann wieder klarer, romanischer: De Monyou. 1429 liest man Monschauwe. Zur Zeit Goethes hieß die Stadt, schon lange gebräuchlich, Montjoie, unter Napoleon gehörte sie zu Frankreich. Wenn man diesen französischen Namen übersetzt, bedeutet er Freudenberg.

Auf Freudenberg lautete denn auch der Vorschlag der kaiserlichen preußischen Verwaltung, die im August 1918 befohlen hatte, den Namen der Stadt Montjoie zu germanisieren. Der zur geisteskranken Begeisterung fast aller darein verstrickten Länder und ihrer Volksmassen ausgebrochene Große Krieg war geschlagen, verloren, aber die alte Bürokratie und vor allem der alte Geist waren noch am Ruder. Und eine so nah an der Grenze gelegene Stadt sollte keinen französischen Namen mehr tragen. Nicht, dass noch irgendeine frankophone Macht auf den Gedanken käme, den Ort, der ohnehin schon französisch klang, wieder zu annektieren. Die Belgier etwa, denen die Monschauer Tasche sich geradezu anbot. Also wurde die Stadt abermals umbenannt, mit eisernem preußischem Verwaltungsgriffel. Aber ausgerechnet Freudenberg? Dagegen regten sich scharfe, teilweise mit Morddrohungen gegen preußische Amtspersonen und sogar Offiziere verbundene Proteste in der Bevölkerung: Man werde diesen Namen auf keinen Fall akzeptieren. Bis in die Regierung hinein musste man sich damit beschäftigen, wie renitent diese verdammten, erzschwarzen Eifler Bauern doch waren!

Freudenberg, niemals! Denn was hieß das, Freudenberg? Berg der Lust. Venushügel. So etwas konnten die eingesessenen Monschauer Patrioten nicht hinnehmen. Da man hier wahrhaft katholisch war und die Sünde kannte, die sich ihren Weg schon suchte und auch fand, wenn man ihr nur das geringste Schlupfloch bot, wollte man so eine anspielungsreiche Zweideutigkeit keinesfalls zum Stadtnamen erheben. Mochte der auch im liederlichen Französisch schon lange heißen, wie er wollte. Man sollte dieses Beharren keineswegs für eine römische Grille halten, wie man sie den Eifelern gerne nachsagte, die noch katholischer sein wollten als die Kölner. Das Unbehagen, das sie überkam, als die Verwaltung den frivolen Namen vorschlug, rührte daher, dass die spielerische, zugleich schlicht wörtliche Eindeutschung eben kein reines

Spiel war. Denn warum wohl kamen sowohl die Herren des preußischen Militärs so gern zum Truppenübungsplatz ins Hohe Venn, genau wie die betuchten Ausflügler aus Belgien und Holland, die die Stadt besuchten? Auch deshalb, weil sich arme Bauernmädchen in der Tuchherstellung verdingten, die das harte Regime sowie der karge Lohn in der zuweilen brutalen Textilfabrikation ihrer bäuerlich-katholischen Wurzeln in Höfen und Dörfern ganz entfremdet hatte, was dazu führte, dass sich die jungen Frauen an schönen Abenden in den Straßen der Stadt und hinter den Hecken des Monschauer Landes antreffen ließen.

Derlei sündiges Treiben mochte zwar nicht größer sein als andernorts. Aber es dann auch noch gleich im Namen zu tragen, nein, das wollte man um keinen Preis. So also wurde aus Montjoie einfach Monschau. Das klang wie gewohnt, und letztlich erschien der alte französische Name nun einfach in deutscher Schreibweise. Damit konnten, wollten, mussten alle leben, und damit standen sie in guter Tradition der Stadt, die ihren Namen seit weit über tausend Jahren vielfach und fröhlich, aber niemals frivol variierte.

So wie Faden um Faden ineinandergelegt und verwoben werden, um Tuche und Stoff zu wirken, so webt auch die Sprache Laute und Bedeutungen zu einem Gepräge, das den Klang auf der einen, oberen, und eine Vielzahl von Bedeutungen auf der unteren Seite hat. Und dann gibt es auch den Fall, in dem die den Wohllaut suchende Sprache den Sinn eines Wortes verbirgt, indem sie seine Ecken, Kanten und Ausbeulungen schleift wie das Wasser den Rurkiesel, den es glatt und schön macht. So etwas findet sich in Monschau ebenfalls. Das Rosenthal.

Monschau-Rosenthal liegt ein Stück vor der Altstadt am

Ufer der Rur. Für Bebauung scheint die Flur fast schon zu steil, die Stadt endet dort, in idyllischer Lage, wie der Name ja schon verrät, der darauf hinzuweisen scheint, dass hier wilde Rosen wuchsen. Doch das Feintuch ist vom Lumpen so weit nicht entfernt, und Rosenthal war eher der Lumpen neben dem feinen Monschau. Lumpen wurden in der Stadt tatsächlich verarbeitet, wurden gehandelt, kamen von weit hierher. Und das Sortieren und Rupfen der angelieferten Hadern war die Arbeit der unerfahrensten, jüngsten, aber auch noch kräftigsten Arbeiterinnen, die gerade anfingen und das schmutzige Geschäft dank ihrer Jugend ein paar Jahre lang verrichten konnten. Und was da nicht alles zerlesen und zerzupft werden musste. Abgetragene Kleider, Laken und Leibwäsche, sie stammten aus Herbergen und Spitälern, oft waren ihre Träger aus ihnen herausgestorben. Und in diesen Stoffen steckten auch Gifte, Krankheit, Pestilenz. Oder besser Keime, Bakterien und Viren, wie sie in Handel und Austausch seit jeher gereist waren. Und taten ihre schlechte Wirkung.

Die Lepra gehört zum Bösesten, was Menschen sich über Jahrhunderte einfangen konnten. Seit dem Ende des siebzehnten Jahrhunderts jedenfalls hatte es in besagter Flur vor der Stadt Monschau gelegen ein Leprosorium gegeben. Ein Haus für jene Leprakranken, die es nach zehn, zwölf, fünfzehn Jahren des Ausgestoßenseins nicht mehr vermochten, weiter durch die Welt zu ziehen und mit ihrem Klapperholz die Gesunden vor sich zu warnen. Die irgendwann einfach nicht mehr gehen konnten. Sie suchten ein Leprosorium auf. Ihr Sterbehaus. Diese Häuser weihte man oft dem heiligen Lazarus, den Jesus selbst vom Tode hatte auferstehen lassen. St. Lazare lag in Paris (wie auch andernorts oft) vor den Toren der Stadt.

In Monschau war das Gebäude keinem Schutzheiligen

unterstellt, es hieß einfach nur Leprosenhaus. Dort starb man an einer der übelsten Pestilenzen der Menschheit, einer bakteriellen Hautkrankheit, deren griechischer Name Lepra «Aussatz» bedeutet. Das Leprosental war selbstredend auch für seine gesunden Anwohner nicht die beste Adresse, aber auch die Altmonschauer empfanden wohl wenig Begeisterung für den Namen dieser Nachbarschaft. Der Sprachgebrauch und vielleicht auch Wille und Absicht dahinter schliffen also die erste Silbe ab: Rosenthal, das klang und buchstabierte sich doch viel besser. Und dieser schöne Name blieb dem wildromantischen Hang, auch als das Absonderungs- und Sterbehaus schon lange geschlossen und alle Mycobakterii Leprae die Rur hinuntergespült worden waren. Das war in Monschau schon länger her, doch nur fünf Jahre bevor diese Geschichte spielt, hatte das letzte Leprosorium Europas seine Pforten geschlossen. Die Republik Venedig hatte es einst auf der kleinen Isola Spinalonga vor der Küste Kretas errichtet. Das Krankenhaus dort verschwand, doch Inseln wie diese blieben erhalten: im Wort Isolation.

Das Absondern gefährlich kranker Mitmenschen scheint grausam, aber es war lange die einzige Möglichkeit, die Gesunden zu schützen, vor anderen, ihren Freunden und Nächsten, wenn diese von Lepra oder Pest, von Cholera oder Tuberkulose befallen waren. Man durfte nicht in Berührung mit ihnen oder in ihre Nähe kommen, und man wollte es wohl auch nicht sehen, nicht riechen, die Geschwüre, die Pusteln, den Eiter.

Das hieß für die Kranken, aussätzig zu werden. Außerhalb der Gemeinschaft leben zu müssen. Was könnte schlimmer sein für einen Menschen, den doch selbst keine Schuld trifft? Man verwehrte den Aussätzigen das Durchschreiten der Tore, manche Städte sogar das Betreten der Brücken. Verdächtige Reisende blieben für *une quarantaine de jours*, für vierzig Tage auf dem von fern kommenden Schiff, bevor sie an Land treten durften.

Mit dem Beginn des Massenflugzeitalters in der Mitte des zwanzigsten Jahrhunderts entstand eine neue Situation. Die Monschauer Pocken waren via Karachi mit Air India und Lufthansa angereist, und seitdem versuchte man, sie einzufangen. Und hatte dazu zunächst keine anderen Mittel als zu Vorzeiten, als man in den St.-Lazarus-Häusern, Leprosorien und Pestkolonien eine Infrastruktur von Quarantäne- und Isolationsorten schuf. Jetzt überzogen solche abgeriegelten Orte das Monschauer Land, schon seit mehr als sechs Wochen, einen gab es sogar in Aachen, wo mysteriöserweise einige Fälle aufgetreten waren. Insbesondere fiel die Erkrankung eines Oberarztes ins Auge, der ganz zu Beginn der Epidemie die kleine Bärbel begutachtet und wieder nach Monschau zurückgeschickt hatte. Angeblich hatte er nur in den Krankenwagen geblickt, dennoch war er erkrankt.

Proben des in Monschau grassierenden Virus waren mit einem Bundeswehrhubschrauber nach München ans Institut für vergleichende Tropenmedizin geschickt worden. Der zuständige Professor Herrlich hatte in ihnen einen besonders «kontaktfreudigen» Virenstamm identifiziert. Virologen pflegten zuweilen überraschendes Vokabular.

Diese kontaktfreudige Variola hatte sich inzwischen folgendermaßen auf den Kreis Monschau ausgewirkt: In über fünfzig Fällen war Hausquarantäne verhängt worden, etwa neunzig Personen betraf dies, dazu waren fünf große Quarantäne-Einrichtungen vollbesetzt, darunter die Volksschule in Lammerath, die dortige Berufsschule, das evangelische Jugendheim in Monschau, ein großes Schützenheim in Kalterherberg, das Alpenvereinsheim in Rohren und weitere. Hier befanden sich jeweils bis zu sechzig Menschen, die gelegentlich auch verlegt wurden. Die Häuser wurden so organisiert, dass man getrennt eine Gruppe A und eine Gruppe B unterbringen und mit Betreuungskräften versorgen konnte. Denn natürlich blieben auch die Betreuer der Quarantänen an diese gebunden.

Schwestern, Rot-Kreuz-Helferinnen und Helfer, Polizeibeamte, Haus- und Amtsärzte gaben ihr Bestes und schützten sich so gut wie möglich, aber mittlerweile waren auch bereits sieben Schwestern und sechs Ärzte erkrankt. Darunter drei Hausärzte, die ja für die Versorgung anderer medizinischer Fälle in Lammerath und den Dörfern verantwortlich waren. Dauernd musste umdisponiert werden. Aber noch hielt die Konstruktion.

Ihr Architekt tat alles, was in seiner Macht stand, um die Epidemie im Zaum zu halten, mit dem Ziel, sie schließlich zu besiegen. Er erinnerte Beamte an Gesetze, machte Politikern die nötige Angst, indem er Schreckensbilder malte, was eintreffen könne. Er lobte das medizinische Personal und stärkte den Ärzten vor Ort den Rücken. Er selbst, Stüttgen, war überall und deshalb nirgends lange.

Auf diese Weise musste er die bittere Erfahrung machen, dass er für all die Menschen, die von seinen Maßnahmen betroffen waren, die sie ja schützen sollten, zum Gesicht der Epidemie wurde. Viele übersahen seine Ehrlichkeit, seine Ernsthaftigkeit und Entschlossenheit. Man sah nur: Wenn Stüttgen kam, kamen auch die Pocken. Der vorderste Streiter gegen Variola wurde für ihren Sendboten angesehen.

Kurz vor dem Klingeln des auf vier Uhr gestellten Weckers erwachte Stüttgen von selbst, wie beinahe jeden Morgen. Sein erster Handgriff galt dem cremefarbenen Reisewecker von Junghans, der auf seinem Nachttischchen ganz leise, metallisch singend, halbsekündlich tickte.

Er hatte ihn von seinen Eltern 1940 zum Bestehen des Physikums bekommen. Kurz danach, mit einundzwanzig, wurde Stüttgen zur Wehrmacht eingezogen und wie alle Studenten an Universitäten im Großdeutschen Reich in eine sogenannte Studentenkompanie gesteckt, deren Mitglieder dort die militärische Grundausbildung absolvierten und gleichzeitig weiterstudieren konnten. In den Semesterferien kamen diese Studenten-Rekruten dann irgendwo an die Front, wo sie das medizinische Handwerk in der blutigen Wirklichkeit des Krieges praktisch erlernten. Eine bizarre Erfahrungswelt zwischen Hörsaal und Frontlazarett, die Stüttgen begreifen ließ, dass er zu nichts anderem ausgebildet wurde, als die schrecklichen Wunden, die die Kriegsmaschinerie den Soldaten beibrachte, so gut wie möglich zu heilen. Was nichts weiter hieß, als dass dieser Staat seine altehrwürdigen medizinischen Hochschulen in erster Linie nur noch dazu betrieb, um sie mit den Schlachthäusern des Eroberungskrieges zusammenzuschalten. Die Kompanie Günter Stüttgens befand sich in Düsseldorf, wo er sein Studium abschloss und mit einer Arbeit in Biophysik promovierte. Dann wurde er an den Atlantikwall geschickt. Sein Reisewecker begleitete ihn die ganze Kriegszeit hindurch, und schon damals genügte es Stüttgen, ihn einfach zu stellen, um dann von alleine zu erwachen. Eine tiefe Wachheit begleitete ihn seit der Zeit, eine Wachheit, die niemals wieder eingeschlafen war.

Als er den Wecker entschärft hatte, schlich er sich leise, um seine Frau Ruth nicht zu wecken, aus dem Schlafzimmer. In dem kleinen Badezimmer lag seine Kleidung bereit, Frühstücksstullen mit Käse waren vorbereitet im Kühlschrank, wo er sie nun, durchgekühlt und saftig, in seine Aktentasche packte. Bevor er die Wohnung verließ, warf er einen Blick in die Zimmer seiner Söhne. Zwölf und vierzehn waren sie, und seit dem Beginn der Monschauer Epidemie hatte er Thomas und Ulrich, für die er früher zumindest an den Sonntagen Zeit gehabt hatte, kaum mehr gesehen. Der Kleinere war inniglich in seine Decke gekuschelt, wobei seine Füße aber unbedeckt in die kalte Luft herausstanden. Leise schlich Stüttgen an Ulrichs Bett und zog die Decke zurecht.

Vor dem Haus an der Grafenberger Allee stand sein alter Volkswagen, Stüttgen kratzte die vom strengen Nachtfrost krustig überzogene Scheibe frei und fuhr durch die beinahe menschenleere dunkle Stadt zur Medizinischen Akademie, mürrisch auf ein Motorengeräusch achtend, das ihm neu vorkam. Die aus dem neunzehnten Jahrhundert stammenden Bauten der Städtischen Krankenanstalten, aus denen die Akademie hervorgegangen war, waren im Krieg schwer zerstört, aber schon in den vierziger Jahren wieder so weit instand gesetzt und erneuert worden, dass der Klinikbetrieb, Lehre und Forschung schnell wieder aufgenommen werden konnten. In diesen Nachkriegsbetonbauten an der Moorenstraße, klobig und grau, befand sich der Ort, an den Stüttgen oft dachte wie an eine heimliche Geliebte: sein Labor.

Berühmt in der Welt der Medizin war die Düsseldorfer Akademie für ihre chirurgischen Wagnisse und Experimente, insbesondere die am offenen Herzen durchgeführten Operationen; dann für ihre Virologie und schließlich für Helmut Ruskas Institut für Biophysik, in dem sich das Elektronenmikroskop befand, für das Nikos ein Jahr zuvor an den Rhein gekommen war. Auch die Dermatologie unter Professor Schreus war schon lange ein wichtiges Fach, sie hatte durch Stüttgen zuletzt aber noch größere Fortschritte gemacht. Er war einer jener Dermatologen, der begriff, dass die Erkrankung einer Hautstelle sehr häufig tiefere Ursachen haben konnte.

«Jedes Übel», so schrieb der stets vom Wechselspiel von Erscheinung, Ursache und Substanz gebannte Goethe in den «Wahlverwandtschaften», «soll an der Stelle geheilt werden, wo es zum Vorschein kommt, und man bekümmert sich nicht um jenen Punkt, wo es eigentlich seinen Ursprung nimmt, woher es wirkt.» Dies meinte er kritisch, eben um den Ursprung müsse man sich sorgen. Wie so oft seiner Zeit voraus, hatte Goethe damit jene moderne Wende der Dermatologie beschworen, die Wissenschaftler wie Stüttgen vollzogen.

Die Haut, das sichtbarste und, nach der Lunge, auch das größte Organ des Menschen, interagiert mit dem inneren Organismus und befördert Stoffe aus diesem hinaus, nimmt aber auch Luft und Licht auf, mit deren Hilfe sie wiederum lebensnotwendige Substanzen bildet. Sie fungiert in einem beständigen Austausch von Körperinnerem und der Welt. Wurde die Haut krank, so hatte das oft viel tiefer liegende Gründe, und die Haut stellte nur ihr äußeres Zeichen dar. An dieser Stelle setzten die Forschungen Stüttgens an.

Der Professor parkte den Wagen, grüßte den Nachtportier, einen aus Schlesien vertriebenen Kriegsinvaliden, dessen linker Ärmel mit einer großen Sicherheitsnadel nach oben geheftet war. Der Nachtportier musste bis sieben Uhr durchhalten und sah in der Ankunft des an seine Petrischalen und Reagenzgläser strebenden Professors eine Art Morgenstern, der ihm das Ende von Nacht und Schicht verhieß.

Da man an lebender Haut nur schwer experimentieren konnte, bestand ein Teil von Stüttgens Forschung darin, Substanzen unter Laborbedingungen direkt miteinander reagieren zu lassen. So konnte er Schlüsse ziehen, wie sie sich wohl auf der Haut verhielten. Eine Simulation des Lebens, oder zumindest seiner Chemie. In Hunderten Schälchen, die jetzt im Neonlicht des Labors aufleuchteten, reagierten Substanzen, veränderten sich und halfen Stüttgen zu verstehen, warum manche Menschen bei Aufnahme bestimmter Mittel Ausschläge bekamen, andere nicht. Nach und nach würden die langwierigen, kleinteiligen Versuche den dunklen Bereich erhellen, wie die Haut mit der Umwelt kommunizierte. Ein Stoff namens Histamin spielte dabei eine bedeutende Rolle. Es war ein riesiges, bislang erst wenig erforschtes Gebiet, wie ein neuer Kontinent, die Allergologie der Haut.

Stüttgens Versuchsanordnungen verlangten tägliche Kontrolle und Aufsicht. Das war der Grund, warum der Forscher seinen alten Wecker jeden Tag auf vier Uhr stellte, um vor der täglichen Fahrt in die Eifel nach seinen Versuchen zu sehen, sie zu erneuern, zu verwerfen oder auch als abgeschlossen zu betrachten. Kurz nach sieben, der einarmige Nachtportier war gerade abgelöst worden, beendete er seine Aufzeichnungen, räumte auf, ging zum Auto und verzehrte vor der Fahrt noch eine Frühstücksstulle. Auch Ruth war promovierte Ärztin, aber seit sie Kinder hatten, arbeitete die exzellente Allgemeinmedizinerin nicht mehr in der Akademie. Ein anderes Modell kannte die formierte Gesellschaft Westdeutschlands noch nicht, die DDR war hier schon viel weiter. Stüttgen hatte gerade abgebissen, als er den Schatten bemerkte, woraufhin es auch gleich schon kaum vernehmbar an die Scheibe der Fahrertür klopfte. Er kurbelte das Fenster herunter, und da stand Professor Ruska vom Institut für Biophysik. Der Herr des Elektronenmikroskops. Im Dämmerlicht des Akademieparkplatzes stob sein Atem in dichten Schwaden vor ihm her.

«Guten Morgen, Herr Kollege, entschuldigen Sie bitte die Störung.»

«Bitte sehr, guten Morgen.» Stüttgen legte den Rest der Stulle in seine Blechdose zurück und öffnete die Tür. Sofort fiel ihm auf, dass Ruska Abstand hielt, die Hände tief in die Taschen seines Mantels vergraben. Ruska war für eine gewisse, einem genialen Pionier durchaus zustehende Schrulligkeit bekannt. Als einer der ersten Menschen hatte er, neben seinen zwei Mitstreitern, das Innenleben einer menschlichen Zelle mit eigenen Augen erblickt. Die Amerikaner wollten auf den Mond – Ruska war, in die andere Richtung, ins winzig Kleine gedacht, schon weiter gekommen. Er beschäftigte sich damit, eine Methode zum Erkennen von Viren anhand ihrer Morphologie zu entwickeln. Viren! Die kleinsten biologischen Wesenheiten überhaupt. Kaum richtige Lebewesen. Was Viren eigentlich waren, selbst das war noch nicht so ganz klar. Ruska hatte in Welten geschaut, die so unglaublich waren, dass es nicht verwundern konnte, wenn so ein Mann etwas seltsame Verhaltensweisen kultivierte. Als Stüttgen aus dem Auto stieg, trat er noch einen Schritt weiter zurück.

«Wie geht es in Monschau? Habe gehört, dass das dortige Kreiskrankenhaus zu einem Problem geworden ist. Am Anfang einer Variola-Epidemie steht häufig ein schlecht geführtes Krankenhaus, in dem sich das Virus verbreitet.»

«Guten Morgen. Ja, das Krankenhaus.» Erwiderte Stüttgen knapp und dachte: Über das Krankenhaus muss mir keiner etwas erzählen, so viel weiß ich selber. Er war sich nicht sicher, ob Ruska nicht einfach nur aus dem Lehrbuch zitierte. Oder doch auf etwas anspielen wollte? Ein Mediziner hatte keine grausameren Kritiker zu fürchten als andere Mediziner. Ruska sollte darüber erhaben sein.

Stüttgen zog eine halbvolle Schachtel Stuyvesant aus der Tasche und bot Ruska an.

Während an der Akademie langsam die Mitarbeiter der Institute und Abteilungen eintrafen und die Lichter angingen, schilderte ein von seinen Laborergebnissen beflügelter Stüttgen Ruska die Ereignisse in Monschau, die einerseits bedenklich, andererseits mysteriös waren: Vor über zwei Wochen war in den frühen Morgenstunden die Patientin, die sich bei der Einlieferung von Bärbel Reue über den reinen Wind angesteckt hatte, an einer sehr heftig verlaufenden Erkrankung gestorben; einunddreißig Jahre alt und Mutter. Daraufhin wurde das Krankenhaus vollständig verschlossen, niemand durfte mehr hinaus. Die Polizei, die schon routinemäßig mit zwei Wachen vor dem Gebäude präsent war, wurde angewiesen, alles abzuriegeln.

«Oha», sagte der aus Heidelberg stammende Ruska, «was für ei Blamasch!»

«Ja, nur denken Sie», erwiderte Stüttgen, «zum Entsetzen des Krankenhauspersonals befand sich an diesem Morgen eine junge Frau, eine Studentin, beim Direktor der Klinik. Es ist unerklärlich, wie sie überhaupt in das Gebäude gelangt ist, ausgerechnet an diesem Vormittag. Die Polizisten wollen sie nicht gesehen haben. Angeblich hat sie Schwesterntracht getragen und sich so reingeschlichen, aber das klingt alles völlig albern. Denn, stellen Sie sich vor, sie ist die Erbin der wichtigsten Firma dort. Die Rither-Werke. Die sind weltweit im Geschäft, auch in Indien. Von einem ihrer Mitarbeiter ging die ganze Epidemie aus.»

Das machte selbst einem Routinier größtmöglicher ärztlicher Abgeklärtheit Eindruck. Ruska starrte Stüttgen an und stieß eine aufgeregte Dampfwolke von sich. Er, als Pionier einer High-Tech-Forschungsrichtung, war angewiesen auf öffentliche Gelder. Er, dessen scheinbare Weltabgewandtheit letztlich totale Weltzugewandtheit war, die ganz konkretes, millionenschweres Gerät erforderte, wusste genau, wie wichtig Politik und Industrie waren.

«Was für ein Malheur», rief er aus.

«Ja, denken Sie, Herr Kollege! Die Herren vom Gesundheitsamt und sämtlichen anderen involvierten Behörden sind kreidebleich geworden. Angefangen beim Oberkreisdirektor. Und jetzt tut man alles, um diesen Umstand vor der Öffentlichkeit verborgen zu halten, die Presse darf auf keinen Fall etwas davon erfahren. Das würde die Leute noch viel mehr verunsichern. Erst die Pocken, und nun steht vielleicht sogar die Firma auf dem Spiel, der größte Brotgeber vor Ort. Die haben zwar einen tüchtigen Direktor, aber der ist auch ein besonderes Exemplar ... Und Erbin ist doch Erbin.»

«Sie haben es nicht leicht, Herr Kollege», murmelte Ruska, «aber sagen Sie», und hier wurde er lebhafter, «wie geht es denn Herrn Spyridakis? Wie lange brauchen Sie ihn denn noch vor Ort?»

Jetzt verstand Stüttgen, was Ruska eigentlich bewegte. Nikos, sein kretischer Kämpfer – um ihn ging es. Ruska wollte seinen Studenten zurück, und natürlich gesund. Der sollte schließlich bei ihm promovieren. Aber so einfach war das nicht.

«Alles bestens. Er leistet wertvolle Arbeit.»

Das traf zweifellos zu. Stüttgen war allerdings auch aufgefallen, dass Nikos bei ihren letzten Besprechungen sonderbar schwermütig schien. Sein Blick ging ins Leere, seine Augen schweiften durch den Raum. Er seufzte zwischendurch ohne erkennbaren Grund. Eine große Sorge schien den jungen Mann zu bewegen. Welcher Natur seine Betrübnis war, konnte Stüttgen nicht sagen. Vielleicht hatte sich der junge Grieche in eine Krankenschwester verliebt. So etwas kam nicht selten vor. Oder schlug Nikos die Arbeit, schlugen ihm die Schicksale seiner Patienten aufs Gemüt? Was auch immer der Grund war, Stüttgen wollte diese weltfern-melancholische Verwandlung gegenüber Ruska nicht erwähnen. Der hätte mit so einer gänzlich unwissenschaftlichen Beobachtung vermutlich nicht viel anfangen können.

«Arbeit, Arbeit – was heißt das schon?», rief Ruska aus. «Hier in Düsseldorf könnte er für die Wissenschaft arbeiten. Die Forschung. Entschuldigen Sie mich, Stüttgen. Sagen Sie ihm schöne Grüße.»

Der Pionier des Elektronenmikroskops, der 1958 aus New York zurück nach Deutschland geholt werden konnte, nickte Stüttgen enttäuscht und leicht mürrisch zu und begab sich in sein Institut.

Stüttgen fuhr los. Schleuste sich in den Verkehr ein, der jetzt gegen acht Uhr schon beachtlich zugenommen hatte. Während der Fahrt verzehrte er sein Frühstück. Das neue Autoradio, das er sich von der ersten Monschau-Zulage gekauft hatte, brachte die Weltnachrichten.

Präsident Kennedy beharrte auf dem Recht der westlichen Allianz, amerikanische Atomraketen in der Türkei zu stationieren. Der Raketenstratege der Sowjetunion, Verteidigungsminister Malinowski, äußerte sich kritisch. Er warnte die USA, dieser unnötige aggressive Plan werde, sollte er wirklich umgesetzt werden, Konsequenzen und Gegenmaßnahmen nach sich ziehen.

Gegenmaßnahmen, dachte Stüttgen, der die Raketensituation zwischen den Großmächten mit größter Sorge beobachtete. Was sollten das für Gegenmaßnahmen sein? Sowjetische Mittelstreckenraketen in die Nähe der Vereinigten Staaten? Etwa auf Kuba?

Er stellte das Radio aus. Mochte es nicht mehr hören, auch wenn der Wettstreit der Drohungen und des Aufrüstens, den ein amerikanischer Journalist 1945 einen «kalten Krieg» genannt hatte, immer noch besser war als ein wirklicher Krieg, wie etwa der, der gerade in Vietnam zu eskalieren begann; oder der Krieg in Korea, der vor ein paar Jahren Millionen Menschenleben gekostet hatte; vom Zweiten Weltkrieg nicht zu reden. Wie viele seiner Generation kannte Stüttgen die Welt nur unter beständiger Kriegsgefahr. Hatte vom Vater, einem Volksschullehrer, immer wieder vom Großen Krieg erzählt bekommen. Ein Jahr nach seinem Ende, 1919, war er auf die Welt gekommen, inmitten der Revolutionszeit und dem Wüten der Spanischen Grippe.

Gab es überhaupt einen Menschen im Europa dieser Tage, dessen Lebensgeschichte nicht zutiefst von den Kriegen der Deutschen gegen beinahe ihre sämtlichen Nachbarn geprägt war? Narben, Verwerfungen, neue Wege und unvorhersehbare Entwicklungen – allen war es so ergangen, alle hatten die Schrecken dieses, ja, so konnte man sagen, neuen Dreißigjährigen Krieges von 1914 bis 1945 und die betäubende Ohnmacht des Weiterlebens, Weiterziehens trotz allem erlebt. Der Untergang war real, und doch ging er auch über sie hinweg, über alle die, die noch da waren und überlebt hatten. Sie klaubten die Überbleibsel ihres alten Lebens aus der Asche und fingen wieder an, machten weiter.

Als der fünfundzwanzigjährige Sanitätshauptmann Dr. Günter Stüttgen im Februar 1945 aus der Wehrmacht ausgestoßen worden war, weil er in den Augen der Anklage nicht mehr würdig war, im Felde zu dienen, war er zunächst schockiert gewesen. Er hatte vom ersten Tag an seine Pflicht als Sanitätsoffizier getan. Und nun verurteilte man ihn zum Tode, nur weil er gemäß der eigenen Dienstvorschriften und der Genfer Konvention gehandelt hatte – das war für ihn immer noch eine Unbegreiflichkeit. In welch kurzer Zeit der Ungeist sich der Sprache und Kultur bemächtigt hatte, in deren Namen nun das Unrecht gesprochen wurde, in der des Deutschen Volkes.

Stüttgen war sofort nach der Übergabe des Verbandsplatzes in Dreiborn an die Amerikaner nach Belgien geflüchtet, wo die neue Zeit längst begonnen hatte. Er war in jene deutschsprachige Region gegangen, aus der seine Familie stammte. Sein Großonkel Christian, ein Bildhauer, hatte bis zuletzt hier gelebt, er war erst vor ein paar Jahren gestorben. In Eupen konnte Stüttgen leicht untertauchen, er kannte da Leute. Schnell hatte er sich der Uniform und sämtlicher Kleidungsstücke und Utensilien seiner Wehrmachtszeit entledigt – bis auf den Junghans-Wecker. Unsoldatisch angetan und mit ausreichend Proviant versorgt, hatte er die Zeit bis Kriegsende in einer heimlich gebauten Hütte im Wald zugebracht. Ein hervorragendes englisches Lehrbuch über den biochemischen Kreislauf der Zitronensäure – nach seinem von den Nazis vertriebenen Entdecker «Krebs-Zyklus» genannt – hatte ihm die Zeit vertrieben. Zugleich stand immer ein Karabiner geladen und griffbereit neben der Tür. Aber es gab in diesen gut drei Monaten keine einzige gefährliche Begegnung. Während Stüttgen sich tagsüber, solange es hell war, seinen Studien hingab, las und eifrig notierte, dachte er nachts über das seit

1943 Geschehene nach. Als jungem und gesundem Militärarzt war es ihm leichter gefallen, seine geistige Gesundheit zu bewahren, als den vielen anderen, die er hatte vor die Hunde gehen sehen, deren psychische Energie erschöpft war und die, zumal wenn sie auch noch in Kriegsgefangenschaft gewesen waren, als seelentote Wiedergänger ihrer selbst zurückkehrten. Er hatte es überstanden und lebte auch noch in seiner Seele, fühlte noch, obwohl das, was er am Ende im Hürtgenwald gesehen hatte, alles ihm Vorstellbare an Grauen überstiegen hatte. Lange waren die Bilder nicht gewichen, Tag und Nacht hatten sie ihn heimgesucht. Am meisten beschäftigte ihn die Erinnerung an den Anblick der von Baumkrepierern verletzten Soldaten und der Leichname, auf die man während der Suche nach Verletzten auf diesen Waldschlachtfeldern unaufhörlich stieß. Wenn die Granaten einschlugen und Bäume zerbersten ließen, was häufig geschah, so zerwarf es die schweren Fichtenstämme in Millionen hochenergetischer Splitter, die die Soldaten zerfetzten, die das Pech hatten, in der Nähe zu stehen. Die Männer im Hürtgenwald, Deutsche wie Amerikaner, von denen er Hunderte behandelt hatte, brüllten vor Schmerzen, oft brüllten sie, bis es mit ihnen vorbei war.

Als er im Mai 1945 aus seiner belgischen Waldeinsamkeit nach Düsseldorf zurückkehrte, hatte er einige Abmachungen mit sich selbst getroffen: Er wollte nie wieder Wunden oder Verletzungen sehen, die von Geschossen und Splittern verursacht worden waren. Er wollte nicht mehr Knochen sägen und Grabenfüße amputieren müssen. Er wollte die Menschenhaut schützen. In die Chemie des Lebens eindringen, um sie von innen heraus heilen zu können. Und nie, nie wieder würde er eine Uniform anziehen, nie wieder über den Krieg reden, über Ränge und Hierarchien, dieses *Altekameradengewäsch*, das schon ein paar Monate nach dem verlorenen

Krieg in gewissen unbelehrbaren Kreisen wieder anfing. Nie wieder würde er über das reden, was er im Krieg gesehen und getan hatte. Er würde weiterlernen, forschen und nach vorne blicken – das schwor er sich.

Beinahe zwanzig Jahre lang war er diesem Schwur treu geblieben, hatte geschwiegen und auch keinen Fuß mehr in die Eifel gesetzt, doch nun zwangen ihn sein ärztlicher Eid und die vom indischen Subkontinent eingeschleppten Pocken beinahe täglich genau in jene Gegend zurück, in der er zum letzten Mal eine Uniform getragen und das Kommando über ein Lazarett geführt hatte.

Monschau-Lammerath
Kreiskrankenhaus St. Bernhard
Zimmer 404. 8, 15. März 1962

Lieber Nikos,

ich habe mich sehr über deine letzten beiden Briefe mit den Gedichten von Seferis gefreut. Ich finde ihn einen ungeheuer düsteren Dichter (und wahrscheinlich klingt es übersetzt sogar freundlicher, als es im Original ist). Aber das ist gewiss nicht verwunderlich, wenn man daran denkt, dass er diese Gedichte während des griechischen Bürgerkriegs geschrieben hat.

Sie setzte ab und biss sich auf die Lippen. «Mein Liebster, ich vermisse dich so sehr» hätte Vera jetzt hinschreiben wollen, denn das fühlte sie. Deshalb, wie jedes Mal, wenn sie Nikos schrieb, hielt sie an dieser Stelle, an der sie eigentlich über ihre Sehnsucht schreiben wollte, inne und zögerte. Durfte sie ihn denn so nennen, nachdem sie sich nach ihrer bisher einzigen gemeinsam verbrachten Nacht weder gesehen noch gesprochen hatten?

Immerhin hatte sie seine Briefe. Fast von der ersten Stunde dieses immerwährenden Aschermittwochs im Krankenhaus an waren sie eingetroffen. Jeden Tag. Schon mehr als ein Dutzend. Aber sehr persönlich war keiner dieser Briefe. Stets erkundigte er sich freundlich besorgt, er hoffe, es gehe ihr gut. Verliebt klang es nie. Zuletzt waren die Schreiben kürzer gefasst und an manchen Stellen etwas kryptisch. Seit einigen Tagen hatte er begonnen, ihr Strophen aus Gedichten von Giorgos Seferis zu schicken. Er schrieb erst ein paar Zeilen auf Griechisch und danach auf Deutsch. In dem Brief von heute Morgen stand dieses Gedicht:

> Wir die wir auszogen zu dieser Pilgerfahrt
> betrachteten die zerbrochenen Statuen
> nachdenklich, und sagten uns dass das Leben nicht so
> einfach verloren geht.

Das war so schön wie herzergreifend traurig. Es folgten ein paar Sätze über seinen Arbeitstag, immer korrekt und ohne Namen von Patienten. Er hatte ihr auch geschrieben, dass er die Briefe selbst von seiner Wohnung in der Villa zum Krankenhaus brachte, eine Wanderung von einer guten halben Stunde. Er warf die Umschläge in den Briefkasten von St. Bernhard, dem einzigen Ort, dem sich jemand, der nicht zur Haustruppe gehörte, nähern durfte, ohne von der Polizei aufgehalten und abgewiesen zu werden, die Tag und Nacht die Eingänge bewachte. Der Einzige, der das Krankenhaus betreten und auch wieder verlassen durfte, war Professor Stüttgen.

Vera freute sich jeden Morgen über die Maßen auf einen neuen Brief von Nikos. Auch wenn das Geständnis einer größeren Zuneigung, auf das sie so hoffte, bisher ausblieb. Aber jede Botschaft von außen erhellte ihren Tag. Sie war auf der isoliertesten Isolierstation untergebracht, über die das Kreiskrankenhaus verfügte, in einem Raum ganz oben unter dem Dach, in dem bislang Putzzeug und Arbeitsgeräte des Hauspersonals untergebracht waren. Nun stand darin ein Bett, und überhaupt war dieser Raum, eine größere Abstellkammer, gar nicht so übel, wirklich einsam, hoch droben unterm Dach. Das Zimmerchen verfügte nicht nur über ein kleines Bad, sondern auch über einen Vorraum, der als weitere Schleuse fungierte, was es für Vera noch sicherer machte.

Hier verbrachte sie nun Tag und Nacht. Vera hatte zwar tatsächlich Zeit, Nikos zu antworten. Aber der große Strich durch diese Rechnung war, dass kein Brief St. Bernhard verlassen durfte. Kein Schreiben, keine Postkarte, nichts durfte hinaus. Es könnten Variola-Viren daran haften, die Vera oder sonst jemand ausgeatmet hatte. Das war eine reale Möglichkeit, aber zum Teil mochte diese Sperre auch symbolisch sein. Typisch für so ein Seuchenhaus.

Zwei Stockwerke tiefer gab es ein Telefon für die Patienten, aber während der Nutzungszeiten war es immer besetzt. *Tous les jours.* Ganz abgesehen davon, dass Vera sowieso nicht aus ihrem Zimmer hinausgedurft hätte, um zu telefonieren. So kam es, dass sie Nikos also nun täglich einen Brief schrieb, und keinen kurzen, in den sie alles hineinlegte, was sie fühlte und dachte, jetzt, da sie der Welt auf so vollständige und beinahe unfassliche Weise abhandengekommen war. Einen täglichen Brief, der nie abgeschickt wurde.

Vera war eine Monade; sie hörte manchmal leise, niemals eindeutige Geräusche vom Flur; sie blickte zum Fenster hinaus, betrachtete die Eifel und den Himmel darüber; und das tat sie sehr oft. Sie hatte Bücher, ein Transistorradio, bekam Zeitungen und Illustrierte, die ihr Frau Drachsky schickte, sie erhielt Nikos' Briefe. Aber sie selbst konnte nicht kommunizieren. Für die Welt außerhalb des Krankenhauses blieb sie stumm. Und weil sie Nikos in ihren Briefen zwar ihren Liebsten hätte nennen können, aber doch nicht erfahren hätte, wie er das fand, unterließ sie es. Er sprach sie in jedem Brief ganz schlicht mit «Liebe Vera» an. Das erleichterte es auch ihr, ihre Gefühle im Zaume zu halten und sich nicht zu kompromittieren. Sie blickte zum Fenster hinaus. Es schneite mal wieder. Dicke Flocken fielen aus dem ewig grauen Himmel. Märzenschnee.

Ein Mensch – so sann sie einem Gedanken nach, den sie einmal bei dem Philosophen Pascal gelesen hatte –, der sich ans Fenster setzt, um die Vorübergehenden zu betrachten: Wenn ich nun dort vorbeikomme, kann ich dann sagen, er habe sich dort hingesetzt, um mich zu sehen? Nein. Denn er denkt und dachte nicht an mich im Besonderen. Was ist nun aber mit demjenigen, der eine Person ihrer Schönheit wegen liebt – hat er die Person selbst lieb? Nein: Denn die Pocken, die zwar nicht den Menschen, wohl aber seine Schönheit töten, werden bewirken, dass er sie nicht mehr liebt.

War das, was Pascal beschrieb, nicht genau, was sie gerade erlebte? So viele Zweifel. Da war die Furcht vor den Pocken selbst, die sie durchaus empfand, in deren innersten Bereich sie hatte vordringen wollen, um unerwartet wie von einem Variola-Mahlstrom verschlungen und hier in ihrem abgelegenen Zimmer abgesetzt zu werden wie auf einem Eisberg im Nordatlantik. Da war aber auch die einfache Frage, ob sie geliebt wurde – oder nicht. Wen würde es bekümmern, wenn sie die Pocken bekäme?

Denn wenn sie durch das Thermofenster Baujahr 58 ins weite Eifler Erdenrund blickte und über Schornstein- und Entlüftungsschlote hinweg in Richtung Dreiborn schaute und nachzählte, wie viele Menschen auf der Welt denn dafür in Frage kamen, sie, Vera Rither, zu lieben – da kam sie auf eine traurig geringe Anzahl.

Frau Drachsky war, wie anscheinend jeder im Umkreis der Rither-Familie, ein zwiespältiger Charakter. Sie war, eine

Überzeugung, mit der sie nicht hinter dem Berg hielt, strikt dagegen, Kinder in die Welt zu setzen, weil sie die Menschheit im Grunde für schlecht hielt und nicht zu ihrer weiteren Vermehrung beitragen wollte. Zwischen ihr und der Mutter hatte es ein gewisses Vertrauen gegeben, eine Loyalität, und diese bestand auch zu Vera. Aber Liebe war das nicht.

Es gab noch Verwandte aus der Schweizer Familie der Mutter, eine Tante und ein paar Cousins und Cousinen. Mit ihnen verkehrte man mit der oberflächlichen Freundlichkeit besserer Kreise, aber man kannte sich kaum. Und sonst – Eric, der Anwalt aus Brüssel, der Familie lange verbunden, kümmerte sich mit fast väterlicher Fürsorge, die Vera auch schon lange vor dem Tod ihres Vaters wohlgetan hatte. Sie schätzten einander. Aber geliebt fühlte sie sich von Eric nicht; und hätte das auch gar nicht gewollt.

Jetzt wo die geschäftige Pariser Maschine aus Studium, Ausgehen, Schreiben, Rauchen, Musikhören, Lesen, Theater, Cafés und Diskutieren, jene Maschine, die sie mit ziemlicher Geschwindigkeit durch ihre Tage trug wie ein schneller Wagen, also zum Stillstand gekommen war, da sah Vera Rither, dass es fast niemanden gab. Hier nicht und dort nicht. Nur einen. Aber von dem wusste sie es eben nicht genau. Und hätte es doch so gern gewusst. Dachte er an sie? Jetzt?

«Lieber Nikos», begann sie nun also neuerlich, nachdem sie das bisher Geschriebene zerrissen hatte, was dieser Tage schon öfter vorgekommen war, «ich möchte dir sagen, dass ich dich ganz fürchterlich vermisse. Immer wieder denke ich an jenen Morgen, an dem ich so durcheinander und verrückt gewesen bin, mich ins Krankenhaus zu schleichen, um mit dem Chefarzt noch einmal über meine Bewerbung zu sprechen. Ich war mir sicher, dass er mich auch diesmal ablehnen würde, aber ich hoffte ...», sie setzte ab, seufzte, «ich hoffte, dass ich irgendetwas erfahren würde, das mir bei meiner Geschichte hilft. Und vielleicht habe ich das alles nicht einmal ganz ernst gemeint, vielleicht war es nur so eine Idee. Aber mit Variola scherzt man nicht. Das wusstest du ja schon lange, und nun muss ich es auch erfahren. Jetzt bin ich also wieder einmal lange Zeit im Krankenhaus, nicht das erste Mal in meinem Leben. Ich hätte nicht gedacht, dass ich jemals wieder in so eine Situation kommen würde. Und diesmal, anders als bei der Polio damals, habe ich mich selbst in diese Lage manövriert.

Ich bin hier im einsamsten Zimmer im ganzen Krankenhaus untergebracht. Das ist ja auch der Sinn der Sache. Ich höre nicht einmal Stimmen oder Schritte, ich könnte auch allein im ganzen Gebäude sein.

Dreimal am Tag kommt eine Schwester und bringt mir eine Mahlzeit. Sie ist ein paar Jahre älter als ich, aber sie behandelt mich, als ob ich noch ein Schulmädchen wäre. Sie verliert kein Wort darüber, dass ich hier wohl für die Ärzte und die Schwestern die denkbar schlimmste Krankenhausinsassin überhaupt bin. Nicht geimpft, weil das bei einer alten Polio-Erkrankung nicht günstig ist, wie du natürlich weißt, bin ich so etwas wie das roheste aller rohen Eier – nichts darf mir zustoßen. Deshalb hat mein Zimmer gleich zwei Türen. Deshalb sehe ich die Schwester immer nur durch eine Glasscheibe, wenn sie das Essen in die Schleuse stellt, und selbst das, so hat mich Professor Stüttgen aufgeklärt, ist nicht ganz ohne Risiko für mich.

Alle paar Tage kommt er morgens zur Visite, ich bin immer die Erste, die er besucht. Er steckt im Gummianzug und sieht sich meine Haut an, äußerst sorgfältig, und selbst wenn sich die Kommunikation mit so einem Astronauten (wie du es ja auch bist) etwas schwierig gestaltet, so waren es doch immer freundliche und auch erfreuliche Begegnungen, denn bislang zeigen sich keine Veränderungen auf meiner Haut, ich habe auch kein Fieber. Aber unendlich langweilig ist mir. Und zugleich habe ich Angst. Nur ist das alles kein Theaterstück von Sartre, sondern die Welt, in der ich lebe. Ich fürchte mich.»

Warum fürchtete sie sich eigentlich? Weil da zwar Menschen zu ihrem Fensterchen kamen, aber niemand, der sie wirklich gesehen hätte. Sie wurde wahrgenommen, ja, aber niemand erkannte sie, wie sie wirklich war. Sie ging allein durch dieses Leben. Die Rithers bauten die besten Spezialöfen der Welt – aber sonst war Wärme ihre Sache nie gewesen. Sie hatte es immer schon gefühlt und später dann auch klar gesehen, dass ihre Eltern sich nicht geliebt hatten. Wie fremd sie sich wirklich gewesen waren, das verstand sie erst, als Eric ihr die Struktur von Privatvermögen und der Firmengeflechte erklärte.

Ihr Vater und ihre Mutter hatten geheiratet, damit die Rither-Brüder ihr Geld leichter in der Schweiz anlegen konnten. Die Ehe war von einer Heiratsvermittlung in Zürich arrangiert worden. So etwas war ganz normal. Kleiner Schweizer Adel, nicht sehr begütert, und deutsche Industrie vertrugen sich bestens. Eine Sicherheitspartnerschaft. Aber wenn ihr Vater auch keine Liebe empfunden hatte, so hatte er ihre Mutter immerhin mit Respekt behandelt. Aber sie lebten ja beide nicht mehr. Vera war zwölf, als ihre Mutter an Krebs starb. Veras Sinnieren wuchs sich zu einem Selbstmitleid aus, das lebhafte junge Menschen in Momenten erzwungenen Stillehaltens zuweilen befällt.

«Ich bin ein einziges Bündel aus traurigen Geschichten», formulierte sie den nächsten Satz, «und wenn ich die Pocken kriege und sterbe, dann wird es nur folgerichtig sein, und dann endet unsere Geschichte eben hier. Im Krankenhaus St. Bernhard, das nach meinem Onkel benannt worden ist.»

Für einen Moment sah sie die Familiengruft auf dem Monschauer Friedhof vor sich, und ein blitzschnell arbeitender Steinmetz war gerade dabei, unter die vertrauten Namen ihrer Eltern im Stein den ihren hinzuzufügen.

Aber solchen Gedanken durfte sie nicht nachgeben. Sie musste die Grabplatte aus ihrer Vorstellung verbannen. Sofort. Als Poliokind hatte sie sich dann immer all die berühmten Orte und Städte vorgestellt, die sie bereisen würde, wenn sie endlich draußen und wieder gesund wäre. Das Mittelmeer. Und auch Paris hatte damals ganz oben gestanden, auf ihrer Sehnsuchtsliste für die hoffentlich kommende Zeit danach. Zusammen mit ihrer Mama würde sie nach Paris reisen. Sie hatten diese Reise dann niemals machen können. Aber nun war sie sogar dorthin gezogen. Ihr französisches Eau de Cologne hatte sie sich auf den Champs-Élysées gekauft. Wohin wollte sie als Nächstes? Amsterdam? Rom?

Sie zerriss den zweiten Versuch ihres heutigen Briefes an Nikos in hundert Fetzen, warf ihn in den Papierkorb unter dem Waschbecken, drehte den Hahn auf, wusch sich das Gesicht gründlich mit warmem Wasser, trocknete sich ab, warf sich einen Blick im Spiegel zu, trat ans Fenster, das sie allerdings nur kippen konnte, und zündete sich eine Zigarette an. Dann nahm sie ein neues Blatt Briefpapier, setzte sich an den Tisch und griff nach ihrem Füller.

15. März

Lieber Nikos,

ich freue mich so sehr auf den Moment, an dem ich dir alle meine Briefe geben kann. Das wird hoffentlich bald sein, und weil das hier die Eifel ist, wird es dann noch kalt sein. Es muss herrlich sein, draußen zu stehen und ein wenig im rauen Wind zu frieren.
Ich finde das Seferis-Gedicht aus deinem letzten Brief sehr gut. Aber auch sehr hart. Besonders die Zeile ...

Sie nahm den letzten Brief zur Hand und las die Stelle, die er ihr in seiner für einen Arzt bemerkenswert lesbaren Schrift niedergeschrieben hatte:

«dass wenn wir aufrecht auf unseren Füßen sterben
dem Felsen vermählt
geeint in Härte und Hinfälligkeit
die alten Toten dem Kreis des Geschicks entflohen sind»

Ich finde, dass Seferis, obwohl er ganz modern schreibt, so wie Sartre viel mit der antiken Tragödie verbindet. Das gefällt mir wirklich gut.
Anders als der Aufenthalt hier. Heute ist mal wieder ein besonders elender Tag. Seit ich vorhin das Gedicht gelesen habe, stelle ich mir vor, wie es wäre, mit dir nach Griechenland zu fahren. Ich würde gerne viele weiße, in der Sonne glühende antike Gebäude sehen, halb Ruine, halb die reine Unsterblichkeit. Die Akropolis. Und dann setzen wir über nach Kreta. Matala.
Ich würde einen Roman von Virginia Woolf lesen, und du

hast vielleicht nur Seferis dabei, und wenn es uns langweilig wird, fahren wir mit dem Boot deines Großvaters ein wenig hinaus, und wenn wir am Abend noch auf dem Meer sind, dann orientieren wir uns an den Sternen. Oder suchen das Licht eines Leuchtturms.

Deine Vera

Nikos war zu einem Mondritter geworden. Er sehnte sich und die Welt dem nächsten Vollmond entgegen. Denn, so hatte er es, ohne selbst zu viel über seine Gefühle preiszugeben und also nachzufragen, den Worten Günter Stüttgens entnommen: Wenn die nächsten zehn Tage, und das war eben die Frist zum vollen Mond, ohne Komplikationen oder Symptome vorübergingen, stünden die Chancen gut, dass Vera aus dem Krankenhaus ausgeschleust werden konnte, ohne gegen Gesetze zu verstoßen.

Dass er das überhaupt wusste, verdankte sich wiederum der Offenheit, zu der Vera sich bei der heutigen Visite Stüttgens durchgerungen hatte. Sie hatte das Schweigen gebrochen, sich getraut und eine Unschicklichkeit riskiert: Sie hatte den Professor gebeten, dem Herrn Doktor Spyridakis mitzuteilen, dass sie sich sehr über seine Briefe freue und zum Zeichen der Verständigung heute Abend um zehn in schneller Folge Lichtsignale geben werde, um auf die Lage ihres Zimmers im Krankenhaus aufmerksam zu machen. Das hatte ihm Stüttgen heute so wiedergegeben, ohne den geringsten Kommentar oder auch nur eine Miene zu verziehen.

Und so harrte der griechische Mondritter nun, endlich mit ein wenig Hoffnung und Aussicht. Und entsprach damit genau der Figur, die der Dichter Wieland, der väterliche Freund Goethes, einst so beschrieben hatte: «Der wunderliche mensch war verliebt, als er sich das alles einbildete; und so schrieb er (wie es jedem ehrlichen amoroso und virtuoso, steckenpferdler und mondritter zu gehen pflegt) alles was er sich einbildete für wahrheit hin.»

Bei der Routinesitzung im Variola-Hauptquartier des Kreises Monschau war neben dem Oberkreisdirektor, der mittlerweile zu einem ungebremsten Kettenraucher mit bernsteinfarbenen Fingerspitzen geworden war, und den diversen Verwaltungschefs und Amtsärzten auch Professor Schnabel anwesend, der Leiter der Seuchenbekämpfung in Nordrhein-Westfalen.

Schnabel war guter Dinge. Es gäbe neue Studien. Sie seien auf dem richtigen Weg. Professor Stüttgen habe es bislang sehr gut gemacht, an Deck dieses Kriegsschiffs gegen Variola.

Dessen Kapitän bat Nikos nach der Sitzung dann dezent um ein Gespräch unter vier Augen und teilte ihm Veras kurze Botschaft mit.

«Hat sie sonst noch etwas gesagt?», fragte Nikos, der von dem Gedanken an einen besonderen nächtlichen Ausflug entbrannte. Aber Stüttgen hatte nicht mehr zu berichten. Er schüttelte den Kopf, nickte wohlwollend und machte eine Bemerkung über die Symptomlosigkeit der Quarantäne-Insassin. Dann stellte er das Ausschleusen Veras in Aussicht.

Als Behrends Nikos nach Hause in die Rither-Villa fuhr, dachte dieser aufgeregt über all die Dinge nach, die er eben erfahren hatte. Wenn alles käme wie erhofft, würde spätestens der kommende Vollmond dem Spuk ein Ende machen. Der alte Eifler Chauffeur bemerkte Nikos' Veränderung, die Hoffnung in seinem Gesicht, ein munterer Zug, den er länger nicht mehr an ihm gesehen hatte. Behrends ahnte, dass es mit Vera zu tun haben könne. Er hatte die beiden schließlich zum Dürener Karneval gefahren, und als es in den frühen Morgenstunden wieder zurückging, da war ihm aufgefallen, dass sich zwischen den beiden etwas Entscheidendes verändert hatte. Auch wenn er selbst ein eingefleischter Junggeselle war, er war nicht blind, ganz im Gegenteil. Zwischen den jungen Leuten hatte es gefunkt.

«Kommt se wohl bald raus, die Vera, wat meint der Herr Doktor?»

«Kann sein, Behrends, ich hoffe es», erwiderte Nikos. Er rieb seine Fingerknöchel über Lippen und Zähne und wäre fast in die knabenhafte Unsitte verfallen, die Fingernägel mit seinen Zähnen zu bearbeiten. Sie würde rauskommen. Es wäre vorbei.

Vorbei die schreckliche Sehnsucht nach ihr.

Vorbei das Schuldgefühl, weil er an jenem Morgen nach dem Karneval nicht in der Lage gewesen war, sie davon abzuhalten, sich in das Kreiskrankenhaus einzuschmuggeln. Das sich ausgerechnet an diesem Tag in eine geschlossene Isolierstation verwandelte. Warum hatte sie ihm nur nichts von diesem Plan erzählt? Warum hatte sie ihn nicht ins Vertrauen gezogen?

Vorbei die ihn benagende Angst, da ihre Polio-Vorerkrankung sie schutzlos machte und eine Variola-Infektion zu einem fürchterlichen Unglück werden könnte.

Vorbei die quälende Sorge um ihre wundervolle Haut.

Als er am Morgen nach Düren erwacht war, war er beseelt gewesen, staunend glücklich über das, was zwischen ihnen geschehen war. Auch ein wenig verkatert. Sie war zwar verschwunden, aber er hatte ihre Nachricht gefunden: Sie würden sich am Abend sehen. Damit war zunächst alles für ihn in Ordnung. Er duschte und ging zur Arbeit.

Natürlich kroch mit dem Schwinden des Restalkohols im Laufe des Vormittags der moralische Kater nach oben. Der

Pockenkarneval, eine Leichtsinnigkeit an und für sich. Haarscharf waren sie an einer Schlägerei vorbeigeschrammt. Aber die Geschichte mit den Maori – die sich in Kreta die Schuljungs erzählten – war so absurd und unfasslich, dass es bei diesen überhaupt nur zum Krawall gekommenen Schmidtern zu einer unerwarteten Karnevals-Katharsis gekommen war. Es hatte einen Moment der Stille gegeben. *Hatte der dat wirklich ernst jemeint?* Ja. Und dann lag man sich in den Armen. Die zwanzigjährigen Prügelbrüder hatten Frieden geschlossen. Von diesem Moment an explodierte der Karneval von Düren förmlich, schließlich musste man die angestauten Stoffe und Steuerungssubstanzen irgendwie loswerden und nun eben abfeiern, wenn das Prügeln schon ausfiel. Es war ein mitreißendes Fest geworden. Und Vera. Wie ein Rausch.

Aber, so dachte Nikos im Laufe seines Arbeitstags immer öfter, was, wenn beim Nicht-Prügeln und Lieber-Umarmen Variola verbreitet worden war oder sie sich gar selbst damit angesteckt hatten? Seine Sorgen stiegen wie eine Fieberkurve. Die Konsequenzen für sie beide, gerade auch für ihn, den offenbar doch nicht so verantwortungsbewussten Mediziner, hätten enorm sein können.

Als er dann zum Haus kam und Veras Räume hellerleuchtet sah, den Treppenturm betreten hatte und sogar ihre Tür offen fand, da schwante ihm, dass etwas nicht in Ordnung war. Frau Drachsky erwartete ihn. Sie hielt eine Zigarette wie einen Dolch auf ihn hin und beschuldigte ihn, Vera den Kopf verdreht und völlig verrückt gemacht zu haben. Die Liebe selber wie eine Seuche. Diese unvernünftigen jungen Menschen! Und nun das Ergebnis: Vera im Krankenhaus. Isoliert. Durfte nicht mehr heraus. Aus der Einrichtung, wo sie die Pocken nicht im Griff hatten.

Die Zusammenhänge waren zwar ganz anders, als sie beide

zu diesem Zeitpunkt ahnten. Aber Nikos' Leiden begannen gleichwohl in diesem Moment.

Tagsüber war er beschäftigt, schwitzte und mühte sich im Stahlarbeiteranzug, besuchte die Quarantänestationen, führte die Akten. Wenn er abends nach Hause kam und auf Veras dunkle Wohnungstür blickte, hinter der kein Jazz mehr erklang, dann musste er sich zusammennehmen, um die Tränen hinunterzuschlucken. Das Essen schmeckte ihm nicht mehr, und er war nun noch erschöpfter als früher. Zumal er ja jede Nacht zum Krankenhaus lief. Statt sich der reichlichen Portionen aus der Werkskantine zu widmen, die ihm sofort wieder bereitgestellt wurden, befasste er sich jetzt mehr mit der Cognacflasche, die Stüttgen ihm geschenkt hatte. Der Alkohol vermochte seinen Schmerz, seine Sorge und seine Sehnsucht nicht zu stillen, nur zu betäuben.

Ungetröstet und melancholisch schrieb er Vera seinen abendlichen Brief, in dem er sich furchtbarerweise immer zurückhalten musste. Was wusste er denn, wer diese Briefe wirklich las? Und was wusste er, wie sie wirklich empfand? Er konnte ihr keine offenen, keine sie kompromittierenden Worte schreiben, konnte seine Sehnsucht also nicht in Worte an sie fassen, was die Qual noch verdoppelte. Schließlich, gleich welches Wetter auch sein mochte, machte er sich auf den Weg zum Krankenhaus. Wie von selbst formte sich dabei die Melodie des kretischen Liedes über den von der Liebe hart geprüften Mann auf seinen Lippen, die vom Wetter in der Eifel ganz spröde und wund waren:

> T'akuses, Aretousa mou
> Hast du gehört, meine Aretusa,
> die traurige Nachricht meiner Verbannung?

Nach diesen Wochen, in denen er die Gewalt und Grausamkeit der Liebe kennengelernt hatte, in der keinerlei Tröstung möglich und denkbar schien, spürte er nun Hoffnung. Land war in Sicht.

Wenn sie sich in dieser Nacht auch noch nicht von Angesicht zu Angesicht wiedersehen würden, so versetzte ihn die Vorstellung, in wenigen Stunden ein nur ihm bestimmtes Signal von ihr zu empfangen, in glückliche Eile. Schnell schrieb er, ohne Gedicht, den heutigen Brief an sie, in dem es nur darum ging, wie sehr er sich darauf freue, nachher ihr Zeichen zu sehen. Er werde den Brief erst einwerfen, wenn er das ersehnte Signal erhalten habe.

Dann nahm er einen alten Besen, der im Flur der Dienstwohnung gestanden hatte, und umwickelte den Stiel mit einem Küchentuch, das er mit Reißnägeln festpinnte. Eine Flasche Reinigungsspiritus aus der Vorratskammer und ein Päckchen Streichhölzer kamen in den schmalen Knappsack, den er über den Schultern trug. Dann lief er los.

Der tagsüber gefallene Schnee hatte in der kalten Nacht eine harsche Kruste bekommen. Nikos' entschlossene Schritte knirschten vernehmlich. Der eisige Wind vom Hohen Venn jagte die letzten Wolkenfetzen am nun schon wieder deutlich gewachsenen, beinahe schon dreiviertelvollen Mond vorbei. Nikos genoss jeden Schritt, den er tat. In den Nächten seit dem Karneval, die er als einsamer Wanderer zugebracht hatte, hatte er das Gehen in der Eifel erlernt, in knorrigen alten Stiefeln. Er wusste, wie man seine Schritte im Fichtenwald, wie man sie am Rande des tückischen Hochmoors setzte, kannte die Wege zwischen den Buchenhecken und über Steine; auch Dörfer mit Schauernamen wie Kalterherberg hatte der Mondritter auf seinen Streifzügen besucht, deren einziges Ziel war, vor Erschöpfung die Sorge zu vergessen.

Doch diese Nacht war etwas Besonderes. Die Erwartung eines Signals der Geliebten war wie ein unverhofftes Kap beim Segeln. Nikos lief direkt zum Krankenhaus, das er nach zwanzig Minuten erreichte. Die den Eingang bewachenden Polizisten saßen rauchend in ihrem Auto, dem üblichen Volkswagen, sie sahen Nikos nicht.

Anders als sonst ging er nicht sofort zum Briefkasten, sondern umrundete das Gebäude, um auf die Anhöhe zu gelangen, von der aus man die westliche Seite des Kreiskrankenhauses überblicken konnte. Da er keine Armbanduhr besaß, musste er auf die Schläge von St. Josef hören. Er hatte die Anhöhe noch nicht ganz erklommen, da schlug es aus der Ferne volle zehn Uhr vom Kirchturm.

Er blieb stehen. Genoss seinen stolz in der kalten Luft dem Mondlicht hingehaltenen Atem und blickte gespannt auf die Reihen von dunklen wie erleuchteten Fenstern. So wie er Vera kannte – oder wie er sich sicher war, sie zu kennen –, würde sie nicht unpünktlich sein. Aber an der Seite des Krankenhauses, auf die er nun herabblickte, war nichts Auffälliges zu sehen, kein Flackern von Licht. Auch nach Minuten noch nicht. Also stieg er weiter am Hügel entlang, schritt durch zwei archaische Hecken mit enormen Toren, die in die jahrhundertealten Buchen hineingeschnitten waren, bis er die hintere, schmale Seite des verwinkelten Baus überblicken konnte. Zunächst war nichts zu sehen. Doch dann, schlicht und klar, war das Zeichen da. Ein Zimmer in eigenwilliger Lage im Dachgeschoss, zwei kleine Fenster, die nach Westen gingen. Zwei Fenster, die erleuchtet waren und jetzt gleichzeitig dunkel wurden. Dann wieder aufstrahlten. Wieder dunkel wurden. Vera. Was für eine Freude!

Und welche Freude für Vera! Nachdem sie minutenlang das Licht im Zimmer alle zwanzig Sekunden aus- und wieder angemacht und kurz im Dunkel nach draußen gestarrt hatte, sah sie nun, gerade wieder ans dunkle Fenster getreten, draußen eine Art Fackel aufbrennen. Auf der Anhöhe gegenüber, bevor der Wald begann, stand jemand und machte Leuchtzeichen wie ein Phönizier! Erst dachte sie an einen Zufall, eben irgendein Feuer, aber dann sah sie, wie die Fackel im Halbkreis geschwenkt wurde. Sie schlug die Hände aufeinander vor Freude. Er war da! Die Nachricht hatte ihn erreicht. Er war gekommen und hatte seinerseits ein Signallicht vorbereitet. Wie sie ihn liebte in diesem Augenblick, den fernen nahen Mann. Warum nur waren sie nicht schon früher auf die Idee gekommen, sich auf solche Weise zu verständigen?

Dann war das spiritusgetränkte Küchentuch verbrannt, und Nikos rammte das verkohlte Ende des Besenstiels mit Wucht in die steinige Erde. Knirschend sprangen Kohlestückchen ab. Er winkte zu ihr hinüber. Sie machte das Licht an und winkte ihm. Sie hatten sich, sahen sich, auch wenn sie nur eine dunkle Gestalt und er bloß einen Schattenriss im Fenster wahrnahm. Er dachte noch einmal daran, was er in seinem Brief geschrieben hatte, denn das würde sie morgen als Erstes lesen. Und er war damit einverstanden. «Ich sehne mich so danach, dich zu sehen. Dein Nikos», stand da. Schwarz auf weiß. Damit hatte er sich ihr offenbart. Auch ausgeliefert. Doch er war zuversichtlich, dass sie genauso empfand. Was für ein Abend. Was für ein Anblick: Vera am Fenster!

Er zog den angekohlten Besenstiel aus dem Boden, von nun an würde er ihn als Stock und Stab mit sich führen. Schnell lief er den Hang hinunter, denn er musste den Brief mit seinem Geständnis ja noch einwerfen. Die Polizisten standen jetzt wieder vor den Eingängen. Sie unterhielten sich leise. Nikos steckte den Brief in den Kasten, selten hatte ihm das Klappern des lackierten Gusseisens so schön geklungen. Einer der beiden blickte zu ihm her und grüßte mit einem kurzen Nicken. Nikos hob seinen Stab.

Er überquerte den Parkplatz vor dem Haupteingang und schlug sich zwischen die winterdürren Büsche, um eine Abkürzung zu seinem Lieblingsweg zu nehmen, als ihm etwas Merkwürdiges auffiel.

Weiter vorne, oben am Waldrand, stand ein alter VW-Wehrmachts-Kübelwagen. Den kannte er. Der Wagen, mit dem Max Lembke zum Jagen fuhr. Nikos wunderte sich, dass die Jagdgründe der Rither-Werke so weit und so nah bis an die Stadt reichten. Dann schlug er seinen neuen Stock auf den Asphalt und hörte mit Behagen, wie das verkohlte Ende noch einmal knirschte. Jetzt musste es aber losgehen, denn mittlerweile, mit dem Stab in der Hand und nach der herrlichen Begegnung mit Vera im Sinne, war eine große Wanderlust in ihm erwacht. Ungestüm stiefelte er los, durch das idyllische Rosenthal an der Rur entlang, hinein in das Fachwerk- und Schiefer-Städtchen Monschau mit seinen engen Gassen. Der verheißungsvoll werdende Mond stand klar über der alten Burg. Als Nikos nun dreifüßig wie das Sphinx'sche Rätsel auf dem vornehmen Kopfsteinflaster der Stadt dahinging, sah er ein Gasthaus, das noch offen zu haben schien, und überlegte für einen Moment, ob er hineingehen und etwas trinken sollte.

Zum Goldenen Löwen hieß das vornehme Haus, das auch ein Hotel war. Nikos spähte durch das Fenster der Gaststube, um zu sehen, wer da wohl verkehrte. Und entdeckte jemanden, bei dem sich ihm die Nackenhaare aufstellten – dieser unmögliche Journalist aus München. Grünwald. Er saß mit seiner qualmenden Pfeife an einem großen Tisch, Papiere vor sich ausgebreitet, über die er sich mit seinem Dauergrinsen beugte. Eine große Flasche Mineralwasser stand da auch.

Dieser Blick auf den unsympathischen Menschen, der so übersatt und selbstzufrieden wirkte, genügte Nikos, um augenblicklich kehrtzumachen. Lieber noch einmal zurück zum Krankenhaus, um noch einmal ihre Fenster zu sehen, auch wenn die jetzt vielleicht dunkel wären.

Ausbleibende Ereignisse können ebenso bedeutungsvoll sein wie Fakten, nur dass man es eben nie wissen wird. Es gibt aber, der geizigen Neigung der Zeit wegen, immer nur ein einziges Ereignis stattfinden zu lassen, unendlich viel mehr nicht geschehene als geschehene Dinge.

Wir wissen nicht, wie diese Geschichte aus Monschau verlaufen wäre, wenn «Grünwald», der Rechercheur, und Nikos, der Mondritter, sich gemocht, an diesem Abend miteinander gesprochen und sich ein wenig ausgetauscht hätten. Sie hätten verblüffende Parallelen entdeckt.

Vor allem eine Geschichte aus des Älteren Leben hätte Nikos gewiss zu denken gegeben. Da hatte der damals zwanzigjährige Mario, der sich hier eben Grünwald nannte, noch in Wien gelebt und als chemisch-technischer Assistent gearbeitet. Im April 1945 hatte er mit angesehen, wie zwei Kollegen in seiner Firma von der SS erschossen worden waren, weil sie sich der Zerstörung des Elektronenmikroskops widersetzten, das dort stand. Das technische Wunderwerk sollte nicht in die Hände der Feinde fallen. Die Wissenschaftler starben. Die neuartige Lupe, durch die Mario ein paar verblüffende Male hatte blicken dürfen, wurde gesprengt. Als Sohn einer nichtjüdischen Mutter und eines nach England geflohenen jüdischen Vaters hatte er keinerlei Sympathien für die Nationalsozialisten empfunden, aber die brutale Exekution der beiden Wissenschaftler vor seinen Augen zeigte ihm endgültig, zu was für einem Ort die Nazis die Welt gemacht hatten. Unter dem Eindruck dieser Tat schrieb er bald danach seine ersten Erzählungen, die alle im Wien der Nachkriegszeit spielten. Dann ein Theaterstück. Ein Drehbuch. Reportagen, Kritiken, Feuilletons.

1950 erfolgte sein Engagement in München, wo er sich als Starreporter auf dem Kreuzzug gegen die Verlogenheit der Gesellschaft befand, immer auf der Suche nach aufwühlenden Storys, die die vielfältigen Bedrohungen zeigten, in denen die Welt schwebte. Und stets schrieb er über und gegen die Nazis, wo immer er sie antraf.

Da es von Gefahren, Lügen, Schändlichkeit wie von alten und neuen Nazis im Wirtschaftswunderland nur so wimmelte, hatte er, der stets an mehreren Projekten gleichzeitig arbeitete, ein ziemliches Pensum zu bewältigen. Seit seinen ersten an der Schreibmaschine verbrachten Nächten hatte er dabei auf das magische Mittel gesetzt, dem so viele Schriftsteller vertrauten – den Alkohol.

Nun lagen etliche Romane, Filme, Theaterstücke, ungezählte Reportagen aus der ganzen Welt, Geheimdienstgeschichten, Verfolgungsjagden und Liebesaffären hinter ihm, und er hatte eine Vernunftehe mit der Überkinger-Quelle geschlossen. Er wollte nicht einmal ausschließen, dass ihm das mineralstoffreiche Wasser eines fernen Tages schmecken könnte. Bis dahin kaute er Schluck für Schluck auf dem dezenten Salzaroma herum und vergegenwärtigte sich trotz des leichten Widerwillens, den dieser in der gehobenen Gastronomie immer beliebtere Sprudel in ihm auslöste, jenen Grundsatz, den ihm sein Psychiater in der Entzugsklinik eingeschärft hatte: sich immer an den Abend seines Zusammenbruchs erinnern. *Denken Sie immer daran, wie Sie sich beschmutzt hatten, hilflos auf dem Boden lagen, sabbernd und unfähig, selbst aufzustehen. Dieses Gefühl des absoluten Verlorenseins durch den Alkohol müssen Sie für sich bewahren. Es ist grausam. Aber es ist Ihr bester Schutzschild.*

Dazu hatte ihn der Psychiater zunächst in einen einwöchigen Heilschlaf versetzt, um ihm danach mit Hilfe einer neuartigen Hypnose-Technik einen tiefsitzenden Abscheuanker gegen jeden Alkohol einzupflanzen.

Derart neu konfiguriert, arbeitete der illustre Journalist nun an seiner ersten Geschichte seit der Entlassung aus der römischen Privatklinik. Die Überkinger-Vorräte im Goldenen Löwen schmolzen dahin. Seine Spesenrechnungen an *Quick*, früher spektakuläre Zeugnisse selbstausbeuterischer Extravaganz, blieben geradezu bieder. In München wunderte man sich schon. Was war mit dem vor kurzem noch exzessiven Starschreiber bloß los?

Zu der Zeit, als Nikos, der nächtliche Wanderer, seinen Blick durch das Gasthausfenster geworfen und den Reporter an einem großen Tisch über seinen Rechercheergebnissen hatte sitzen sehen, war *Quick* das am meisten verfolgte Massenmedium der Republik.

Im Herbst würde es von dieser Stelle durch den zwar immer noch auflageschwächeren *Spiegel* verdrängt werden, der sich den gesetzesbrechenden Hass des Verteidigungsministers Strauß zuzog, aber Ende März 1962 war noch *Quick* das von der Regierung am meisten bedrängte Blatt.

Die nach dem *Stern* zweitstärkste Illustrierte hatte vor kurzem eine nie dagewesene Polizeiaktion provoziert. Und das Ganze war die Idee ebendieses Starjournalisten gewesen. Unter dem Pseudonym «Strindberg» hatte er die zwei Seiten produziert, die alles auslösten. Dazu hatte er sich lediglich einen bereits sehr guten Artikel aus dem *Hamburger Abendblatt* vorgenommen, ein wenig nachrecherchiert, ein gutes Foto und einen knalligen Titel über die Geschichte gesetzt.

Fels des gigantischen Anstoßes war der Eingang zu einem «alten, nie vollendeten Eisenbahntunnel», so sagte die Bildunterschrift. Hügelan über dieser Pforte befand sich ein Weinberg. Am Ende des Krieges waren hier, im Tal der Ahr südlich von Bonn, mit Zwangsarbeitern aus dem Buchenwald-Außenlager «Rebstock» Schienen und Fahrzeuge für die V2 produziert worden. Und ausgerechnet hier wollten Adenauer und sein Verteidigungsrat im Falle eines Atomkrieges Schutz finden. Sieben Männer sollten hier überleben, so der Plan, um Deutschland weiterhin zu führen. Das *Hamburger Abendblatt* hatte detailliert darüber berichtet – aber *Quick* hatte ein großformatiges Foto gedruckt!

Absurderweise zeigte es gar nicht den echten Eingang zum geheimen Tunnel an der Ahr, sondern irgendein Tunnelloch in einem Weinberg. Das Foto war einfach nur eine Illustration, wie es aussehen *könnte*. Dennoch und gerade deshalb wurde *Quick* wegen «unechten Landesverrats» angeklagt. § 100 Strafgesetzbuch – wegen der Fälschung von Nachrichten, die *im Falle ihrer Echtheit* ein Staatsgeheimnis darstellen *würden*.

Zehntausende Polizisten durchforsteten auf Befehl des Innenministeriums die Zeitschriftenläden, Kioske und Bahnhofsbuchhandlungen und rissen die betreffenden zwei Seiten aus sämtlichen der 1,2 Millionen gedruckten Exemplare heraus, derer sie habhaft werden konnten. Es waren gar nicht mehr viele.

«Faschingsscherz oder Werbebolzen zwecks Verkaufssteigerung?», fragte Ulrike Meinhof, die Chefredakteurin der von der DDR finanzierten linken Zeitschrift *konkret*. Und sie hatte recht mit der zweiten Möglichkeit: Jeder wollte ein Exemplar dieser Ausgabe haben. Die *Quick* war binnen zwei Stunden ausverkauft.

Der Kopf hinter dem genialen Streich saß jetzt im Hotel

Goldener Löwe zu Monschau. Denn bei der Recherche zu der Bunkergeschichte war er auf einen ehemaligen Wehrwirtschaftsführer namens Richard Seuss und dessen Beziehungen zu Robert Ley gestoßen, dem Leiter der Deutschen Arbeitsfront. In ihr waren alle Gewerkschaften und sämtliche Arbeitgeberverbände zusammengefasst gewesen – die größte staatliche Arbeitsorganisation der Geschichte.

Mit Ley und dessen hypertrophen Plänen zur Errichtung einer riesigen neuen Industriestadt hatte Grünwald sich schon eine ganze Weile beschäftigt. Das hatte mit den Recherchen für einen Roman zu tun, in dem er sich dem Thema Zwangsarbeit im Dritten Reich widmen wollte.

Wenn man genauer hinsah und beobachtete, wie sich die deutschen Unternehmen seit Kriegsende bei diesem Thema wanden und, durchaus mit Hilfe der Adenauer-Regierung, nicht greifen ließen, konnte man nur staunen. Man vertrat hier den Standpunkt, die Industrie sei ja selbst vom deutschen Staat gezwungen worden, Zwangsarbeiter zu beschäftigen. 1953 war im sogenannten Londoner Schuldenabkommen vereinbart worden, sämtliche Reparationsfragen, zu denen also auch diese gehörte, erst in einem zukünftigen Friedensvertrag zu klären. Ein solcher war angesichts der deutschen Teilung und des massiven Konflikts zwischen den Siegermächten nicht in Aussicht. Aber wer brauchte schon einen Friedensvertrag, wenn die Geschäfte auch ohne so außerordentlich gut liefen und man nun sogar schon wieder im großen Stil Arbeitskräfte aus dem Ausland holte, diesmal ohne Zwang und mit Verträgen?

Eine gewisse Geschmeidigkeit und ein nicht allzu gutes Gedächtnis waren gefragt, und wer darüber verfügte, schlängelte sich geschickt durch die Nachkriegszeit mit ihren wirtschaftlichen Wunderblüten und machte exzellente Geschäfte. So wie Richard Seuss. Der perfekte Manager seiner Epoche.

Einen Mann wie ihn wollte der Journalist und Autor Grünwald zur Hauptfigur seines neuen Romans machen: Tatsachen, reale Geschehnisse und Personen stellte er in eine verfremdete Handlung hinein, Faction nannte man das, die Amerikaner schrieben schon länger so. Aber in Deutschland 1962 bekam man dafür Schande und Schelte. Und eine Riesenauflage.

Aber das viele Geld, das ihm seit seinem letzten Roman zufloss, war für ihn weder ein Trost noch eine Genugtuung. Die einzige Frage, die sich ihm stellte, war existenziell – kann ich ohne Alkohol schreiben? Finde ich trocken den Stoff, die Kontakte, die Menschen?

Im Falle des Nenndoktors Spyridakis war das schon mal gescheitert. Hätte der Journalist es irgendwie geschafft, mit dem jungen Mann ins Gespräch zu kommen, hätte er vielleicht ein aufschlussreiches Detail erfahren: nämlich dass Max Lembke, der Fahrer von Richard Seuss, nächtens im Wagen in der Nähe des Kreiskrankenhauses herumlungerte.

Aber was den Blick des Journalisten auf die ganze Seuss-Recherche trübte, waren die Monschauer Störenfriede schlechthin: die Pocken. Sie waren für ihn ein Sperrfeuer, ein Blitzgewitter, das ihn verwirrte und ihm die Sicht nahm. Er war doch nach Monschau gekommen, um Richard Seuss auf die Pelle zu rücken! Aber beinahe vom ersten Tag seines Aufenthaltes an hatte hier die Seuche geherrscht. Hatte um sich gegriffen, alles verändert, und nun befand sich Vera Rither, die junge Firmenerbin mit radikalen Ideen und womöglich interessante Schreiberin, mit der er sich zuvor zweimal im Goldenen Löwen getroffen hatte, selbst im abgeriegelten Krankenhaus. Ein rätselhafter Fall. Was würde mit der Firma passieren, wenn ihr, Vera, etwas geschähe?

Und wie ging Seuss damit um? Bei dem war in den letzten Wochen, zeitgleich mit der Einlieferung von Vera, eine für den Reporter erkennbare Aktivitätssteigerung zu erkennen gewesen. Aber woran mochte das liegen? Grünwald hatte keine Ahnung. Die Pocken hatten alles durcheinandergebracht, sie schienen seltsame, gefährliche Irrationalitäten, ja Instinkthandeln freizulegen, bei vielen hier und in vieler Hinsicht. Auch an Seuss. Der Rechercheur mochte seine Notizzettel auf dem Tischtuch im Goldenen Löwen hin- und herschieben, wie er wollte. Er brachte die Geschichte nicht zusammen. Zauberer war er schließlich auch keiner. Er brauchte es handfester.

Als ihm das selbst wieder einmal klar geworden war, legte er seine Recherchen seufzend in die teure Lederaktentasche, die ihm eine seiner Freundinnen geschenkt hatte, trank den letzten Schluck Überkinger und winkte der Wirtin zu, die schon wusste, dass er nun noch einen späten Spaziergang vorhatte, und herüberrief, dass ihm der Nachtportier aufsperren werde, der Herr Grünwald möge nur klingeln. Dann trat er auf das im Mondlicht perlenhaft schimmernde Pflaster der Stadt und schritt in Richtung der nahen Residenz von Direktor Richard Seuss. An der schieferverkleideten evangelischen Stadtpfarrkirche vorbei und über eine der zierlichen Brücken, die das Wildwasser der Rur überspannten.

Die manchmal gefahrbringende Freude, die er jetzt gerade wieder spürte, war die des Forschenden, der beschlossen hat, die rein beobachtende Seite aufzugeben und in das Spiel einzugreifen – wie der Inspektor, der plötzlich an der Tür des Verdächtigen klingelt und ihn mit seinem Verdacht konfrontiert, um zu sehen, wie der andere dann reagiert.

Von irgendwo hörte er ein Auto über das alte Pflaster rollen, eine Quergasse weiter Schritte von ein paar Leuten. Der mehr als halbe Mond stand hell über den engen Gassen der Stadt, und als Grünwald ihn betrachtete, sah er silhouettenhaft einen großen Nachtvogel wegfliegen. Der Wind frischte auf. Die Elemente schienen hervorzukommen, um ihm über die Schulter zu sehen.

Die Vorfreude auf seinen Zug im Spiel verlieh den letzten Spuren Überkinger in seinem Mund einen bestechenden kitzligen Nachgeschmack. Würde in Seuss' Palazzo noch Licht brennen, dann wollte der Reporter die Unverschämtheit besitzen und trotz der fortgeschrittenen Stunde klingeln, um jener bislang für ihn nur aus Briefen, Aktenvermerken, Überweisungsträgern und Spendenquittungen bestehenden Person in realiter gegenüberzutreten: Richard Seuss, den Grünwald für sich manchmal den «Zahlmeister des Reichstrunkenbolds» nannte, weil die Menge von Bewirtungsbelegen und Getränkerechnungen, die Seuss seinerzeit beglichen hatte, sogar ihn, den ehemaligen Spesenkönig der *Quick*, verblüfft hatten. «Reichstrunkenbold» war der Spitzname des notorischen Säufers Ley gewesen.

Nach wenigen Minuten stand Grünwald schließlich vor dem roten Tuchmacherpalais mit seiner symmetrischen Prachtfassade und fand Erdgeschoss und ersten Stock erleuchtet. Über der schweren Tür brannte ein zierliches Licht. Er stieg die Granitstufen nach oben und drückte den Klingelknopf. Anstatt eines Schrillens hörte er einen sehr bekannten, strahlenden Akkord durch den Palazzo erklingen, eine Fanfare. Was war das gleich? Er drückte noch einmal. Jetzt fiel es ihm ein: «Also sprach Zarathustra» von Richard Strauss.

Kruzifix, das ging aber schnell, dachte Seuss, der zwar schon den seidenen Hausmantel trug, aber noch an seinem Schreibtisch über Zahlen saß. Dann verwarf er den Gedanken, dass es schnell gegangen war, sofort wieder, weil er wusste, dass er nur seiner angespannten Erwartung geschuldet war. Man machte einen Plan, stellte eine Falle auf und konnte dann an nichts anderes mehr denken. Aber jetzt war es viel zu früh. Realistisch bleiben bitte ... Aber wenn es doch schon geknallt hätte? Was für ein Unsinn! Schluss mit dem Schmarren.

Dennoch ließ er sofort den Bleistift fallen und stand auf. Wer besaß wohl die Frechheit, ihn so spät noch zu stören und sogar zweimal zu klingeln? Sein Missvergnügen, als er diesen Grünwald erkannte, dieses lästige, doch bisher gut verdrängte Ärgernis auf den Luxemburger Fotos, hätte größer nicht sein können. Diese ein wenig hässlich nach oben gezogenen Lippen waren unverkennbar. Ihm blieb auch wirklich nichts erspart.

Der Journalist, der Seuss schon lang aus der Ferne beobachtet und auch die Aktivitäten rund um sein Palais verfolgt hatte, war von der Präsenz des von oben auf ihn herabblickenden, schnurrbärtigen Fleischberges beeindruckt. Vor allem hätte er nicht damit gerechnet, wie freundlich die tief im feisten Gesichtsfleisch steckenden Äuglein ihn anblickten – allzumal Seuss ihn offensichtlich kannte, wusste, wer da vor ihm stand.

Er stellte sich vor, Seuss nickte nur: «*Quick*, habe ich recht?»

Und anstatt ihn etwa ausfallend anzugehen – was ihm einfiele, so spät ein Haus aufzustören –, war Seuss die Höflichkeit in Person, bat ihn umstandslos hinein, nahm ihm den Mantel ab und führte ihn in den Salon. Dessen dunkle Kassettendecke und die mit Seidentapeten von strahlendem Blau bespannten Wände, an denen dicht an dicht Gemälde flämischer Meister hingen, versetzten den Reporter, der für alle irdischen Genüsse und Schönheiten sehr empfänglich war, einen leichten Schlag. Wirklich nicht übel.

«Bitte nehmen S' Platz, der Herr», sagte Seuss mit betont bayerischem Akzent und wies ihm einen der komfortablen Ledersessel zu.

Seuss erinnerte sich, dass die Alte Dame ihm erzählt hatte, der Schmierfink habe gerade eine Entziehungskur hinter sich.

«Was darf ich anbieten», fragte er gutgelaunt, «ein kühles Bier? Hab immer ein frisches Münchner vorrätig, haben S' ja bestimmt länger keines getrunken?» Er lächelte sehr einladend. «Oder Weißwein, Sekt. Rotwein? Cognac, oder lieber einen Whisky? Hab einen sehr, sehr guten aus Schottland da. Schmeckt man gar nicht. Wie ein Luftzug Kaminfeuer.»

Der Gast musste lachen, na, dieser Scheißkerl war ja ein echter Barkeeper. Grünwald bleckte die Zähne wie ein flehmender Hengst und schob sich die Brille zurecht.

«Sprudelwasser, bitte. Überkinger, wenn möglich?»

«Haben Sie aber Glück. Habe ich da.»

Doch das war das letzte Mal, dass Richard Seuss seinem Gast entgegenkam. Er sprang auf keinen seiner rhetorischen Tricks auf, ließ sich nicht überrumpeln. Behielt sich im Griff. Schließlich hatte er schon lang auf Attacken von dieser Seite gewartet. Er ließ diesen Grünwald ruhig erzählen. Der hatte seine Geschichte brav zusammengetragen und versuchte nun nach Kräften, Seuss damit zu beeindrucken. Die Akte Robert Ley. Waldbröl.

«Wenn ich das alles richtig verstehe», fragte der Reporter naiv, «sollte dies Waldbröl, Leys Heimatort, eine der wichtigen neuen Städte des Reichs werden. Die Stadt des Volkstraktorenwerks. VTW – die größte Fabrik Europas. Wie viele Porsche-Traktoren sollten hier gebaut werden?»

«Für den Anfang? Dreißigtausend im Jahr.»

«Vier Fabrikhallen mit je hunderttausend Quadratmetern, die größten Fertigungshallen ihrer Zeit, stimmt's?»

«Ja, so sahen die Pläne aus.»

«Und nicht nur die größte Fabrik – auch die Stadtplanung war doch enorm: ‹Der schönste Platz Deutschlands› auf dem alten Viehmarkt, samt Oper, Staatstheater und Hochschule. Alles nagelneu, alles geplant von Robert Leys Kölner Hausarchitekten, Clemens Klotz, hab ich recht?»

Grünwald nahm einen Schluck Überkinger. Schmeckte wie ein Cocktail in Havanna. Er trank noch mal einen Schluck. Leckte sich über die Lippen. Er hatte den anderen da, wo er ihn haben wollte.

«Aber wer, das ist die Frage, sollte die modernste Fabrik Europas, betrieben mit Strom aus Windkraft, das Volkstraktorenwerk Waldbröl, wer sollte das leiten?»

«Da schau her, da haben Sie ja richtig recherchiert. Gratuliere. Es ist so: Alles, was Sie sagen, stimmt haargenau. Das sind ganz schlichte, sehr alte Tatsachen. Aber Sie wirken schon die ganze Zeit so echauffiert. Worüber Sie sich bei alldem so aufregen, Herr Grünwald, das wüsst ich jetzt mal wirklich gern. Und überhaupt, was Sie von mir wollen. Wohin soll dieses Gespräch denn führen?»

Grünwald lachte kopfschüttelnd auf: als ob das nicht klar wäre!

Seuss fuhr ruhig fort: «Nur weil Robert Ley, der sich vor seinem Prozess in Nürnberg sauber umgebracht hat, und weil er einmal der Meinung war, ausgerechnet ein Richard Seuss sei der fähigste Industriemanager, den man im Großdeutschen Reich kriegen kann, muss sich dieser Seuss ja nicht gleich an allen Verbrechen des Herrn Ley schuldig fühlen. Oder?»

«Sicher nicht, Herr Wehrwirtschaftsführer», sagte der Reporter nun lächelnd, zog seine Recherchemappe hervor und reichte seinem Gegenüber ein paar der lichtkopierten Belege. Alle trugen Seuss' Unterschrift.

Das vor seinen Augen gefrierende Lächeln des übergewichtigen Herrn im sehr teuer aussehenden Hausmantel zu sehen, entschädigte ihn für den abgeschlagenen Cognac, den er eigentlich zu gern gekippt hätte, aber jetzt nicht und niemals mehr kippen würde.

«Woher haben Sie das?»

«Kann mir vorstellen, Herr Direktor, dass Sie das gerne wissen würden. Ich lasse Ihnen die Kopien da. Sie erreichen mich im Löwen. Ach so, Sie fragten, wohin dieses Gespräch führen soll? Zu weiteren Gesprächen, hoffe ich. Ich würde mich gern mal viel ausführlicher mit Ihnen über solche Dinge unterhalten. Über die Dinge, die ich noch nicht selber rausfinden konnte, versteht sich. Denken Sie mal darüber nach. Empfehle mich.»

Nachdem der Reporter gegangen war, brauchte Seuss mehrere hellwache Stunden, um sich die Zusammenhänge vollkommen klarzumachen. An Schlaf war vorerst nicht zu denken. Wohl länger nicht mehr. Die Spendenquittungen, alle unterschrieben von Reichsschatzmeister Franz-Xaver Schwarz aus Erlangen, dem Finanzchef der NSDAP, mussten aus dem gefürchteten Buchführungs-Konvolut der Nazis stammen, von dem schlimme Gerüchte besagten, es sei nach Kriegsende nicht vom amerikanischen Geheimdienst sichergestellt und auch nicht etwa verloren, vernichtet worden, sondern auf irgendwelchen Wegen in unbekannte, aber alles andere als wohlwollende Hände gelangt. Das könnte geschehen sein, als die ganzen großkopferten Nazis zusammen in einem Luxemburger Grand Hotel eingesperrt waren, wo man versuchte, ihnen ihre Geheimnisse abzuluchsen, bevor die Herren dann nach Nürnberg chauffiert wurden. Es war in Bad Mondorf gewesen. In ebenjenem Hotel, in dem Seuss vor vierzehn Tagen das geheime Algeriengeschäft gefeiert hatte. Wo er die Fotos von diesem Grünwald bekommen hatte. Aber woher hatte der nun die Spendenquittungen und Belege? Seuss empfand ein ganz sonderbares, mulmiges Gefühl, und er wusste, dass keines der Mittel aus seinem Gegenschlagkoffer dagegen helfen würde.

Was ist los mit dir, Richard, seit wann drückst du dich vor der Wahrheit? Du glaubst doch nicht, dass das ein Zufall ist? Reiß dich am Riemen, auch wenn es weh tut. Die Sache ist glasklar, so beschissen sie auch aussieht. War alles dokumentiert. Gab sogar peinliche Fotos. Das richtig Blöde war nur, dass er diese Dinge damals bei der Entnazifizierung verschwiegen hatte, na, wie auch anders. Er fühlte sich ja sauber. An seinen Händen klebte kein Blut. Arbeiter brauchte man, ob mit oder ohne Zwang. Was hätte er also tun sollen? Warum also schlafende Hunde wecken, hatte er damals gedacht. Aber wenn das jetzt ans Licht kam, würde die Meute bellen, egal, was wirklich war. Ausgerechnet jetzt, in der Pockenzeit, wo so viel Presse in der Stadt war.

Die entsetzlichste Möglichkeit, über die er gar nicht richtig nachdenken durfte, bestand darin, dass die Alte Dame Luxemburg dahintersteckte. Er hatte sie enttäuscht, und jetzt wollte sie ihn vielleicht nicht einmal vernichten, aber loswerden. Wie einen Aussätzigen vertreiben, wegsperren.

Er zog sich schnaufend seinen besten Trachtenanzug an und verwandte ansonsten nicht viel Zeit aufs Packen. Der Schweiß stand ihm auf der Stirn, als er seinen Safe ausräumte. Ihm war klar, dass er nicht den ganzen Gegenschlagkoffer mitnehmen konnte. Er wählte einige Präparate und Substanzen aus, die er in den nächsten Wochen am dringendsten bräuchte. Jetzt gleich nahm er ein amerikanisches Amphetamin ein, das ihm durch die Nacht helfen würde. Den Rest ließ er einfach im Palazzo zurück. Eine solche, von sprudelnden Gebirgsflüssen geadelte Residenz würde er so schnell nicht mehr finden. Was für ein wunderbarer Ort. Das Geräusch, mit dem die schwere Tür ins Schloss fiel, klang ihm schmerzlich im Ohr. Er strich über ihre kunstvollen Schnitzereien, berührte noch einmal den goldenen Knauf, den er schon so oft mit Behagen gedreht hatte. Er klingelte, um noch einmal den gewaltigen Anfang von «Also sprach Zarathustra» zu hören. Die Türglocke seines Lebens.

Dann fuhr er mit seinem kleinen privaten BMW, den er unweit des Hauses in einer Gasse zu parken pflegte, in die Firma. Er nickte aus dem Wagen heraus dem Nachtpförtner zu, sonst traf er niemanden von der Nachtschicht an. Hellerleuchtet die Gießerei. Die Kaminschlote rauchten. Er eilte in das Verwaltungsgebäude, machte nur die Lampe auf seinem Schreibtisch an und durchforstete sein Büro nach Unterlagen, die er besser mitnähme, um sie dann irgendwo zu entsorgen. Der Schreibtisch war voll, durch Variola war viel liegengeblieben. Er wühlte sich rasch durch Briefe und Schreiben der letzten Wochen, es staubte, er rieb sich die Augen und musste ein paarmal niesen.

Er nahm das Telefon zur Hand, wählte das Amt.

«Ja bitte», fragte eine Frauenstimme, etwas kratzig. Sie räusperte sich. «Entschuldigung. Was kann ich für Sie tun?»

«Bitte machen S' mir eine Leitung nach Amerika, New York. Eine Nummer in Manhattan ...»

Die Dame vom Amt steckte ihm die Verbindung. Nach fünf Freizeichen wurde abgenommen. Seuss führte das Telefonat, vom dem er gehofft hatte, es nie führen zu müssen. Von einem Zettel, den er in seiner Brieftasche beständig mit sich führte, las er eine Zahlenreihe vor, einen Code. Jede einzelne Zahl wie ein Dolchstoß und eine Linderung gleichermaßen.

Als er fertig war, schrieb er seiner Sekretärin eine Notiz, dass er ins Ausland gefahren sei, um wichtige Kunden zu besuchen. Er werde sich bald melden.

Nur weil er sich – ohne daran zu glauben, dass es einmal so weit kommen könnte – schon öfter auf diesen Augenblick vorbereitet hatte, hieß das nicht, dass es nicht bitter für ihn war, als er sich in den Wagen setzte, den Zündschlüssel drehte und die von Bernhard Rither 1924 gegründete Fabrik, in der er fast sein ganzes Leben zugebracht hatte, hinter sich ließ. Nicht lange, die Sonne ging gerade auf, und er war auf der Höhe der Urfttalsperre, wo Robert Ley seine NS-Ordensburg Vogelsang gebaut hatte – gebaut mit Spenden von Seuss und anderen Wirtschaftsführern. Ein Gebäude wie aus einem Science-Fiction-Film, stand es hoch über dem Urftsee. Hier, in Vogelsang, hatten sie sich persönlich kennengelernt, Seuss und Ley. Korrupt bis in die Haarspitzen war Ley gewesen, zum Frühstück schon blau, aber ein mitreißender Redner. Ein Phantast. Aber weil er immer das sagte, was alle hören wollten, schlug er seine Zuhörer in den Bann. Wenn er den Leuten ausmalte, dass es nicht mehr lange dauern würde, bis die Deutschen mit ihrer überragenden Wundertechnik nicht nur den Mond, sondern auch die Planeten erreichen würden, dann glaubten sie ihm und sahen das alles vor sich. Weil sie ihm glauben wollten, weil das doch eine zu schöne Vorstellung war. All die Maschinen, die Öfen, all der Stahl, den sie da verbauen würden, bei der bevorstehenden Eroberung des Weltraums.

Gottverdammtes Arschloch, dachte Seuss, während er zusah, wie die Strahlen der Sonne auf der gigantischen Anlage der Ordensburg zu spielen begannen. Verdammter Idiot. Er drückte aufs Gas. Es war ihm selber nicht mehr ganz klar, wen er damit meinte. Ley oder sich selbst. Wahrscheinlich beide.

Doch auch wenn seine zerknirschte Person nun derart hadernd den Ereignishorizont Monschaus verließ, so blieb doch etwas von ihm zurück. Wartete ab. Lauerte auf seine Gelegenheit.

Der Ansteckungsweg von *Patient 37*, den Günter Stüttgen bei seiner Visite im Monschauer Kreiskrankenhaus gerade vor sich hatte, war von den Beamten des Gesundheitsamts schnell nachvollzogen worden. Es handelte sich bei *Patient 37* um einen alten, allein lebenden Mann aus einem Dorf im Hohen Venn, einen Hagestolz, der seinen Lebensunterhalt und auch seinen Lebenssinn darin fand, zwei Milchkühe, Schafe und ein paar Hühner zu halten, mit denen er wortwörtlich mehr oder weniger zusammenhauste. In seinem Dorf Heckenley, an dessen Rand sein kleines Gehöft lag, hieß er nur: der Eremit.

Er hatte sich beim Sohn eines der Schreinergesellen angesteckt, die zu Beginn der Epidemie die provisorische erste Schleuse ins Kreiskrankenhaus errichtet hatten. Der Junge, der selbst in einer der Quarantäne-Stationen für Kinder untergebracht war und bislang keine Symptome zeigte, hatte den alten Nachbarn oft besucht, um ihm zuzusehen, wie er sich um die Tiere kümmerte.

Nun lag der Eremit auf einem Einzelzimmer und nickte dem in einen Gummianzug gekleideten Stüttgen zu.

«Ah, de Herr Profess. De Händ gäb ich Ihnen nicht.»

«Wie geht's Ihnen, Herr Broich?»

«Hochheiligste Dreifaltigkeit, Gott Vater, Sohn und Heilger Geist, ach, schütze mich in aller Not, vor Feuer, Wasser, schnellem Tod», stieß der mit seiner juchzenden Altmännerstimme hervor und schüttelte lachend den Kopf. «Bin dem Herrjott dankbar. Solang es meinen Tieren jut jeht. Die fehlen mir.»

«Sie werden bald zurück auf Ihren Hof können, Herr Broich.»

«Ich han mir jedacht und hab es auch versprochen, wenn ich rauskomm, dann werd ich nach Echternach Springen jehen.»

«Eine Wallfahrt zum heiligen Willibrod?»

«Justament.»

«Gewiss eine gute Idee.»

Stüttgen nickte dem alten Mann zu. Als er eingeliefert worden war, hatte er weniger gewogen als jetzt. Er überstand die Pocken trotz seines Alters gut. In ein paar Tagen würde man ihn ausschleusen können – vorausgesetzt, die Schleuse funktionierte und es gab keinen weiteren Zwischenfall.

Mit Zufriedenheit sah Stüttgen, wie die Rot-Kreuz-Schwester, eine junge Frau, die die freiwillige wochenlange Isolation klaglos auf sich genommen hatte, dem Eremiten nun die übliche Behandlung angedeihen ließ. Sie trug feines Zink-Oxyd-Öl auf die beinahe schon vollständig ausgeheilten Pusteln auf. Der Ausschlag hatte den Hagestolz gar nicht so sehr im Gesicht, sondern vor allem an den Unterarmen und Beinen getroffen. Es waren große, aber nicht besonders viele Pusteln gewesen, doch ungleichmäßig verteilt, besonders die Unterschenkel hatten einiges abbekommen. Variola war unvorhersehbar.

Wenn man den letztmöglichen Zeitpunkt einer Impfung versäumt hatte, etwa bis fünf Tage nach der Infektion, dann nahm das Virus seinen Weg durch den ganzen Körper, parasitierte und schädigte oft die unterschiedlichsten Organe. Herz und Nieren waren besonders gefährdet. Auch das Gehirn. Erschreckend viele Patienten verloren durch Variola ihr Augenlicht.

Die Medizin kannte außer der Impfung keinen Schutz. War es zu spät zum Impfen und die Krankheit ausgebrochen, nahm sie ihren Lauf. Jeder Dritte starb.

Wenn es nur zu einem Hautausschlag kam, dann hatte der Patient Glück. Die Medizin konnte dann pflegend begleiten und versuchen, eine zweite Infektion der Pusteln mit einem anderen Erreger zu vermeiden. Vor allem Bakterien wie Staphylokokken gab es überall, und sie schienen nur darauf zu lauern, Pockenpusteln in noch einmal andere Entzündungen zu verwandeln, die den ohnehin schwachen Patienten weiter angriffen. Deshalb das Zink-Oxyd. Es wirkte lindernd und desinfizierend, auch wenn es abscheulich roch. Bei dem Eremiten hatte es geholfen. Er würde keine großen Narben davontragen, und wenn schon, dieser gottesfürchtige Alte würde sich kaum um den Anblick seiner Waden scheren.

«Wiedersehen, bis morgen», rief Stüttgen durch den Anzug hindurch und winkte dem Eremiten mit seiner breiten Gummihand zu.

«Jott schütze Sie, Herr Professor!», rief der Alte und hob den bereits mit Zink-Oxyd versorgten Arm leicht an. Die Rot-Kreuz-Schwester lächelte ihm unter ihrem Mundschutz zu, lächelte besonders, damit er es an ihren Augen sah.

Der Eremit war Stüttgens vorletzter Patient der heutigen Visite gewesen. Sechsundzwanzig Menschen waren im Augenblick noch im isolierten Krankenhaus, aber jeden Tag entspannte sich die Lage etwas mehr. Seit dem tragischen Todesfall Ende Februar war bisher niemand verstorben. Die meisten der schweren Verläufe hatten das Schlimmste hinter sich. Und das Wichtigste: Seit mehr als einer Woche waren auch keine neuen Fälle aufgetreten.

Die Krankenhausärzte, die Schwestern und Helferinnen

waren Tag und Nacht im Krankenhaus, sie lebten seit Wochen ohne ihre Familien. Sie hatten unermüdlich gearbeitet, genau wie die Hausärzte auf den Dörfern, sofern sie noch da waren und sich nicht selbst in Quarantäne oder Isolation befanden. Von Spyridakis' Einsatz ganz zu schweigen.

Dennoch aber gab es etwas, das Stüttgen keine Ruhe ließ. Patientin Nummer 2. Bärbel Reue. Sie würde er gleich noch besuchen. Sie hatte das Zimmer am Ende des Flurs. Viele Spielsachen hatte sie bekommen, Puppen und sogar einen kleinen Fernseher, auf dem sie am Nachmittag die Kinderstunde sehen durfte. Am liebsten hatte sie die amerikanische Fernsehserie «Fury», in der es um die Abenteuer eines feurigen Rappen ging.

Bärb, wie die Schwestern sie nannten, war ein liebes Kind, vielleicht hätte man sie in der Stadt ein typisches schüchternes Dorfmädel genannt. Bald waren es vierzig Tage, dass sie im Kreiskrankenhaus lag. Nicht auszuschließen, dass die qualvolle, von Fieber und Schüttelfrost begleitete Odyssee zwischen Aachen und Monschau am Abend ihrer Einlieferung dem von Beginn an schweren Verlauf noch Schub gegeben hatte. Angesichts der Heftigkeit der zweiten Phase in Bärbels Erkrankung war Stüttgen froh gewesen, dass zumindest ihre Lider nicht betroffen worden waren, das hätte sie das Augenlicht kosten können. Aber das war so ziemlich der einzige Trost. Die Pusteln hatten das Gesicht und die Hände des Kindes auf eine Weise überfallen, wie es Stüttgen bei einigen indischen Patienten gesehen hatte. Extremfälle.

Dicht an dicht saßen die dicken Pusteln, geradezu grotesk zierten sie die Wangen, wie die plastische Arbeit eines Teufels, der das Antlitz eines Kindes für immer durch eine Fratze ersetzen wollte. Als der Ausschlag bei Bärbel seinen Höhepunkt erreicht hatte, war ihr Gesicht so verschwollen gewesen, dass sie nichts mehr hatte sehen können. Tage- und nächtelang hatte sie geweint. Es gab eine Schwester, die sich nur um Bärb gekümmert hatte, bis sie selbst erkrankte, dann war eine andere gekommen. Dreimal am Tag hatte man die Pusteln mit Zink-Oxyd behandelt, hatte sie getröstet und ihr zugeredet, dem höllischen Juckreiz, der sie in dieser Zeit im Griff hatte, zu widerstehen. Die Pusteln waren inzwischen ausgetrocknet. Doch die schauerliche Tatsache, der der Dermatologe nun mit einem hilflosen Bedauern gegenüberstand, waren die Narben, die auf Bärbels Händen und vor allem ihrem Gesicht zurückbleiben würden.

Noch waren sie mit Schorf bedeckt, der sorgfältig und langsam abgetragen wurde. Aber was dabei zum Vorschein kam – das würde entsetzlich entstellt bleiben. Nichts hatte Stüttgen während der beinahe vierzig Tage tun können, um diese schreckliche Entwicklung aufzuhalten. Die jetzt Neunjährige würde für den Rest ihres Daseins mit einem von Narben zerstörten Gesicht leben müssen, einem hässlichen Gesicht. Wie sollte das vorher schon schüchterne Kind das verkraften, wie sollte es jemals wieder richtig fröhlich werden?

«Guten Tag, Bärbel», sagte Stüttgen und nickte ihr zu, langsam und so ehrerbietig, als wäre sie eine Prinzessin. Sorgenkinder, Sorgenpatienten waren immer die, die einem am meisten bedeuteten.

«Guten Tag, Herr Doktor. Hast du die Vera auch besucht heute?», platzte sie gleich heraus – und sah ihn mit ihren dunklen Augen über dem Schorf ihrer Wangen an.

«Ja, liebe Bärbel, Fräulein Vera habe ich gesehen, gleich in der Früh.»

«Und geht es ihr jut?», fragte das Kind.

«Ja, ganz jut. Und lässt dich sehr schön grüßen, Bärbel.»

Das Kind lächelte, so gut es konnte. Noch immer taten ihr die Bewegungen der Mimik weh.

Sie redeten noch ein wenig weiter, und Stüttgen staunte wieder darüber, wie heiter Bärbel war. Sie hatte sich in der Zeit im Krankenhaus in ihr Leiden gefügt. Doch als sie mitbekommen hatte, dass Vera Rither auch im Krankenhaus war, da war sie mit einem Mal sorgenvoll geworden.

Während Günter Stüttgen nach der Visite beinah schon verzweifelt in seinem auf dem Parkplatz des Kreiskrankenhauses stehenden Käfer saß, sich eine Zigarette an der Glut der anderen ansteckte und sich solche Sorgen machte, der kleinen Bärbel und ihrem Gesicht nicht mehr helfen zu können, trat sein junger Assistent Nikos Spyridakis geduscht, rasiert und im frischen Hemd aus der Personalumkleide der Rither-Werke und ging die paar Meter über den Asphalt bis zur fast verwaisten Villa der Familie Rither. Nur bei Frau Drachsky brannte ein letztes Licht.

Der Mond, sein bester Freund, seit Vera in der Isolation war, bemüßigte sich heute Abend, genau über dem Anwesen zu stehen, hoch über dem Astronomieturm. Beinah drei Wochen war es her, dass Nikos und Vera dort oben waren, ins All und auf den Trabanten gesehen hatten. Und dass er sie, wenige Stunden später, in den Armen gehalten hatte.

Er legte den Kopf in den Nacken und blickte hoch zu dem mehr als dreiviertelvollen Kerl, der heute Abend wie eine im Laufe der Jahrtausende abgeschabte athenische Drachme aussah. Unzählige Male eingewechselt, immer wieder ausgegeben und sich wundersamerweise, wie es keine irdische Münze vermochte, immer wieder erneuernd.

Dann wehten ein paar Wolkenfetzen daher und hängten ihn zu. Die Luft war immer noch kalt, Ardennenluft, aber da lag unzweifelhaft eine gewisse Frische und Feuchtigkeit in ihr, die in weiter Ferne so etwas wie Frühling zu versprechen schien.

Die bräsigen Wolken aber, die störten Nikos. Er wollte seinen Kumpel Moon sehen.

Willst du mich gleich schon wieder verlassen, dachte er, warst doch grad so nah, und bist nun gar nicht mehr da, schon wieder weg? Aber statt seinem Freund den Gefallen zu tun, sich zu zeigen, hockte der Mond jetzt in einem Knäuel fauler Wolkenschafe, die beschlossen hatten, hier zu rasten.

Gut, dachte Nikos, dann geh ich eben essen. Bis gleich, Dicker.

Das konnte er so frohgemut ankündigen, weil er auch heute Abend seinen Brief an die Geliebte schreiben und einwerfen würde. Geliebte. Ja, daran konnte kein Zweifel sein. Im versetzten Takt von jeweils einer Nacht hatten sie miteinander kommuniziert. Im hingebungsvollsten Ton hatte er der Isolierten in den Briefen die Frage aller Fragen gestellt, die sie dann zu bestimmten Zeiten durch Funksignale beantworten konnte. Wenn Ja, dann bitte um Viertel nach zehn dreimal kurz. Jedes Mal hatte sie ihm geantwortet, und so war es nun klar: Vera und er waren ein Paar.

Das Licht im gotischen Treppenhaus ging an. Nikos schlurfte müde nach oben. Seinen Arbeitstag hatte er seit Mittag bei der letzten, tatsächlich allerletzten Impfaktion verbracht, mit der mobilen Impftruppe des Roten Kreuzes, die in den vergangenen Wochen den ganzen Kreis abgeklappert hatte. Da erfreulicherweise schon seit einer Woche keine neuen Verdachtsfälle in den Rither-Werken aufgetaucht waren, hatte er angeboten, dem Rot-Kreuz-Team zu helfen. Die hatten ihn mit ihrem Bus mitgenommen. Eine wohltuende Abwechslung. Ohne Schutzanzug. Heute hatte man noch in einem Weiler oben im Venn Station gemacht, die Aktion fand in einem kleinen Pfarrheim statt. Die etwa sechzig Dörfler waren alle gekommen, bildeten eine lange Schlange bis in den Vorgarten und plauderten angeregt. Im strengen Pockenwinter ohne Karneval hatte man sich viel weniger gesehen als sonst.

Nikos' letzte Impflinge («Auch wenn es schwerfällt – bitte niemals an der Narbe kratzen!») waren ein kleiner Junge und seine Mutter gewesen. Beide bekamen den Schuss der Impfpistole auf den Oberarm, der Junge riss den Mund auf und zeigte ein geradezu verwegen zahnlückiges Lachen, als es vorüber war. Dann hörte er Nikos interessiert zu.

«Die kleine Impfnarbe auf deinem Arm, die wird von nun an mit dir wachsen, mein Kleiner, bis du so groß bist wie ich.»

«Und wie groß wird dat dann?»

«So groß», sagte Nikos und formte mit seinen Händen langsam einen Riesenballon, einen Mond, der den Jungen staunen machte. Die Mutter musste mitlachen.

Später, als er mit mäßigem Appetit im Essen aus der Rither-Kantine stocherte, hörte er Radio. Um die Zeit kam manchmal eine Jazz-Sendung, so auch heute. Der Moderator verkündete, dass Ella Fitzgerald demnächst ein Konzert in Berlin geben würde. Im Berliner Sportpalast. Einem berühmten, auch berüchtigten Ort. Und dann die beste Jazz-Sängerin der Welt: Ella! Sie und Satchmo zusammen: «Dream a Little Dream of Me» ... himmlisch!

Höllisch. Der Gedanke daran machte ihn fast wahnsinnig. Wann würden sie endlich dieses endlose Gebirge verlassen können, in dem ein Tal auf das nächste folgte und eine Schwierigkeit der anderen, ohne dass man jemals den erlösenden Berggipfel erreichte? Wann würde der volle Mond über dem Venn stehen? Wann würde es endlich Frühling werden?

Er hatte seinen Bakelit-Füller schon in Händen, um in dieser sehnsüchtig-wehmütigen Gestimmtheit den Brief zu beginnen, den er auch heute Abend zum Kreiskrankenhaus tragen würde, als es einmal und lange an der Haustür schellte. Etwas, das äußerst selten vorkam, eigentlich überhaupt nur vorgekommen war, wenn er manchmal noch um Essensnachschlag gebeten hatte, den dann ein junger Koch herüberbrachte.

«Isch muss Sie stören, Herr Doktor.»

«Michel, was gibt es denn? Wollen Sie reinkommen?»

Behrends wollte und wollte auch nicht. Den alten Chauffeur, den Nikolaos heute nur am frühen Morgen kurz gesehen hatte, trieb etwas Heftiges um. Das sah man. Dreifingrig zog er ein loses Blatt Papier aus seiner knarzenden Lederjacke und reichte es Nikos. Der sah, dass es sich um die Lichtkopie eines amtlichen Dokuments handelte.

«Im Namen des ...», las er sich selber murmelnd vor. Dann schüttelte er zweifelnd den Kopf.

«Ist das ein Gerichtsurteil? Ein Todesurteil? Woher haben Sie das?»

Behrends brauchte ein paar Minuten, um Nikos ins Bild zu setzen. Es begann diffus. Der alte Eifler fühlte eine Bedrohung, eine bösartige Wendung, die seit einiger Zeit über den Rither-Werken liege. Begonnen habe das, als Vera ins Krankenhaus kam. Es sei ja geheim gehalten worden, aber natürlich habe die Belegschaft irgendwann davon Wind bekommen und angefangen, Mutmaßungen anzustellen. Die Leute redeten ja immer. War sie erkrankt? Wenn nicht, warum war sie in Isolation? Bald schon hätten sich neue, düstere Töne vernehmen lassen. Es sei alles eine abgefeimte Sache: eine Verschwörung.

«Was denn für eine Verschwörung?», fragte Nikos.

Behrends nickte sorgenvoll. Der Düsseldorfer Pocken-Professor, dieser Stüttgen, habe Vera heimtückisch in die Isolation geschickt, und nun würde er die junge Frau so lange im Krankenhaus gefangen halten, bis sie erkranke. Einer meinte, dass sie Vera bestimmt schon infiziert hätten. Die wollten ihren Tod – die Erbin solle sterben.

Wer «die» seien, fragte Nikos. Er fand diese Ideen so abwegig, dass er es gar nicht fassen konnte, dass irgendjemand an so etwas glaubte. Aber Behrends beharrte darauf. Niemand sage, wer «die» genau seien. Aber es sei doch bekannt, dass die Rither-Werke an die Technische Hochschule Aachen gehen würden, wenn kein Erbe aus der Familie mehr da war.

«Die wollen sich die Firma holen, meinen manche», sagte Behrends.

«Himmel, was für ein Riesenunsinn», sagte Nikos, ganz verwirrt und ratlos. Er schüttelte den Kopf, unwillkürlich ironisch lächelnd, erstarrte aber gleich wieder. Eine Ahnung fasste ihn an. Er blickte auf das Todesurteil und begann den handschriftlich eingetragenen Namen des Delinquenten zu entziffern. Dieser Hauptmann, der da am Endes des Krieges und im Namen des Deutschen Volkes zum Tode verurteilt worden war, war niemand anderes als sein Lehrer: Günter Stüttgen.

Die Kopie des Urteils hatte Behrends in der Betriebswohnung von Max Lembke gefunden, sie waren doch Nachbarn im selben Haus. Lembke sei ein Jäger und Waffennarr, das war ja bekannt, aber zuletzt sei ihm, Behrends, doch einiges spanisch vorgekommen. Irgendwas war da im Busch, das habe er genau gespürt. Er hatte sich also schlau gemacht, wann Lembke wieder zur Jagd eingetragen war. Diesen Abend. Zu viert standen sie heute an. Alles alte Kameraden.

Als er den jüngeren Chauffeurskollegen mit seinem Kübelwagen abfahren gesehen hatte, habe er seine Kloosmännche rausgeholt, sein Schließwerkzeug, und einmal einen Blick in Lembkes Wohnung geworfen. Er wisse, das sei natürlich ganz falsch, aber da habe er halt mit einem Quäntchen Glück das Urteil entdeckt.

«Isch wusste jetzt nit mehr, wohin ich mich wenden sollte. Zur Polizei kann ich nit gehen. Die kennen mich ja von früher. Hab ja eingebrochen. Und der Seuss is schon vor ein paar Tagen abjefahren. Auslandsakquise, hieß et aus seinem Büro. Was meint der Herr Doktor – was sollen wir machen?»

Nikos rief augenblicklich im Krankenhaus an, kam durch und erfuhr, dass Professor Stüttgen schon vor über einer Stunde zum Variola-Krisenstab gefahren war. Offenbar sei dort heute eine Besprechung mit dem Oberkreisdirektor und dem Leiter des Gesundheitsamtes angesetzt.

Er legte auf. «Wie lange brauchen wir zum Pocken-Hauptquartier?»

«Berufsschule Lammerath? Wenn wir gleich fahren, sind wir eben da.»

Nikos nahm sich sein Jackett von der Garderobe, setzte seinen Hut auf, dann ging es sofort los. Das halbe Essen blieb auf dem Tisch stehen, das Radio lief weiter, als würde er gleich wieder hereinkommen. Draußen stand ein kleiner Borgward aus der Rither'schen Garage.

Als Nikos einstieg, ohne darüber nachzudenken, worauf er sich da gerade einließ, hatte sein Freund Fengari, so hieß der Mond bei den Griechen, gerade eine große Wolkendame an der Hand, als ob er einen Pas de deux mit ihr tanzen wollte.

Die zu Beginn der Epidemie als Hauptquartier der Pockenbekämpfung eingerichtete Berufsschule war ein niedriges freistehendes Gebäude aus dem letzten Jahrzehnt und von allen Seiten gut einsehbar. Seine großen Fenster waren trotz der fortgeschrittenen Stunde hell erleuchtet. Der Bau lag am Ortsrand, auf der anderen Seite begann bald ein Wäldchen. Behrends und Nikos war sofort klar, dass sie dort zu suchen hatten. Der Chauffeur parkte ein Stück entfernt, sodass der Wagen unbemerkt blieb, und hier trennten sie sich.

«Sie gehen rein, finden Professor Stüttgen und teilen ihm mit, dass er das Gebäude nicht verlassen soll. Ich laufe auf der Seite da hoch und vorne in den Wald. Sie kommen dann sofort nach. Vielleicht sehen wir Lembkes Auto irgendwo.»

Behrends sah Nikos nach, der schnell in dem kleinen Waldstück verschwunden war, betrat das Gebäude und fand die Herren im intensiven Gespräch. Stüttgen war gerade dabei, den beiden Kreisbeamten seine Ratlosigkeit in Bezug auf die Therapie der kleinen Bärbel zu schildern. Die beiden Beamten, weit davon entfernt, gefühllos zu sein, bedauerten den schweren Verlauf, ausgerechnet bei dem Kind, das einmal *Patientin Nummer 2* gewesen war, am Anfang von allem ... Aber war das jetzt das einzige Thema? So ein unerfreuliches, ja trauriges Detail konnte doch die grundsätzliche und von niemandem mehr anzuzweifelnde Aussicht auf das Ende der Epidemie nicht vollends trüben. Man habe doch alles versucht – doch gebe es eben auch so etwas wie Einzelschicksale, an denen man nichts ändern könne. Immerhin und im Ganzen bestehe jetzt doch Aussicht auf eine Rückkehr zum alten Leben.

In diese Stimmung platzte Behrends hinein. Das Besprechungszimmer, in dem die drei saßen und nun doch beinahe stritten, war so voller Zigarettenqualm, wie Behrends es nicht einmal aus Parteilokalen der Essener KPD in den zwanziger Jahren kannte. Der Chauffeur, der die zwei Finger seiner linken Hand keineswegs in einer Fabrik verloren hatte, trat instinktiv einen Schritt zurück.

«Joden Dach. Herr Professor Stüttgen, is e flöddische Wödder draußen, müsst Ihnen was bestellen vom Doktor Spyridakis.»

Stüttgen stand auf und trat mit Behrends auf den Flur hinaus. Nachdem sich die beiden dort kurz besprochen hatten, teilte Stüttgen mit, dass er die Sitzung verlassen müsse – den wichtigen Herren, die gerne noch ein wenig in der Aussicht schwelgen wollten, die verdammten Variola bald besiegt haben zu werden, kam das nicht unrecht. War ja ein hervorragender Mediziner, der Stüttgen, aber so ein Kritikaster, war auch schön, wenn er wieder weg war.

Günter Stüttgen selbst war indes erbost von der Idee, die ihm Behrends von Spyridakis hatte zukommen lassen: Er möge aus Sicherheitsgründen bitte im Inneren des Hauses bleiben und warten. Das wollte der Professor nicht einsehen und verließ mit dem Alten umgehend das Gebäude. In Richtung Wäldchen, in das sie nun rasch hineinliefen. Baumschützen! Als ob er so etwas nicht schon unter ganz anderen Bedingungen überstanden hätte.

Stüttgen hatte von den merkwürdigen Geschichten gehört, die seit Vera Rithers Isolation unter der Belegschaft und auf den Dörfern im Monschauer Land kursierten. Was die Leute sich so ausdachten. Aber das war nun ein zu starkes Stück: dass nun offenbar aus Reihen alter Wehrmachtskämpfer Gewalt, ein Anschlag gegen ihn persönlich erwogen wurde, und nicht allein wegen der Pocken, sondern anscheinend in planvoller Vergeltung für Stüttgens Handeln in Monschau-Dreiborn, Februar 1945!

Er hatte schon gewusst, warum er sich geschworen hatte, niemals über den Krieg zu reden. Ohren hörten alles, aber die Leute verstanden nichts. Und nun war Spyridakis, einer der begabtesten jungen Ärzte der Düsseldorfer Medizinischen Akademie, mitten hineingeraten in diesen Dreck. Durch Stüttgens Schuld.

«Kommen Sie, Behrends, Sie nehmen den Weg hoch. Ich gehe hier unten am Rain. Unser Ziel ist eine Verhinderung von Gewalt.»

«Wird jemacht, Herr Professor.»

Doch sie waren kaum hundert Meter auseinander, als sie beide erstarrten, da aus dem Nichts und von nichts gefolgt aus dem Wäldchen ein Gewehrschuss erscholl.

EPILOG

Wie ein Bogenschütze vielleicht meint, die Sehne seiner fernhin treffenden Waffe noch ein klein wenig weiter durchziehen zu können, um seinen Pfeil auf überlegene Weise ins Ziel zu befördern und alle Beobachter seiner Bemühungen zu noch höherer Aufmerksamkeit zu verpflichten, so könnte der vom Geist dieser Geschichte beflügelte Erzähler sie an dieser Stelle auch noch einmal spannen wollen, um den Leser mit heimlicher Freude auch bis zum letzten Buchstaben an sich zu binden.

Vielleicht würde er Abschweifungen erfinden, um jenem im nächtlichen Wald gefallenen Schuss Nachhall zu geben, bevor er den Pfeil endlich von der Sehne und ihn ins Schwarze jener Frage schnellen ließe, was sich dort zwischen dem auf falsche Rache sinnenden Wehrmachtsschützen und dem kretischen Mondritter abgespielt hat.

Aber solch hinhaltende Frechheit wagen wir nicht, genauso wenig, wie wir uns erlauben würden, das Ende nicht treu dem wirklichen Geschehen nach zu berichten, gemäß der schon erwähnten Überzeugung von Frau Penelope Spyridakis, dass die Wahrheit das Einzige sei, was der Mensch nicht ändern könne, weshalb sich die griechischen Götter auch mit nichts als dem Mythos abgeben wollten, «dem Wort, das wahr sagt», wie es bei Homer steht, an jener Stelle seines Gedichts nämlich, an dem Telemach, der Sohn des Odysseus, sich heimlich und vor seiner Mutter verborgen zur Reise rüstet, um den seit zehn Jahren vermissten Vater zu suchen.

Auch am Ende unserer Geschichte brachen sie auf, verließen die Stadt am Hohen Venn. Das Stück war fertiggewoben. «Die Pocken in Monschau» hieß Grünwalds dreiteilige Serie für *Quick*. Nichts von dem, was er über die Familie Rither und den Direktor Seuss erfahren hatte, fand sich darin, nichts von Veras Isolation und dem dramatischen Anschlagsversuch ausgerechnet auf denjenigen Arzt, der die Monschauer vor Variola gerettet hatte. Angesichts der ungeheuerlichen Vorgänge hätte eine Reportage darüber letztlich nur Richard Seuss' bösartig geplanter Intrige gedient: Es hätte einen Skandal gegeben, und die Technische Hochschule Aachen hätte die Stiftung der Rither-Werke ablehnen müssen.

Da Grünwald die Alleinerbin Vera für eine ganz bemerkenswerte Person ansah, die mit der Stiftung und dem Willen, die Verstrickungen der Firma im Nationalsozialismus aufarbeiten zu lassen, großen Weitblick zeigte, beschloss er, hierüber diskret zu bleiben. Man konnte sich vieles rausnehmen, gewiss, aber man musste wissen, wann man sich wie ein Gentleman zu verhalten hatte. Im Übrigen war er entschädigt worden.

Vera hatte ihm nämlich den Seuss'schen Gegenschlagkoffer überlassen, den sie im verlassenen Tuchmacherpalazzo entdeckt hatte. Die alchemistische Sammlung der Hilfsmittel, Drogen, Psychopharmaka und Steroide faszinierte den gerade einmal ein halbes Jahr lang trockenen Alkoholiker Grünwald, und so spann er in seinem Appartement in München bei Tabak und Überkinger einen Roman über einen verzweifelten Mann aus, der einen Pakt mit einem skrupellosen Arzt schließt, welcher ihn spritzt und dopt, damit er es schafft, noch ein letztes Mal über den Abgrund zu springen.

Es wird nicht überraschen, dass Richard Seuss selbst oft an die zurückgelassene pharmazeutische Wunderwaffe dachte.

Natürlich hatte er sich auf den Stationen seiner Reise mit dem Nötigsten zu versorgen gewusst, doch ebendieser Pharmazieschatz war auf seinen nunmehr zweiundsechzigjährigen Körper perfekt zugerüstet gewesen. Zunächst hatte er einige Tage in New York verbracht, in seinem Stammhotel an der Fifth Avenue, einem diskreten Ort, wo man vor Nachstellungen sicher war. Er war spazieren gegangen, hatte zu viel gegessen und immer noch auf das Signal oder wenigstens einen Knall aus Monschau gehofft. Aber in den in New York verfügbaren deutschen Zeitungen wurde nichts dergleichen erwähnt. Kein Attentat. Kein Skandal. Im Gegenteil: Die Pocken-Epidemie schien überstanden. Er resignierte, fuhr zu einer Filiale der Chase Manhattan Bank und schloss dort ein vor geraumer Zeit angelegtes Schließfach auf, dem er Geld und neue Papiere entnahm.

Dann flog er nach Seattle. Auf der dort gerade eröffneten Weltausstellung traf er sich mit zwei alten Kollegen. Alweg aus Köln, der die Monorail-Bahn auf dem Gelände der Schau errichtet hatte, und Wernher von Braun. Gemeinsam besichtigte man die Ausstellung und nahm im Panoramarestaurant in der Spitze der extra gebauten Space Needle einen sehr guten Lunch. Sie hatten einen Tisch am Fenster, während weiter hinten im Saal eine ausgelassene Gruppe von Boeing-Mitarbeitern einen Betriebsausflug feierte. Ein furchtsamer, hasenartiger junger Mann glotzte unaufhörlich zu ihnen herüber, was Seuss unangenehm fand, bis ihm klar wurde, dass der Kerl auf die zuweilen sichtbaren Strumpfhalter ihrer Kellnerin fixiert war.

Der Abschied von Wernher von Braun, der schon die ganze Zeit mit Autogrammwünschen bedrängt worden war, fiel für Seuss schon beinah nostalgisch aus. Man gab sich die Hand, vielleicht zum letzten Mal. Kurz darauf und allein, pfefferte

Seuss seinen alten Reisepass in einen futuristischen, wie ein V geformten Mülleimer, wie sie überall auf der *Century 21 Exposition* herumstanden.

Genau vierzehn Tage nachdem er ein letztes Mal seinen Schreibtisch in den Rither-Werken aufgeräumt hatte, saß er in einer Super Constellation der Pan Am, die ihn nach Caracas bringen würde. Er war schon tagsüber etwas matt gewesen, doch nun erfasste ihn heftiger Schüttelfrost, und bald danach wurde ihm heiß. Mit kaltem Schweiß auf der Stirn und schmerzlichster Erinnerung an die prachtvollen Möglichkeiten des Gegenschlagkoffers schleppte er sich auf die Toilette. Da war ein merkwürdiger Juckreiz am Unterleib, an den Schenkeln. Keuchend knöpfte er sich das Hemd auf und sah, dass sein speckiger Bauch von einem fein hingestreckten Ausschlag überzogen war.

Eine mächtige Turbulenz erfasste die Super Constellation, rüttelte die Maschine durch und ließ sie so heftig nach unten sacken, dass Seuss schwarz vor Augen wurde, irgendwo über dem Karibischen Meer westlich der Bermuda-Inseln.

Nach dem Ende der Epidemie hatte die systematische Desinfektion des Monschauer Kreiskrankenhauses und der aufgelösten Quarantänestationen begonnen, die endlich wieder ihrer angestammten Funktion überführt wurden. Frühen Osterfeuern gleich brannten Laken, Handtücher und zahllose andere während der Pockenzeit benutzte Gegenstände, die man vorsichtshalber vernichtete. Günter Stüttgen war zwar einerseits froh, wieder in Düsseldorf und in seinem Labor zu sein, zumal die Zeit in Monschau mit so einem unerwartbaren Schrecken geendet hatte. Doch konnte er, nach all den glücklichen Ausgängen, sich nicht mit dem Gedanken abfinden, dass seine Patientin Bärbel Reue ein Leben lang in

Bildung und Gesicht verunstaltet bleiben sollte. Es gab zwar in den USA entwickelte neue Verfahren, um Narbengewebe abzutragen, aber diese waren hierzulande noch kaum erprobt, wären für Luxus angesehen worden und waren nicht zuletzt deshalb für eine einfache Arbeiterfamilie unbezahlbar. Sicherlich hätte man bei den Rither-Werken fragen können, ob sie die Behandlung vielleicht übernähmen. Aber diese Lösung hätte nicht dem weiteren Ziel zugespielt, das Stüttgen bereits am Horizont sah.

Auf die Lösung kam er nach einem Besuch der anderen Akademie Düsseldorfs, der Kunstakademie. Er hatte einen sehr ungewöhnlichen Vortrag eines neuberufenen Professors der Bildhauerei gehört, in dem es freilich um alles andere als Skulptur oder Plastik im bisherigen Sinne ging. Vielmehr rückte der Künstler, der wegen einer Kriegsverletzung stets einen Hut trug, die gesellschaftliche Bedeutung der Kunst in den Mittelpunkt. «Soziale Plastik» nannte der Mann seine Idee. In der Demokratie trage jeder Mensch nicht nur Verantwortung für die Gesellschaft, sondern er gestalte sie auch mit, wie der Bildhauer eine Skulptur. Die Aufgabe der Kunst sei es, den Menschen an seine Schöpferkraft und die daraus entspringende Verantwortung zu erinnern. Das ließ Stüttgen, eingedenk seines Eupener Bildhauer-Vorfahren Christian, der einiges Schöne hinterlassen hatte, nicht mehr los. Gestaltung. Soziale Plastik. Verantwortung.

Ein paar Tage später wusste er, was zu tun war. Er fuhr zurück nach Monschau, traf den Oberkreisdirektor, und während sie zwei Schachteln Zigaretten verqualmten und Weinbrand tranken, begann er dem verdutzten Verwaltungschef zu erklären, dass es eine in den USA entwickelte Methode der plastischen Gesichtschirurgie gäbe, die ungeheuer aufwendig und teuer sei, mit deren Hilfe man aber womöglich das Narbengewebe in Bärbel Reues Gesicht und an ihren Händen spurlos abtragen könne. Nur müsse man es irgendwie schaffen, dass die Krankenkasse die Behandlung bezahle. In so einem schweren Fall ging es nicht etwa um Schönheitschirurgie – sondern um die gesamten Lebensperspektiven eines Kindes, eines Menschen. Deshalb müsse diese moderne Dermatologie in Deutschland anerkannt werden, ganz offiziell; das war Verantwortung, es galt, die Medizin und die Gesellschaft voranzubringen. Deshalb solle man hier auch nicht etwa um eine milde Gabe der Rither-Werke ersuchen.

Er habe, erklärte er dem Oberkreisdirektor, den Entschluss gefasst, auf sein ärztliches Honorar zu verzichten. Die Kasse müsse dann nur noch die Behandlung selbst, Medikamente, den Klinikaufenthalt und die Nachversorgung übernehmen – immer noch enorme Kosten, aber gemeinsam könne man die Kasse gewiss davon überzeugen. Notfalls müsse man auch die Politik einschalten. Lebe man nicht in einer sozialen Marktwirtschaft? Der Oberkreisdirektor, dem wenig danach war, nun abermals und in einer neuen medizinischen Angelegenheit von dem hartnäckigen Dermatologen bedrängt zu werden, gab seinen anfänglichen Widerstand schnell auf. Gemeinsam beackerten sie nun den Chef der Allgemeinen Ortskrankenkasse, bis dieser kapitulierte und Bärbels plastisch-chirurgische Behandlung offiziell bewilligte. Sie dauerte ein Jahr, das Bärbel mehr oder weniger im Krankenhaus verbringen musste. Es glückte, und alle Spuren von Variola wurden wie von Zauberhand von ihrer Haut getilgt. Bärbel Reue kehrte nach Hause zurück und führte fortan ein erfreulich gesundes Leben.

Ach, die Heimkehr! Für die alten Griechen, ein über Tausende Küsten und Inseln versprengtes Volk von Seefahrern, war die Heimkehr der lange Fortgewesenen ein erstes Thema der Dichtkunst. «Nostos» hieß es, und ein glücklicher Ausgang klang darin beinahe schon mit an. Der Reisende, umhergeworfen und manches Mal vom Tode bedroht, denn ein Schiffbruch gehörte zu jeder ordentlichen epischen Reise dazu, war ja sich selbst und den anderen die wichtigste Botschaft: Ich lebe noch. Hier bin ich wieder.

Und erst die Rückkehr des einzigen Kindes aus der Fremde, nach Jahren der Abwesenheit. Welche Mutter wäre nicht bereit, jede Wahrheit über die Schrecken und Gefahren zu hören, die ihrem Kind auf seiner langen und riskanten Reise widerfahren waren, solange sie es nur wiedersah? Und welche Mutter würde dieser Begegnung nicht auch mit Spannung und größter Sorge entgegenblicken, da sie ja nicht wusste, was die Zeit, die Fahrt und die Fährnisse aus ihrem Kind gemacht hatten? Dass so ein Heimkehrer dann nicht alles erzählt, versteht sich. Es gibt die Episoden, die er sich selbst noch nicht auserzählt hat. Wie das nächtliche Zusammentreffen des Mondritters Nikolaos und des Scharfschützen Lembke.

Nikos war noch nie einem Konflikt aus dem Weg gegangen, aber die Begegnung mit Lembke war tatsächlich gefährlich gewesen. Dieser vom Krieg zum Krüppel gemachte Mann hatte in sich den Wahn gepflegt, es sei der handelnde Arzt gewesen, den die Schuld an seinem Unglück treffe. Dass es eher die Grausamkeit der Menschen gegenüber den Kriegsteilnehmern und ihren zerstörten Seelen war, das überstieg Lembkes Verständnis von Politik und Gesellschaft. Und nun ein neues Desaster. Seuss hatte ihn aufgehetzt, wie einen bissigen Hund, das hatte Lembke plötzlich begriffen, als er im dunklen Wald stand und den Anschlag ausführen wollte. Aber dann war der Grieche da gewesen, und auf einmal wurde Lembke das alles zu viel. Und er wusste, er war wieder gescheitert. Und wollte sich nun, außer Sinnen und vollgepumpt mit Pervitin, selbst ein Ende setzen.

Nikos, der den psychotischen Ruck in Lembkes Verhalten bemerkte, stürzte sich auf ihn, um ihm das ungeschickt gegen sich selbst gerichtete Gewehr zu entreißen. Sie rangen kurz, dann der Schuss, und Lembke wand sich vor Schmerz, da er seinen linken Fuß getroffen hatte, er blutete stark, Nikos band das Bein mit seinem Gürtel ab, und keine zwei Stunden später lag Lembke, von starken Beruhigungsmitteln gedämpft, im Krankenhaus von Düren. Nikos hatte ein paar Tage gebraucht, aber dann hatte er, der ärztlichen Ethik folgend, Lembke besucht und hatte ein Häufchen Elend vorgefunden. Ungeheuerlich war der Mensch, wahrhaftig.

Jetzt, wo die Epidemie vorüber war und der Schnee schmolz, konnte Nikos nicht länger hierbleiben, unter dem vollen Monschauer Mond. Sein Vertrag mit den Rither-Werken war beendet. Frau Drachsky, die ihn immer noch beschuldigte, an Veras Isolation schuld zu sein, bestand darauf, dass er die Gästewohnung in der Villa unverzüglich räumte.

Also gab er seine Stahlarbeitermontur zurück, bekam seine Abrechnung aus der Personalabteilung und seine Lohntüte und telefonierte am Abend mit seinen alten Düsseldorfer Vermieterinnen, ob das möblierte Zimmer, in dem er gewohnt hatte, wieder zu haben sei. Am nächsten Tag fuhr Behrends ihn mit seinen paar Habseligkeiten zurück. Nikos gab Behrends einen letzten Brief an Vera, den er ihr aushändigen möge, sobald sie entlassen sei. Darin seine Adresse, die der Medizinischen Akademie, ein paar Telefonnummern, die der Vermieterinnen, auch des Virologischen und Dermatologischen Instituts, wo sie Nachrichten hinterlassen könne. Er warte auf sie, sie möge sich sofort melden. Dann, auch um die Leere und seine plötzliche Beschäftigungslosigkeit zu überspielen, schrieb er noch einen Brief, einen an seine Mutter, in dem er ihr fest versprach, dass er zum orthodoxen Osterfest zu ihr nach Athen kommen und dann auch nach Kreta fahren werde. Er brachte den Umschlag gleich zur Post.

Als Nikos an den ersten Abenden wieder auf der durchgelegenen Matratze seines Betts saß, die bei jeder Bewegung verächtlich quietschte, als er die Staubmäuse in den Ecken liegen sah und das Rumoren des Studenten aus dem Nachbarzimmer hörte, der sich verbotenerweise irgendetwas zu essen zusammenrührte und dabei in einem Blechtopf herumkratzte, war er so bedrückt, dass er hätte heulen können. Wieder und wieder sah er die dreifingrige Hand des alten Monschauer Chauffeurs, die seinen Brief an Vera entgegennahm, bevor Behrends und er sich ein letztes Mal verabschiedeten. Hatte sie ihn bekommen? Wieso hörte er nichts von ihr?

Wie ein Kind, das angesichts eines fürchterlichen Anblicks die Augen schließt, an etwas Schönes denkt und sich selbst das Versprechen abnimmt, sie erst wieder zu öffnen, wenn das Unheil überstanden ist, so hatte Vera gelernt, den Blick durch den Tunnel einer schweren Zeit zu richten und auf das Licht an dessen Ende zu vertrauen, das bald kommen würde. So hatte sie, in aller schwelender Unbehaglichkeit, die Isolation zu Ende gebracht, war nicht erkrankt und schließlich entlassen worden, um sich nun einer neuen Situation gegenüberzusehen, die beinahe jeden Tag Überraschungen brachte – und niemals gute.

Die größte, furchtbarste Überraschung war der organisatorische Zustand der Firma. Diese Organisation befand sich nämlich zu weiten Teilen in Richard Seuss' Kopf, und das hatte sogar funktioniert, solange Seuss vor Ort gewesen war. Mit Erics Hilfe, den sie gleich nach ihrer Entlassung anrief und zu kommen bat, blickte sie erstmals hinter die Kulissen des Seuss'schen Rither-Theaters. Ohne den, der das alles inszeniert hatte, waren diverse Verträge und Vereinbarungen beinahe kryptisch. Bald schon bemerkten sie, dass die Rolle, die ein gewisses Luxemburger Konsortium spielte, weit über die eines sehr guten Kunden hinausging. Dann entdeckten sie Klauseln, die ziemlich bedrohlich waren. Es ging um viel Geld. Auch die Stiftung schien ernsthaft bedroht. Natürlich war da auch die beißende Sorge und die Verantwortung für die Arbeitsplätze. Vera durfte mit ihrem Plan keine Existenzen, Familien gefährden, sie wollte keine verbrannte Erde hinterlassen.

Nikos' Brief hatte sie natürlich sofort mit klopfendem Herzen gelesen und trug ihn seitdem in ihrer Handtasche bei sich. Natürlich dachte sie Nacht für Nacht daran, endlich – sollten die alten Vermieterinnen sagen, was sie wollten – bei Nikos anzurufen. Sie tat es dann doch nicht, weil sie sich ihm nicht so kurznervig und so schwach zeigen wollte, nicht davon zu reden, dass sie nun schon wieder in Problemen steckte, die sie vor Nikos nicht so einfach ausbreiten konnte. Sie hatte die unbedingte Vorstellung, ihn erst dann zu kontaktieren, wenn sie alles unter Kontrolle hätte, damit das ersehnte erste Wiedersehen nach so langer Zeit nicht von der Unordnung und den Wirren der Rither-Werke post Seuss, wie Eric es genannt hatte, beschmutzt werde.

Ein Tag nach dem anderen verging. Ostern kam näher. Und irgendwann – sie saß mit Eric und zwei anderen Anwälten in einer Besprechung – blickte sie auf den Nachmittagsmond, der mit milchiger Frühlingskraft am Himmel stand und von rot-bläuender Abenddämmerung umspielt wurde, und es lief ihr eisig den Rücken hinunter. Sie verließ augenblicklich die Sitzung, schnappte sich einen schnellen Wagen aus der